日本體驗與中國現代文學的發生

李怡

總 序

　　1992 年，兩岸開放探親後的第五年，我在埋首撰寫論文〈大陸的台灣文學研究概況〉過程中，驚覺對岸對於台灣文學研究的投入成果，並在種種因緣之下，開始關注對岸文學，一頭栽進大陸文學的研究與教學。

　　多年來，心中一直記掛著應該把台灣的大陸文學研究情況也整理出來。因為台灣和大陸是現代華文文學研究的兩大陣地，除了兩岸學界的本土文學研究之外，還須對照兩岸學界的彼岸文學研究，才能較完整地勾勒現代華文文學研究的樣貌。去年，我終於把這個想法，部分地呈現在〈台灣的「大陸當代文學研究」觀察〉一文中。但是，這個念頭的萌發到落實，竟已倏忽十年，而在這期間，仍有許多想做和該做的事，尚未完成，不禁令人感慨韶光的飛逝和個人力量的局限。

　　回顧過去半世紀以來的現代華文文學研究，兩岸都因政治環境和社會文化的變遷，日益開放多元；近年更因大量研究者的投入，產生豐盛的研究成果，帶起兩岸文學界更加密切的交流。兩岸的研究者，雖在不同的歷史背景下成長，但透過溝通理解、互動砥礪，時時激盪出許多令人讚嘆的火花。

　　「大陸學者叢書」的構想，便是在這樣的感慨和讚嘆中形成的。從文學研究的角度來看，成果的交流和智慧的傳遞，是兩岸文學界最有意義的雙贏；於是我想，應從立足台

灣開始，將對岸學者的文學研究引介來台，這是現階段能夠
做也應該做的努力。但是理想與現實之間，常存在著難以克
服的主客觀因素，台灣出版界的不景氣，更提高了出版學術
著作的困難度。

　　感謝秀威資訊公司的總經理宋政坤先生，他以顛覆傳統
的數位印製模式，導入數位出版作業系統，作為這套叢書背
後的堅實後盾，支持我的想法和做法，使「大陸學者叢書」
能以學術價值作為出版考量，不受庫存壓力的影響，讓台灣
讀者有更多機會接觸到彼岸的優質學術論著。在兩岸的學術
交流上，還有很多的事要做，也還有很長的路要走，我相信，
這套叢書的出版，會是一個美好開端。

宋如珊

2004 年 9 月　於士林芝山岩

目 次

引 子

　　在被有的學者稱為「以留學生文化為基礎」的二十世紀中國，[1]如果說留學英美的中國知識份子主要是為我們帶回了一系列自成體系的西方文化資源，那麼留學日本的中國知識份子卻常常陷入到了一種難以言述的文化糾纏與生存糾纏當中：日本是他們的受業之鄉，但卻不時令他們飽嘗屈辱，日本的文化並不能休憩他們躁動的靈魂；中國是他們靈魂的故里，但在中國當局的眼裏，他們卻又是一群可怕的叛逆；從留日學者梁啟超的《敬告留學生諸君》[2]到留日學生李書城的《學生之競爭》，[3]留日學界的刊物以及留日學生在國內刊物發表的文章中，隨處可見關於「留學生文化」的激情闡發，幾乎所有的留日青年知識份子都以「新中國之主人翁」、「一國最高最重之天職」自我期許，然而，他們又分明無法如許多英美留學生那樣潛心學業，篤信「非求學問之程度倍蓗於歐美日本人，不足以為用於中國」，[4]集會、罷課、退學、肆業回國以至革命、暗殺之類倒似乎成為了他們留學生涯中層出不窮的大事。梁啟超提醒留學生注意培養

1　王富仁：《影響 21 世紀中國文化的幾個現實因素》，《戰略與管理》1997 年 2 期。
2　見《梁啟超全集》2 冊，北京出版社 1997 年版。
3　原載《湖北學生界》1903 年 2 期。
4　梁啟超：《敬告留學生諸君》，《梁啟超全集》2 冊 962 頁，北京出版社 1997 年版。

「學校外之學問」，留學生也表示「勿為學問之奴隸」，[5]劉師培專門為「留學生為叛逆」正過名，他的「正名」卻是公開標舉了「排滿」革命的正義性。[6]留日中國學者與學生的騷動不安與那些似乎「溫良恭儉」的學者般的英美「海歸」派的確形成了鮮明的對照，他們的生存姿態很容易讓我們想到魯迅所論及的「摩羅詩力」。

　　1907 年，魯迅在日本寫下了著名的《摩羅詩力說》，在這篇文章裏，他滿懷激情地描述了被稱為「摩羅詩派」的人們：

> 摩羅之言，假自天竺，此云天魔，歐人謂之撒旦，人本以目裴倫（G. Byron）。今則舉一切詩人中，凡立意在反抗，指歸在動作，而為世所不甚愉悅者悉入之……凡是群人，外狀至異，各稟自國之特色，發為光華；而要其大歸，則趣於一：大都不為順世和樂之音，動吭一呼，聞者興起，爭天拒俗，而精神復深感後世人心，綿延至於無已。[7]

　　假如我們有意忽略魯迅這裏的文學史指意而僅僅作文字的欣賞，那麼，這樣的摩羅詩人仿佛就是當年那些「浮槎東渡」的留日中國學生：他們認定「我中國今日欲脫滿洲人之羈縛，不可不革命，我中國欲獨立，不可不革命，我中國

---

[5]　《勿為學問之奴隸》，《直說》1903 年 2 月 13 日第 1 期。

[6]　申叔（劉師培）：《論留學生之非叛逆》，《蘇報》1903 年 6 月 22 日。

[7]　《魯迅全集》1 卷 66 頁，人民文學出版社 1981 年版。

欲與世界列強並雄，不可不革命，我中國欲為地球上強國，不可不革命。」[8]他們高吟「或排滿，或革命，捨死做去」，慷慨赴死。[9]連女性也是如此的桀驁不馴、豪氣干雲：「吾輩愛自由，勉勵自由一杯酒。男女平權天賦說，豈甘居牛後？」「雙臂能將萬人敵，平生意氣凌雲霄」[10]雖然按照魯迅的原意，作為「精神界之戰士」的摩羅詩人並不是他們，而且嚴格說來也非中國當下的「現實」，但是我們卻同樣很難否認 20 世紀初年活躍在魯迅周圍的這些中國留學生所給予魯迅的感染，「立意在反抗，指歸在動作」，「爭天拒俗」，這不同樣也是魯迅和他前前後後的留日中國同學所共同的精神追求？

從 1902 年成城學校入學事件到 1905 年的反對「取締規則」運動，從紀念「支那亡國」到同盟會的反清鬥爭，從反對「二十一條」到左翼文藝運動，這些滿懷雄心壯志「浮槎東渡」卻又憂憤、屈辱、受難和敏銳的中國留日學生們，為了生存，為了民族，為了尊嚴，曾經進行過多麼激越的掙扎、多麼殊死的搏鬥，他們，曾經就是現代中國的第一批「精神界之戰士」，就是中國文化的「摩羅」。

在 20 世紀中國文化與中國文學的發展史中，就曾活躍著這樣一批又一批的「摩羅」們的身影。作為當年留日學生

---

[8]　鄒容：《革命軍》，《辛亥革命（二）》，上海人民出版社 1957 年版，333 頁。

[9]　陳天華：《猛回頭》，《辛亥革命（二）》，上海人民出版社 1957 年版，167 頁。

[10]　分別見秋瑾《勉女權歌》、《日本鈴木文學士寶刀歌》。

中的一員，賈植芳先生以「歷史見證人」的心態生動地描述過留日學生與中國現代文學的關係。他將從清末以來至抗戰的中國留日學生分作五代，以魯迅、周作人、陳獨秀、錢玄同、蘇曼殊、歐陽予倩等為第一代，以創造社諸君為第二代，以五四以後赴日的穆木天、夏衍、豐子愷、謝六逸、彭康、朱鏡我等為第三代，以大革命失敗後前往日本的如任鈞、胡風、周揚等為第四代，以三十年代中期前後留日的如覃子豪、林林等為第五代。與留學英美的中國學生相比，賈植芳先生認為這幾代留日學生（作家）的顯著特點就在於他們所表現出來的政治態度的「激進」：「在五四初期，留日學生激進地主張批孔、批三綱五常，反對封建傳統，嚮往朦朧的社會主義（包括無政府主義理想）；在二十年代以後，留日學生激進地提倡馬克思主義，提倡『普羅文學』，反對國內國民黨的獨裁專制和白色恐怖，推動了左翼文學運動，這其中包括創造社的前後期主要人物，三十年代左聯以魯迅先生為首的主要領導幹部周揚、夏衍、田漢、胡風等人。他們在文學創作上，敢於大膽地暴露個性的真實，敢於發表驚世駭俗的言論，批評現狀無所顧忌。」[11]這樣的「激進」，也就是我們所謂的摩羅精神。摩羅精神貫穿了現代中國留日作家的好幾代人，可以說已經構成了中國現代文學的重要「精神傳統」。

今天，在世紀之交，隨著中國文化與中國文學發展狀況

---

[11]　賈植芳：《中國留日學生與中國現代文學》，《中國比較文學》1991年1期。

的變化，留日中國知識份子的這一獨立性似乎已經喪失，倒是與之相異的英美「海歸」派繼續在中國社會的發展中扮演著他們固有的「知識精英」角色，而曾經構成中國現代文學傳統的摩羅精神則在「現代性質疑」與英美「海歸」派的文化壓力之下搖搖欲墜，所謂的「文化激進主義」不正到處遭人痛斥嗎？然而，這一切是否就那麼的「理所當然」？我們是否真的只能在「大江東去」的感歎中接受歷史「轉折」的現實？中國現代文學的精神傳統是否就應當按照今天英美學術的「規範」進行重寫？這都是一些難以解決卻又必須解決的問題。正是這些問題提醒我們再次回望歷史，重新在歷史自我演化的程式裏詳加辨析，究竟是什麼構成了中國現代文化與文學的內在脈絡？究竟是什麼可能對歷史造成更大的遮蔽與扭曲？在中國現代文學發生發展的歷史中，究竟曾經發生過什麼？究竟什麼是所謂的「激進」？什麼又是中國現代文學發展中彌足珍貴的傳統？

導　論

「日本體驗」與中國現代文學的發生

一　現代文學、比較文學與「體驗」

　　今天，雖然存在文學史觀念的若干差異，但在反映留學生與中國現代文學的緊密關係這一方面，卻有著廣泛的共識。借助於幾種基本的中國現代文學著作，我曾經對中國現代作家的「出身」構成作過統計。在陸耀東、孫黨伯、唐達暉主編的《中國現代文學大辭典》收錄的 693 位作家中，沒有留學經歷的本土作家有 488 位，留學生作家為 205 位。在唐弢的《中國現代文學史》中，列入專章的作家有 6 位，其中有過留學經歷的占 5 位（曹禺盛名之後遊歷海外當不計入），列入專節的作家有 18 位，有過留學經歷的占 6 位。在錢理群、溫儒敏、吳福輝等人的《中國現代文學三十年》修訂版中，列入專章的作家是 9 位，留學生出身或創作早期有過遊學經歷的有 6 位，列入專節的作家是 17 位，有過留學經歷的竟占 15 位。在司馬長風《中國新文學史》列入章節小標題的 91 位作家中，本土作家有 34 位，留學生則達 57 位。統計表明，留學生出身的作家在我們中國現代文學發展中，佔據了至關重要的地位，這一情況，尤其當我們以「入史」的價值標準為衡定之時，便更是如此。

　　的確，在中國文學從古典形態向著自己的現代形態的轉變過程之中，外來文化觀念與文學觀念的「引發」作用就是這樣的顯著。這些外來觀念對近現代中國留學生並通過留學生對整個中國文學產生了重大的影響，為中國現代文學的「成型」提供了諸多的啟發。

　　但是，究竟如何描述和估量留外中國知識份子（作家）承受外來觀念的方式，或者說所謂的外來因素是如何作用於他們並通過他們，對整個中國文學的現代轉換產生意義的呢？今天，卓有成就並漸趨成熟的一種闡釋模式是「中外文化交流」。即考察這些中國知識份子（作家）接受了哪些外來文化的薰陶和影響，然後在他們各自的創作中尋找與那些外來文化的相類似的特徵，以此作為中國現代作家與整個中國現代文學在「中外文化交流」之中發展變化的具體表現。這一闡釋模式是隨著新時期中國文化對外開放的大勢而出現和強化起來的，中國現代文學研究正是在開放與交流的大勢中恢復了生機，重新肯定和挖掘中國現代文學的開放姿態與交流內涵，借助於比較文學的「影響研究」方法，這都逐漸發展成為了中國現代文學研究的主流。20 世紀 80 年代中期，由曾小逸主編、湖南文藝出版社推出的《走向世界文學》一書便可以說是這一學術研究的主流話語形成的標誌，這一著作不僅集中展示了當時新近湧現、後來成為本學科主力的大多數學者，更重要的是它所提煉的「走向世界」的中心命題儼然就是一個時期的價值取向，著作副標題「中國現代作家與外國文學」所昭示的比較文學「影響研究」則成為了新時期以後中國現代文學研究的最富有時代特色的方法，而以「世

界文學」為恢弘遠景的認知更促使了人們對於「愈是民族的，愈是世界的」這「一種似是而非的文學觀念」的質疑。[1]

　　應當說，這一研究模式的合理性便在於它的確反映了中國現代文學發生發展所背靠的文化交流的歷史事實，但是時至今日，我們也必須看到，在實際的文學比較當中，我們又很容易忽略「交流」現象本身的諸多細節，或者說是將「影響研究」簡化為異域因素的「輸入」與「移植」過程。這便在很大的程度上漠視了文學創作這一精神現象的複雜性。因為，精神產品的創造歸根到底並不是觀念的「移植」而是創造主體自我生命的體驗與表達，作為文化交流而輸入的外來因素固然可以給我們某種啟發但卻並不能夠代替自我精神的內部發展，一種新的文化與文學現象最終能夠在我們的文學史之流中發生和發展，一定是因為它以某種方式進入了我們自己的「結構」，並受命於我們自己的滋生機制，換句話說，它已經就是我們從主體意識出發對自我傳統的某種創造性的調整。正如王富仁先生所指出的那樣：「文化經過中國近、現、當代知識份子的頭腦之後不是像經過傳送帶傳送過來的一堆煤一樣沒有發生任何變化。他們也不是裝配工，只是把中國文化和西方文化的不同部件裝配成了一架新型的機器，零件全是固有的。人是有創造性的，任何文化都是一種人的創造物，中國近、現、當代文化的性質和作用不能僅僅從它的來源上予以確定，因而只在中國固有文化傳統和西

---

[1]　參見曾小逸：《走向世界文學·導論》，《走向世界文學》36頁，湖南文藝出版社1986年版。

方文化的二元對立的模式中無法對它自身的獨立性做出卓有成效的研究。」[2]到今天為止，我們讀到的中國現代文學發生史依然常常是將「文化交流」中的外來觀念的輸入當作中國文學發展的事實本身。這就難怪在近年來的「現代性質疑」思潮中，不少的學者都將包括文學在內的中國文化的現代性動向指責為「西方文化霸權」的產物——因為，至少是我們的文學史本身並沒有描述出中國現代知識份子如何進行獨立精神創造的生動過程。

那麼，如果我們承認了中國現代知識份子精神創造的重要性，又該如何來估價它與實際存在的並且也同樣是至關重要的「中外文化交流」活動的關係呢？我以為，值得我們加以重視的是另一個基本的精神現象——體驗。

與文化交流中經常涉及的「知識」、「觀念」、「概念」這一類東西不同，「體驗」更直接地聯繫著我們自己的生命存在方式，包括美學趣味、文學選擇在內的人類文化現象的轉變，歸根結柢可以說就是體驗——包括體驗內涵與體驗方式——的轉變，這正是西方 20 世紀思想家與美學家的一個重要發現。現代闡釋學的創立人伽達默爾曾經為我們考察過「體驗」的認識史，他想通過考察提醒我們注意到體驗之於我們生命存在的本體性意義，「它不是概念性地被規定的。在體驗中所表現出的東西就是生命。」「每一種體驗都是從生命的延續中產生的，而且同時是與其自身生命的整體相聯

---

[2]　王富仁：《對一種研究模式的置疑》，《佛山大學學報》1996 年 1 期。

的。」[3]另一個德國思想家馬克斯‧舍勒也特別論述過「心態氣質（體驗結構）的現代轉型比社會政治經濟制度的歷史轉型更為根本」。[4]當然，中國文化與文學的現代轉型與舍勒所論及的具體情形並不相同，我們不必受制於這位德國學者所概括的「心態氣質（體驗結構）」樣式，但他們對於「體驗」之於主體的自我演變、又經過自我的演變決定更大範圍的文化演化的認識無疑是極具啟發意義的。對於任何一個現代中國人而言，「體驗」都同樣是我們感受、認識世界，形成自己獨立人生感受的方式，也是接受和拒絕外部世界資訊的方式，更是我們進行自我觀照、自我選擇、自我表現的精神的基礎。換句話說，所謂的「中外文化交流」的問題其實並不是簡單的文化觀念的傳遞，而是在這樣的一個「過程」中，中國近現代知識份子（作家）的自我體驗問題──既有人生的感受又有文化的感受。在主體體驗的世界裏，所有外來的文化觀念最終都不可能是其固有形態的原樣複製，而是必然經過了主體篩選、過濾甚至改裝的「理解中」的質素。中國作家最後也是在充分調動了包括這一文化交流歷程中的種種體驗的基礎上實現了精神的新創造。正如有學者所說的那樣：「中國現代性的發生，是與人們（無論是精英人物還是普通民眾）的現實生存體驗密切相關的。這是比任何思想活動遠為根本而重要的層次。現代性，歸根到底是人的生

---

[3]　伽達默爾：《真理與方法》中譯本 94 頁、99 頁，遼寧人民出版社 1987 年版。

[4]　劉小楓：《舍勒選集‧編者導言》，見《舍勒選集》上冊 10 頁，上海三聯書店 1999 年版。

存體驗問題。」[5]所謂中國現代作家對異域的體驗，這樣的精神現象就既有文化交流的烙印，同時也更屬於主體的與自我的內在精神活動。

在中國近現代留學生所完成的中外文化交流中，其實更應該成為我們討論對象的就是留學生作家的「日本體驗」、「英美體驗」、「法國體驗」、「德國體驗」、「蘇俄體驗」等等。

二　什麼是「日本體驗」

首先進入我們視野的便是留日中國知識份子的「日本體驗」。

日本是首先賦予中國近現代留學生豐富的異域體驗的國家。眾所周知，中國近代的第一批留學生是 1846 年冬美國傳教士布朗從澳門回國時帶走的三名孩童——容閎、黃勝與黃寬，第一次官方意義的留學運動則開始於 1872 年夏天，包括詹天佑在內的三十名幼童被清政府送往美國留學，接著，又有 1877 年開始的公費留歐，但是，中國人大規模地赴外留學還是在甲午中日戰爭之後，而首選的目的地就是我們的近鄰日本。在一種「恥不如日本」的民族憂患中，康有為「請廣譯日本書，大派遊學，以通世界之識，養有用之才。」[6]張之洞發表了著名的有「留學日本宣言書」之稱的

5　王一川：《中國現代性體驗的發生》2 頁，北京師範大學出版社 2001 年版。

6　湯志鈞編：《康有為政論集》上冊 301 頁，中華書局 1981 年版。

《勸學篇》,[7]中有如下的極具鼓動性的判斷:「出洋一年,勝於讀西書五年。」「至遊學之國,西洋不如東洋:一、路近省費,可多遣。一、去華近,易考察。一、東文近於中文,易通曉。一、西書甚繁,凡西學不切要者,東人已刪節而酌改之。」「大率商賈市井,英文之用多;至各種西學書之要者,日本皆已譯之。我取徑於東洋,力省效速,則東文之用多;學西文者,效遲而用博,為少年未仕者計也。譯西書者,功近而效速,為中年已仕者計也。若學東洋文,譯東洋書,則速而又速者也。是故從洋師不如通洋文,譯西書不如譯東書。」[8]自此,中國留日學生漸成規模,人數逐年遞增,進入 20 世紀初葉以後最高竟達萬人(1905-1907 年間),從 1901 年到 1911 年,每年留日學生的人數都高於留學其他各國人數的總和。留學日本成為了當時中國有志留洋者的首選。以後,隨著美國等退還庚子賠款用於留學資助,特別是清華學堂作為留美預備學校的出現,留日活動長期雄踞留學主潮的格局才得以改變。

　　在前文所述的幾種基本的中國現代文學著作裏,最早出現留學生作家群體的是在日本,留學作家人數最多的也是日本。難怪郭沫若曾經自豪而不無誇張地宣佈:「中國文壇大半是日本留學生建築成的。」[9]

　　日本,匯聚了近代以後急於改變中國文化命運的最大數

7　語見實藤惠秀:《中國人留學日本史》23 頁,三聯書店 1983 年版。

8　見張之洞:《勸學篇》,光緒戊戌三月西湖書院刊刻本。

9　郭沫若:《桌子的跳舞》,《郭沫若全集》16 卷 53 頁,人民文學出版社 1989 年版。

量的知識份子，日本，也匯聚了這些知識份子中最複雜的理
想形式──政治的、思想的與文學的，保皇的與革命的，保
守的與激進的，青年學子式的與流亡刺客式的。日本，又匯
聚和中轉著中國知識份子當時最需要的西洋文明，展示著令
他們驚羨和自愧的東洋文明，甚至，還發明和傳播著豐富的
包含了近代文化資訊的「漢文辭彙」，所有這一切的人生與
文化狀態，都是傳統意義的中國本土作家所未嘗經歷的，它
們足以構成中國近現代作家的豐富而複雜的人生與藝術的
體驗成分，為我們的新的文學的出現創造了可能。

　　從「日本體驗」的分析出發，當能夠對中國現代文學的
發生作出更切實的說明，至少我們可以從中讀到，一種新的
人生體驗與文化體驗是如何開拓、刷新了我們中國作家的視
野，啟動了我們的創造潛力，並最終帶來文學面貌的重大改
變。

　　我們始終強調的是日本的「體驗」而非既往的「中日文
學交流」，這也是留日中國作家文學選擇的實際狀況的反
映。從歷史史實來看，中國近現代作家因為日本而改變中國
文學的發展道路，這在一開始就主要不是「中日文學交流」
的結果，而是這些中國作家自身生存實感的重要變化所致。
以中國詩歌近代嬗變的第一人黃遵憲為例，在出使日本的過
程中，黃遵憲主要不是一位向日本文學虛心求教的「學生」，
相反倒是不斷登門拜望的日本知識份子給了他國學大師般
的自我滿足。黃遵憲新派詩的「新」來自於「中華以外天」
的異域風情，來自於他對日本的新奇的直感。在中國這樣一
個缺少本質性變動的農業社會裏，當詩材因大規模的創作而

不斷耗盡，正是黃遵憲在日本的新鮮見聞——醫院、博物館、學校、報紙、博覽會、警察乃至假名文字等等詩歌的「新題」開拓了中國詩歌的新的可能。同為近代詩歌的「新」，黃遵憲鮮活的「新題」顯然要比梁啟超、夏曾佑、譚嗣同等人在國內搜腸刮肚的名詞之「新」要成功，在文學史上留下的意義也更大，到後來梁啟超提出了「詩界革命」主張之時，便是反思了當年自己僅僅著眼於新名詞的弊端，他更加重視的是黃遵憲式的以異域新體驗為基礎的「新派詩」：「時彥中能為詩人之詩而銳意欲造新國者，莫如黃公度」。「夏穗卿、譚復生，皆善選新語句，其語句則經子生澀語、佛典語、歐洲語雜用，頗錯落可喜，然已不備詩家之資格。」[10]在梁啟超這裏，出國以前的他主要是從「知識」上接受日本文化與其他西方文化，但變法失敗、流亡日本卻使之從對異域文化的「旁觀」轉為了在日本文化「中」的實際生存。只有在這個時候，當先前的理性觀照與如今感同身受的親身體驗相結合起來的時候，才真正出現了「若行山陰道上，應接不暇」的興奮，也才有了後來影響中國近代文學嬗變的文學諸界「革命」的具體主張。這裏當然充滿了他們對於日本文學實際動向的密切關注，但應當看到，這並不是與文學本身的簡單聯繫，在文學吸取的背後，更有著整個生命直覺的存在，「蓋吾之於日本，真所謂有密切之關係，有許多之習慣印於腦中，欲忘而不能忘者在也。」[11]到了魯迅、周作人以及更

10　梁啟超：《夏威夷遊記》，《梁啟超全集》2 冊 1219 頁。
11　梁啟超：《夏威夷遊記》，《梁啟超全集》2 冊 1217 頁。

年輕的創造社同人一代留學生，則是立足日本，對整個西方
文學的發現和接受了，其中像魯迅這樣的作家已不再將主要
的目光專注於日本文壇，以至在周作人看來，他「對於日本
文學當時殊不注意」。[12]也就是說，隨著中國作家文學視野
的擴大，日本作為世界文學「集散地」的意義明顯要大於它
作為直接的文學「輸出」國的意義。強調日本為一代中國青
年提供了生存發展的特殊環境，這並不是在一般的意義上降
低了日本的價值，而是說我們恰恰應該在一個更深的層次上
來認清它的價值，作為中國作家第一次大規模的異域體驗的
所在，日本對於一代代中國學人的情感、思維與人生態度的
影響無疑是極其關鍵的。

　　我們將留日中國學人之於日本的關係重新定位在「體
驗」，而不僅僅是文字閱讀所承載的「文學交流」，這當然
不是就此否定其文學交流的存在，而是強調將所有的書面文
字的認知活動都納入到人們生存發展的「整體」中來，將所
有理性的接受都還原為感性的融合形式，我們格外重視的是
一個生命體全面介入另一重世界的整體感覺，我們格外注意
的是以感性生命的「生存」為基礎的自我意識的變遷。在我
們看來，日本體驗的「生存」基礎至少包含這樣三層意義：

　　首先，這是一種全新的異域社會的生存。郁達夫說過：
「人生的變化，往往是從不可測的地方開展開來的。」[13]當

---

[12]　周作人：《關於魯迅之二》，《魯迅的青年時代》130 頁，河北教育
　　　出版社 2002 年版。

[13]　郁達夫：《大風圈外——自傳之七》，《郁達夫文集》3 卷 433 頁，
　　　花城出版社、三聯書店香港分店 1982 年版。

留日中國學人脫離了中國固有的家庭、社會與國家的組織結構，在一處陌生又充滿新奇的土地上開始生活，異域社會中耳聞目睹的新異不斷衝擊著他們關於人生的世界的觀念，這樣的「體驗」可以說是極易發生。外族異樣甚至是侮蔑的目光擊碎了中國人自我中心的優越感，改變了他們對於自我與世界的固有定位。郁達夫便將日本人的有意無意的輕視稱為「瞭解國家觀念的高等教師」，他的深切體會是：「只在小安逸裏醉生夢死，小圈子裏爭權奪利的黃帝之子孫，若要教他領悟一下國家的觀念的，最好是叫他到中國領土以外的無論那一國去住上兩三年。」「是在日本，我開始明白我們中國在世界競爭場裏所處的地位。」[14]再如，我們以兩性關係為例，日本崇尚自然的古老民俗與開放西化的近代趨向都導致了它這方面的社會觀念有著某種的寬鬆與自由，這一點，不僅為「存天理，滅人欲」的理學統治下的中國人所驚訝，甚至連美國學者也頗多感慨：「日本人並不認為滿足自己的欲望是罪惡。他們不是清教徒。他們認為肉體享受是正當的，而且值得提倡。」「對於性享受，我們有許多禁忌，日本人可沒有。在這個領域裏日本人沒有什麼道德說教，而我們則裝得道貌岸然。」[15]正處於青春期的許多留日中國學子，當然難以避免這一生存事實的衝擊和影響。周作人剛到東京就驚羨於日本少女的「天足」，[16]郁達夫「獨自一個在東京

14　郁達夫：《雪夜──自傳之一章》，《郁達夫文集》4 卷 93 頁。
15　（美）本尼迪可特：《菊花與刀──日本文化的諸模式》中譯本 150、155 頁，浙江人民出版社 1987 年版。
16　周作人：《知堂回想錄》上冊 207 頁，河北教育出版社 2002 年版。

住定以後」，便陷入了「男女兩性間的種種牽引」中，他感到所有民族的屈辱都集中在了兩性關係的痛苦。[17]留日學生向愷然的小說《留東外史》極力渲染留日學生尋花問柳的放浪生活，在民國初年風行一時，其中當然流露了中國士子文人腌臢心態，也充滿了對日本性文化的誤讀，但是，平心而論，它所營造的「自由性愛」的場景卻的確在一定程度上反映了剛剛脫離禮教社會束縛的中國青年的實情。性愛（乃至其他人生形式）的自由雖不能說「就是」留日中國學人的生活實際，但卻很可能是他們各自「想像」的事實，心理的想像，這也是異域體驗的重要內容。我注意到，提到《留東外史》，但凡有過留日經歷的中國作家都表達了較多的理解，留日期間，當張資平知道郭沫若的夫人是日本人之後竟當即表示：「你把材料提供給我罷，老郭，我好寫一部《留東外史》的續篇。」[18]有趣的是，當郭沫若有一天走進張資平的房間，也在他的書桌上發現了「當時以淫書馳名的《留東外史》」。[19]看來，《留東外史》所描述的生活模式與人生想像還是有它一定的存在基礎的。到了20世紀90年代，在留日55年之後，作家賈植芳先生滿懷興致地重溫了向愷然對留日學生的分類，也頗能理解其中那些文學青年的心理與處境：「在國內時多半出身舊式家庭，精神受著傳統禮教的壓

---

[17]　郁達夫：《雪夜──自傳之一章》，《郁達夫文集》4卷93、94頁。

[18]　鄭伯奇：《中國新文學大系‧小說三集》導言，《創造社資料》下冊733頁，福建人民出版社1983年版。

[19]　郭沫若：《創造十年》，《郭沫若全集》文學編12卷42頁，人民文學出版社1992年版。

抑，個性處於委頓狀態；他們一到日本，除了每月的開銷多少要家裏補貼一些外，其他方面都擺脫了日常的束縛，不再需要低眉順眼，裝出一副老實樣子去討長輩的喜歡，也不需要整天跟自己並不相愛的舊式妻子廝守在一起，甚至也沒有中國社會環境對年輕人的種種有形無形的壓迫。他們在新的生活環境裏自由地接受著來自全世界的各種新思想，慢慢地個性從沈睡中醒來，有了追求自身幸福的欲望。對年輕人來說，最現實的幸福莫過於戀愛自由，這在國內是被視為大逆不道的。」[20]兩性關係僅僅是一個視窗，通過它，留日中國學人因社會生活的改變而獲得的「異域體驗」可見一斑。

其次，日本的生存體驗常常又來自於具體的人際交往，與「小群體」的生存環境、活動方式直接相關。也就是說，除了共同的社會境遇外，更有決定意義的還是一些具體的與個體相聯繫的時間、地點與環境，特別是留日學生周遭的具體人際關係氛圍。美國著名的小群體社會學家西奧多‧M‧米爾斯[21]分析說：「在人的一生中，個人靠與他人的關係而得以維持，思想因之而穩定，目標方向由此而確定。」從本質上講，中國留日知識份子（作家）的真實的「體驗」常常不發生於抽象的族群整體而在具體而微的「小群體」中，常常不發生於外部世界的單向作用之中而在自我從個人經驗出發與周遭的環境的對話。在留日中國作家中，我們可以發

---

[20]　賈植芳：《中國留日學生與中國現代文學》，《中國比較文學》1991年1期。
[21]　西奧多‧M‧米爾斯：《小群體社會學》中譯本3頁，雲南人民出版社1988年版。

現許多這樣的充滿意義的個體與「小群體」。如政治流亡家
章士釗、陳獨秀等在日本編輯《甲寅》月刊，這些編輯與作
者群體彼此因為對民國政治的失望而聚合在了一起，他們的
文字之交又在不斷的相互對話中加強了思想的認同。後來陳
獨秀離開《甲寅》回國，另辦《青年雜誌》（《新青年》），
便充分發揮了這些有著類似的日本體驗的作者群體的作
用，沒有在獨特政治感受基礎上形成的《甲寅》月刊的留日
作者群，《青年雜誌》又當如何生存，如何表現自己的共同
「體驗」，這是一個很難想像的事情。再如以魯迅為核心所
組成的留日學生圈：魯迅、周作人、許壽裳所參與的浙江留
學生關係圈，又有魯迅在民報社聽講於章太炎而與錢玄同等
八人結成的「師兄弟」關係。他們彼此的交往、交流決定了
對一些人生社會問題的理解方向（例如魯迅、許壽裳討論理
想的人性），彼此也構成某種行為上的牽動與鼓勵，不僅影
響了當時的魯迅，也影響到了回國以後魯迅漫長的文學和人
生實踐。許壽裳編輯《浙江潮》向魯迅約稿，魯迅隔天就送
來了《斯巴達之魂》，錢玄同後來的「著名」約稿則催生了
《狂人日記》。此外再如 1907、1908 年間，魯迅、周作人
與許壽裳相互配合，連續在《河南》、《天義報》等處發表
了一批論文，探討文的革新與人的精神進步問題，魯迅有著
名的《人之歷史》、《摩羅詩力說》、《文化偏至論》，周
作人有《論俄國革命與虛無主義之別》、《論文章之意義暨
其使命因及中國近時論文之失》、《哀弦篇》等，許壽裳則
有《興國精神之史曜》，許壽裳此文署名「旒其」，其名就
為魯迅所起。因為師生關係，章太炎的宗教思想與復古思想

對於留日時期的魯迅、周作人產生了明顯的影響。留學也讓
創造社作家群走到了一起，鄭伯奇這樣描述前期創造社人員
日本求學淵源：「以郭沫若為中心，創造社初期的幾個朋友
都發生連繫了。——不，這話頗有語病。創造社初期的幾個
主要作家之間，本來自有連繫：沫若，達夫和張資平是一高
預科的同班，仿吾跟沫若是六高的同學；而大學時代，只有
沫若在福岡的九洲帝大，其他三個人都在東京。同學而又趣
味相投，比這密切的連繫怕再沒有了。」[22]馮乃超則是後期
創造社的人際中樞。1920 年 9 月馮乃超進入東京第一高等
學校預科，與朱鏡我、李初梨、彭康成為同學。四年後他進
入京都帝國大學文學部哲學科，與李初梨、李亞儂編輯《漣
漪》詩集，同時結交了鄭伯奇、李鐵聲等人。幾年後，在鄭
伯奇、成仿吾等人的邀請下，這批青年都匯入了創造社的陣
營，並實現了創造社的「方向轉變」。

　　第三，在任何一個群體當中，個體都不是被動的，他個
人的人生經驗會參與到群體的認識之中，並且與群體構成某
種對話的互動的關係。也就是說，在適應自己族群的同時，
人也同樣在反抗著自己的族群，而適應與反抗的選擇又往往
與他先前的人生經驗相關聯。康有為對於梁啟超的牽制，梁
啟超同時與其他類型的留學生交往，終於成為一個既區別於
康有為又區別於青年留日學生的「過渡性」人物，魯迅「從
小康人家墜入困頓」的經歷顯然與梁啟超一代人高層政治失
敗的感受不同，所以在日本，魯迅一方面接受民族革命風潮

22　鄭伯奇：《二十年代的一面》，《創造社資料》下冊 752 頁。

的影響，另一方面也比別人更冷靜，對當時的革命不無自己
內心的疑慮，對周遭的人與事不無自己的感受和想法，他更
關注的是普通個人的人生際遇與人性完善，──正是因為有
了個人遭遇的匯入，各個留學生的思想也才會出現轉化與分
化，而這樣的轉化與分化後來又與特定的時代變化的因素相
結合，形成了留學生思想的不同的代際特點以及各種不同的
「潮」與「流」。

三　異域／本土

　　考察中國作家的日本體驗之於中國現代文學的關係，我
們發現其中始終包含著一組基本的關係項：異域/本土。

　　來自日本的體驗對中國文學有著怎樣的「影響」機制
呢？換句話說，它究竟是怎樣在中國文學的現代轉換中發揮
作用的呢？我以為，這裏必須要擺脫傳統比較文學「影響研
究」的某些思維，即不能僅僅將「影響」讀解為其他異質文
化在中國的「輸入」，需要我們充分重視的是人的主體性，
也就是體驗活動的主體──中國留日作家的主體心理及其
文化需要。「體驗」的核心總是人，是作為體驗者的主體精
神活動。也就是說，與體驗對象的所謂「本身」相比，體驗
者自己的心理過程與認知結果無疑更為重要。正如前文所
說，我們關注的重心不是文化與文學的「移植」活動，而是
在這一特殊歷史階段中的人，是這一過程中的主體的人，是
人自我的精神狀態與精神需要的變化發展，或者說，我們將
有意識地改變過去那種把「文化交流」直接等同於「文化輸

入」，而又把「文化輸入」代換為「中國新文化」的闡釋模式，——80 年代我們的中國現代文學研究在「走向世界」的框架中確立了這一模式，而 90 年代後期的「重估現代性」則是在表面的質疑下繼續對我們既往的歷史事實作了如此的解讀——我認為，在今天我們重新認讀中國現代文學的文化交流的事實之時，重心不應該是其輸入成果中飄忽不定的文化符號，而應當是這一過程中的人的精神的自我變化，正是人的自我精神的變化才形成了「交流」與「輸入」的實質意義，主體意識的改變才最終為新文化的出現提供了動力和方向。作為歷史文化的意義，新文化的價值並不在它的「輸入」的來源或「輸入」的行為本身，它只能由自身的創造性來衡定，只能在它與先前的文化積澱的比照中辨別新的因素，中國留日學生獲取「日本體驗」的意義並不在這些所獲是否真的屬於日本或不屬於日本，而在它們究竟為中國知識份子的認知世界提供了哪些新鮮的感興，並且最後又怎樣推動了中國文學在自己固有基礎上的新創造。郭沫若說過：「我們在日本留學，讀的是西洋書，受的是東洋氣。」[23]「東洋氣」就是體驗，它根本上決定了郭沫若讀「西洋書」的方式。一切外來的「影響」最終還是通過個體基於自己人生體驗上的認知與選擇來體現，不能將一個個體生命的成長徑直視為對其他文化（師長、前人、傳統或異域）的「收集」過程和「承受」過程，並根據這一情況做出肯定或否定的評價。80

23　郭沫若：《三葉集‧郭沫若致宗白華》，《郭沫若全集》15 卷 140 頁，人民文學出版社 1990 年版。

年代我們就常常因為中國作家汲取西方文化而激賞之「開放」，而 90 年代又因為同樣的事件卻指摘其臣服於「西方文化霸權」，其實，我們既不漠視外來文化在中國現代文化和現代文學發生發展中實際存在的觸發作用，也沒有理由徑直認定一個作家自身的某種特點「就是」他向西方「開放」的簡單結果。

　　既然我們強調的是體驗者的主觀精神世界，那麼也就必須看到這一世界並不是「到了」日本以後才形成的，它其實是一個生命成長的漫長過程，先前的人生與文化經驗不僅是不可或缺的，而且可以說繼續參與了新的「體驗」的發生：作為一種人生體驗或者文化體驗，我以為「日本體驗」的深層意義還不是「日本」，而是中國留日知識份子這一特殊群體從自己固有的經驗出發所獲得的新的人生經歷與感受。「新」是這一體驗之所以構成體驗的原因，而作為感受的「新」，「日本」的本質意義也主要不是在日本文化本身而在中國留日者的經驗的對比中。在這裏，「日本」意義的凸現必須以「中國本土」為前提，「日本的新體驗」必須以「中國的舊經驗」為襯托，「日本體驗」這一看似空間關係的發見中又包含了中國人自己的對於歷史的時間性感受，從而在總體上成為了中國文學在從古代到近現代轉化過程中的整體時空感受成分的重要組成，「日本體驗」的背景是中國文化與中國文學的生長過程，裏挾著它的歷史潮流絕不是單純的中外交流，而是中國文學自我發展的內在訴求。（也可以這樣說，中國留日學生「日本體驗」的內核是深刻的「中國體驗」）探討「日本體驗」問題也就成為了一個釐清中國新

文化與新文學的現代體驗以及現代性追求的問題。我們相
信，拈出中國文學現代性發展過程中的這樣一個具體的環
節，將有助於我們走出近年來所形成的「重估現代性」思潮
的「理解的迷霧」，重新將中國文學現代轉化的過程納入到
中國人的自我精神演化之中，將外來文化的啟迪意義納入到
中國知識份子主體創造才能的再生之中。

　　這裏便包含了我所謂的一組基本的關係項：異域/本
土。就是說，並不是異域的日本文學自身對中國文學產生了
獨立的影響，而是中國人「在日本」的體驗與自己的本土需
要這兩者間的「關係」賦予了中國文學新的內容與新的形
式。概括起來，我們大體上可以這樣來理解這一組關係項的
實際效能：

　　1. 中國文學現代轉化的「動機」是本土的需要。今天還
有人誤認中國新文學在「輸入」西方文學之後斷裂了自身的
「傳統」，其實，在大規模的中外文學交流之前，中國文學
已經置身於衰弱不振的境地了。「吾生恨晚數千歲，不與蘇
黃數子遊。」[24]「吾輩生於古人後，事事皆落古人之窠臼。」[25]
這就是當時中國文學家的普遍痛苦。當他們沿著中國古典文
學的故轍繼續前行的時候，已經體味到了靈感淤塞的尷尬。
在這個前提下，如何啟動文學的靈性，重現創造的靈光，便
成了內在的迫切要求。

　　2. 日本異域體驗的根本意義就在於「啟動」。這些新

---

[24]　陳三立：《肯堂為我錄其甲午客天津中秋玩月之作誦之歎絕蘇黃之下
　　　無此奇矣，用前韻奉報》。
[25]　易順鼎：《癸丑三月三日修禊萬生園賦呈任公》，《庸言》1 卷 10 號。

異的社會人生見聞擊碎了我們業已封閉的文學思維，在我們
原有的令人窒悶的寫作慣性之外另開一重天地。「本土」的
第一層意義就是自我，就是自我的精神世界，「本土需要」
也就意味著借助「異域體驗」來恢復自我的感知能力。這就
是郁達夫所說的「覺悟」：「是在日本，我開始看清了我們
中國在世界競爭場裏所處的地位；是在日本，我開始明白了
近代科學──不問是形而上或形而下──的偉大與湛深；是
在日本，我早就覺悟到了今後中國的運命，與四萬五千萬同
胞不得不受的煉獄的歷程。」對郁達夫這樣的青年學生而
言，日本體驗的強烈衝擊有時候簡直難以招架：「伊孛生的
問題劇，愛倫凱的戀愛與結婚，自然主義派文人的醜惡暴露
論，富於刺激性的社會主義兩性觀，凡這些問題，一時竟如
潮水似地殺到了東京，而我這一個靈魂坦白，生性孤傲，感
情脆弱，主意不堅的異鄉遊子，便成了這洪潮上的泡沫，兩
重三重地受到了推擠，渦旋，淹沒，與消沈。」[26]但另一方
面，自我精神的生長卻往往就在這「如潮水似」的異域體驗
之中，魯迅說得好：「國民精神之發揚，與世界識見之廣博
有所屬。」[27]

　　3. 日本異域體驗的最終成效又還得中國本土來加以
「驗證」。這裏的「本土」又意味著文學體驗的對象，「本
土需要」就是「體驗中國人生」的需要。獲得了「日本體驗」
的中國作家並不是以書寫日本見聞為自己天職的，對於本土

---

[26] 郁達夫：《雪夜──自傳之一章》，《郁達夫文集》4 卷 93、94 頁。

[27] 魯迅：《摩羅詩力說》，《魯迅全集》1 卷 65 頁。

人生的重新發現才是他作為「中國」作家的目的，日本或其
他任何一種西方文學的「現代性」本身並不是衡量中國文學
現代成就的標準，中國作家在本土所表現出來的創造能力才
是文學的財富。也就是說，通過異域又返回本土，並使自己
的靈感為之「復活」，這恐怕比什麼都要重要。在這一方面，
魯迅可能是最自覺的一位，從他早年介紹西方自然科學知識
開始，就總是將異域的見識「拉回」到「中國」的現實，體
驗「日本」與體驗、反思「中國」幾乎是同步的，日本的國
民性問題啟迪的是魯迅眼中的中國國民性問題。魯迅後來甚
至很少整篇「暢談」日本的事物，但這並不表示他缺乏對日
本的體驗，恰恰相反，他是將在日本體驗中獲得的人生感悟
投放回了中國自己，或者由眼前的日本的現象不斷聯想到中
國，或者是在體驗中國事物的過程中不時插入關於日本的比
較。1918 年，在介紹日本作家武者小路的人道主義思想時，
魯迅道出的卻是他對中國人的憂慮：「全劇的宗旨，自序已
經表明，是在反對戰爭，不必譯者再說了。但我慮到幾位讀
者，或以為日本是好戰的國度，那國民才該熟讀這書，中國
又何須有此呢？我的私見，卻很不然。」[28]、「我想如果中國
有戰前的德意志一半強，不知國民性是怎麼一種顏色。」[29]1934
年，因為給海嬰照相的經歷，他又聯想起了中日兩國在教育
孩子方面的差別，「溫文爾雅，不大言笑，不大動彈的，是
中國孩子；健壯活潑，不怕生人，大叫大跳的，是日本孩子。」

---

[28]　魯迅：《〈一個青年的夢〉譯者序二》，《魯迅全集》10 卷 195 頁。
[29]　魯迅：《〈一個青年的夢〉譯者序》，《魯迅全集》10 卷 192 頁。

「馴良之類並不是惡德。但發展開去，對一切事無不馴良，卻決不是美德。」[30]在《魯迅全集》中，到處「散落」著這樣的日本體驗，到處都是魯迅從日本「返觀」中國的精闢之論。「欲揚宗邦之真大，首在審己，亦必知人，比較既周，爰生自覺。」今天，我們常常引述魯迅《文化偏至論》中的這段話來說明文化與文學的「比較意識」，或者證明中國人在開放中「走向世界」的必要性，但文化「比較」與文化「交流」的根本目的卻可能被忽略：作為一位中國作家，我們最重要的應當是感悟自己的人生而非在「比較文學」的時代「變」得與西方一樣，或者說是首先必須「直面」和解決的是中國自己的問題，這才叫「首在審己」。魯迅的最大意義就在於他的「審己」，在於他比照先前的日本體驗，為我們重新描繪了中國人生的「慘澹」與「鮮血」，這些人生的「慘澹」與「鮮血」又正是那些囿於傳統視野的作家所未曾發現的。

這就是中國作家從本土需要出發經由異域體驗的激發又返回到本土體驗的全過程，也是中國現代文學發生史上日本體驗的特殊作用之所在。

在中國現代文學發生史上，異域/本土的互動關係貫穿始終。但應當看到，在不同的階段，在不同的文體，這一組關係具體呈現的層次都有不同。如果我們將從黃遵憲到梁啟超的文學諸界「革命」視作是發生史的第一階段，那麼這一階段的文學嬗變則聯繫著留日中國作家「初識」日本的結

---

[30]　魯迅：《從孩子的照相說起》，《魯迅全集》6 卷 81 頁。

果，從日本的初步「實感」中攝取的「新題」進入了黃遵憲
的《日本雜事詩》，千年之後的中國詩歌終於有了自己的「新
派」，這「新派」便成了梁啟超「詩界革命」的基本依據；
戲劇藝術本身的實踐性決定了中國戲劇改革家必須「進入」
到日本當下的生存狀態。這就是留日中國戲劇家重要的戲劇
資源，於是，為日本戲劇資源所包裹的中國戲劇家也有了自
己較為豐富的異域生存體驗；散文的現代嬗變最是生動地表
現了中國作家在自己生存體驗的支持下不斷豐富和發展這
一文體的全過程，這裏有源自本土的需要，有從本土需要出
發吸納異域資源，也有異域體驗反過來對自我認識的推動與
深化；當然，也有僅僅從文學「觀念」上取法日本的近代政
治小說的「小說界革命」，這一「革命」中的中國政治小說
因為迴避了真切的「實感」而流於枯燥無味。留日中國作家
「初識」日本的這些成果是重要的，但是，我們也發現，他
們這些異域體驗與本土需要的相互融匯卻似乎大體上停留
在一個相對粗疏與籠統的層面，即所謂的本土需要都不過是
現代民族國家建設的宏大目標，他們都有意無意地迴避了文
學發展中個人的人生遭遇的深刻意義。到魯迅、周作人兄弟
的文學活動，日本的體驗就與個人內在的自我意識相互融匯
了，無論對於日本還是本土或者文學藝術本身，這都可以稱
為是一種前所未有的「深度體驗」。到了「五四」，更多的
新文學倡導者擁有了區別於晚清一代的「深度體驗」，他們
自覺地將異域的感受與自我發展的深切願望相互溝通，五四
新文學運動的展開則是一系列中國作家「深度體驗」的共同
要求，至此，中國文學的現代嬗變得以完成。到了創造社作

家那裏，對日本體驗的發掘似乎又演變成了他們抗拒既成文
學權威的一種「需要」，於是，流行、活躍於當時日本的西
方「先進」思潮成了他們竭力標舉的旗幟。到這個時候，中
國現代文學的複雜格局也就出現了。

　　在以上的簡要描述中，我們還可以得到一個啟示，即從
整個中國現代文學的發生發展歷史來看，異域/本土這一組
互動關係中的每一項並非總是起著相同的作用，歷史發展在
不同時期調動「異域體驗」或「本土需要」的方式是有差異
的。大體上說來，從晚清中國文學的衰弱不振到五四新文學
的誕生，這一階段主要是如何借助「日本體驗」啟動我們「本
土」靈性的問題，因此異域體驗的廣度和深度可謂是文學發
展的「前提」，而中國本土的需要則是它潛在指向；然而，
當五四新文學出現以後，這個時候中國文學發展的關鍵則成
了如何在「本土」體驗人生，在「表現中國」發揮創造活力
的問題，也就是說立足本土又當是文學發展的「前提」，而
包括日本體驗在內的異域體驗則是它的潛在資源。只是，並
非所有的中國作家都能恰到好處地認知和調動這些「關
係」，於是中國文學的發展也就存在著諸多的變數。

四　日本體驗與英美體驗

　　中國現代文學的發生發展都受哺於中外文學交流的成
果，正如我們在前文所說，這些交流的基本體現便是中國作
家的一系列異域體驗如「日本體驗」、「英美體驗」、「法
國體驗」、「德國體驗」、「蘇俄體驗」等等。在所有的這

些「體驗」當中，我以為是「日本體驗」與「英美體驗」更起著某種結構性的作用。從某種意義上說，五四新文學運動便是中國作家「日本體驗」與「英美體驗」共同作用的結果：日本體驗為中國作家造成的生存壓力激發了他們生命的內在活力，日本體驗中所感知的西方現代文明景象則成了他們的理想目標；英美體驗給了中國留學生比較完整的學科專業訓練，英美文學發展中的具體文學策略也往往成為中國作家直接取法的對象（如胡適對意象派語言主張的攝取）。

　　然而，自「五四」以後，由於歸來的中國留學生社會地位與文化取向上的明顯差距，他們各自所倚重的異域資源也更加顯露出了彼此的分歧。充滿社會改造熱情但學科教育不夠完整的留日知識份子常常只能在社會的中下層艱難求生，這在某種程度上拉近了他們與普通民眾的距離，決定了他們的文學思想與文學追求帶有更加明顯的社會性、大眾性與政治革命色彩，其中一些作家傾向於進一步切入本土的人生體驗，視文學創作為現實人生的「苦悶的象徵」，以異域弱小民族的反抗意志當作現實批判的動力，魯迅、胡風就是這樣；另外一些作家則試圖在日本或經由日本繼續獲取對抗現實壓力的「先進武器」，於是他們從日本找到了蘇聯，找到了激進的無產階級革命理論，創造社作家就是這樣。而英美留學生呢，因為一般都完成了令人羨慕的高等專門教育，在國內獲得了較高的社會地位，所以便與社會的普通民眾保持了相當的距離，同時倒是與國家的管理層達成了某種微妙的默契，在這種情況下，西方文化中原本存在的批判性資源被他們作了某些有意無意的淡化，而所謂理性、節制的新人

文主義傾向與充滿實用精神的經驗主義傾向都得到了一定
的強化，學衡派、新月派都是如此。

　　當然，現代中國的留學生作家並不就來自於日本與英美
兩地，但是，從反映中國現代作家的異域教育狀況與後來長
期的社會生活狀況以及相應的文學態度方面，留日派中國作
家與英美派中國作家卻無疑構成了相當典型的兩極。正是在
這個意義上，我以為一個潛在的日本/英美的體驗結構對於
中國現代文學發生發展的總體面貌有著重要的影響。[31]

　　中國現代文學追求一系列重要的分歧都與日本/英美的
體驗差異有關。有的論爭就直接來自留學生作家的兩種體驗
的對峙，如五四新文學運動期間的「問題與主義」之爭，1923
年的「整理國故」之爭，1924 至 1926 年間語絲派與現代評
論派的論爭，1927 至 1930 年間魯迅與梁實秋的論爭，創造
社諸人與新月派的論爭，30 年代魯迅與林語堂的論爭等等。
有的論爭雖然不是直接發生於這兩種體驗的對峙間，但參與
其中的留學生作家卻依託了自己特有的異域經驗，如學衡派
與新文學倡導者的論爭，學衡派主要的理論根據就是他們理
解中的美國白璧德新人文主義。在學衡派同人看來，他們的
美國文化體驗才是代表了西方文化的方向，甚至比胡適早先
的體驗都更加的「正確」。自然，這兩種「體驗」的異質對

---

[31] 中國現代文學史家也對這一留學生作家的結構關係多有注意，如夏志
清就在他著名的《中國現代小說史》中闡述了「留美、留英學生與留
日學生的紛爭」。只是，夏志清以「自由」與「激進」的分歧來概括
這一「紛爭」倒是值得商榷。（參見《中國現代小說史》52 頁，臺北
傳記文學社 1979 年版）

應關係也不是固定不變的，隨著作家主體的個性特徵的不同
與人生經歷的發展變化，它們實際上也存在著某種相互轉化
的可能。比如，40 年代的戰火擊碎了許多中國知識份子的
「精英意識」，他們也在「著陸」底層人生的過程中重新提
煉了自己先前的異域體驗，於是倒是理解了留日作家的某些
姿態，聞一多就是這樣。在歷經了人生世事的變幻之後，他
「懺悔」道：「從前我們住在北平，我們有一些自稱『京派』
的學者先生，看不起魯迅，說他是『海派』……現在我向魯
迅懺悔：魯迅對，我們錯了！」[32]他甚至說：「我們過去受
的美國教育實在太壞了，教我們和人民脫離，幾乎害了我一
輩子。做了教授，做了校長，有了地位，就顯得不同，但是
這些有什麼了不起？」[33]

　　在兩種體驗的異質對應及其複雜演變中，當能更加清晰
地辨認和理解日本體驗之於中國現代文學的特殊意義。

---

[32]　聞一多：《在魯迅逝世八周年紀念會上的講話》，《聞一多全集》2
　　卷 392 頁，湖北人民出版社 1993 年版。
[33]　引自季鎮淮：《聞一多先生年譜》，《聞一多全集》12 卷 519 頁。

第一章

「新語句」遭遇中的新觀念的濫觴

——留日中國知識界的關鍵詞語與關鍵思想

語言是我們的存在之本，人的存在首先就是一種語言中的存在，包括文學藝術在內的一切文化形式都是某種語言的存在。在個人那裏，對文化的感知與體驗首先就是從我們賴以生存的語言開始的，沒有對於「詞語」的掌握，我們其實也無法「確定」我們的感知與體驗。思想家舍勒說得好：「詞語意義還有一種力量——確定我們在自身體驗和他人體驗上所感知事物的力量。若沒有什麼專門的詞可描述一種體驗，也就不能被經歷該體驗的個人所感知；或者，若只有一種極為一般的、毫無差別的辭彙意義可用於一種體驗，則該體驗的特殊品質則大都只在與該詞義相應的程度上被經歷，被該體驗的個人所感知。」[1]

當近現代中國知識份子一踏上日本的國土，異域給予他們的第一感受便是陌生的語言，這裏既有因陌生而產生的不適與距離，也有因新奇而產生的嚮往與追求。當然，作為與漢文有著明顯親緣關係卻又在近代大量匯入西洋新詞的日文，它帶給中國人的感受還相當的複雜：某種似曾相識的親

---

[1] 舍勒：《自我認識的偶像》，《舍勒選集》上冊 196 頁，上海三聯書店 1999 年版。

切，某種自我語言更新的啟迪，某種自我發展的信心，還有，某種文化發展的便捷。

　　隨著近代以來中日關係的發展，對日語（文）的這種感受似乎早早就浮現在近代中國知識份子的腦海中了，後來更以留日學生與學者的出現而大為加強，並且上升為對於中國近現代思想文化變遷的一種自覺的助力。

　　日語在近代的一大特點便是大量從西方文化中引入新詞，新詞的引入是日本思想文化近代化的重要表現。中國近代維新改良的知識份子對這些「新語句」充滿了興趣，因為語言的親緣關係，他們從日本語言中大量汲取了新的西方文化的辭彙與概念，這一情形隨著變法失敗維新派人士流亡日本與留日學生的大量增加而形成了前所未有的規模，雖然這樣的現象在留日中國知識界議論不一，如劉師培就鄙視、抨擊甚多，但畢竟已經成為了一種不可阻擋的文化潮流，國內人士像張之洞、林紓等都遭遇過一邊抵制日本新名詞，一邊卻也不得不陷入新詞羅網的尷尬。在日本新名詞的引進方面，流亡日本以後的梁啟超身體力行，最是積極，因為在他看來，新的辭彙便代表了新的理論，而「天下必先有理論然後有實事。理論者實事之母也。凡理論皆所以造實事。」[2]另一位對此有過深入思考的近代大家是王國維，他對當時輸入日本語彙表示了相當的理解，並闡述了詞語變遷背後的思想文化意義：「言語者，思想之代表也，故新思想之輸入，即

---

[2]　梁啟超：《新民議》，《梁啟超全集》2 冊 620 頁，北京出版社 1997 年版。

新言語輸入之意味也。」「若謂用日本已定之語，不如中國古語之易解，然如侯官嚴氏所譯之《名學》，古則古矣，其如意義之不能了然，何以吾輩稍知外國語者觀之，毋寧手穆勒原書之為快也。余雖不敢謂用日本已定之語必賢於創造，然其精密則固創造者之所不能逮（日本人多用雙字，其所不能通者，則更用四字以表之。中國人則習用單字，精密不精密之分，全在於此。）而創造之語難解，其與日本已定之語相去又幾何哉！」[3]

我以為，讀解因日本語言體驗而產生的聲勢浩大的中國詞語運動，這是我們認識發自於留日學界的一系列思想文化變遷的基礎，也是我們解釋同時出現的文學變遷的基礎。

下面我們僅僅考察幾個在當時的留日學界影響深遠的「關鍵詞」，並由此出發論及這些「新語句」背後的整個留日學界的思想文化的變遷。

一、「民族」的主義與「革命」的排滿

民族意識的勃興，民族主義情緒的高漲是近現代中國的重要特徵。

而這一「理念」的最早最自覺也最符合現代意義的表述就發生在留日中國人之中。1903 年春，東京浙江同鄉會主辦的《浙江潮》創刊號上發表了《民族主義論》（署名「余一」），這是較早反映中國知識份子對於民族主義系統認識

---

[3] 王國維：《論新學語之輸入》，《王國維文集》3 卷 41、43 頁，中國文史出版社 1997 年版。

的文章。再向前追溯，我們可以知道，最早使用「民族」一詞的是梁啟超。1899 年，梁啟超在他的《東籍月旦》中介紹日文著作《支那文明史》時，首次使用了日文的詞語——民族。[4]

　　雖然「民族」以及與之密切相關的「國家」現象古已有之，「但民族主義作為歷史力量的崛起，作為有著統一意識形態的政治運動而成為一種社會運動方式，卻是非常近代和現代的。」[5]在中國，「古已有之」的是我們的「夷夏之辯」，是「華夏中心主義」。當我們總是以這樣的「天朝上國」自居的時候，事實上也就既無法理解與我們平等存在的其他人類群體，也無法在「族類」間的競爭與合作關係當中有效地凝聚自己的社會力量。於是，真正的民族意識、民族主義精神就像梁啟超所分析的「愛國」一樣，在近代以前是稀薄而空虛的：「我支那人，非無愛國之性質也，其不知愛國者，由不自知其為國也。」「四萬萬同胞，自數千年來，同處於一小天下之中，未嘗與平等之國相遇，蓋視吾國之外，無他國焉。」「今夫國也者，以平等而成，愛也者，以對待而起。」所以說，近代以前，「吾國之士夫，憂國難，談國事者，幾絕焉」。[6]

　　「民族」一詞的出現以及近現代中國民族意識的勃興都可以說是鴉片戰爭失敗的產物，是國家民族在客觀上的失敗迫使我們不得不對等地看待其他的族類及其利益，不得不在

---

[4]　見《梁啟超全集》1 卷 334 頁，北京出版社 1997 年版。
[5]　徐迅《民族主義》12 頁，中國社會科學出版社 1998 年。
[6]　梁啟超：《愛國論》原載《清議報》1899 年 2 月 20 日 6 冊，這裏引自《梁啟超全集》1 冊 270 頁。

複雜的國際交往的新秩序中爭取自己的存在。而這樣的「新秩序」就被首先進入「國際空間」的人數眾多的留日學生所感知了。與當時國內一般士大夫階層創痛之後漂浮的民族情緒不同，留日中國知識份子還有機會從當時大量流行於日本的西方近代思想著作中進一步提升自己的理性意識，形成對於作為「主義」的民族意識的基本觀念，[7]《浙江潮》上那篇《民族主義》就反映了論者對於世界近現代以來的這一思潮的清醒認識：「民族主義者，十九世紀之產物，而亦其主人翁也。」「一呼而全歐靡而及於美而及於澳而及於非猶以為未足，乃乘風破濤以入於亞。」「合同種異異種以建一民族的國家，是曰民族主義。」「凡立於競爭世界之民族而欲自存者當以建民族國家為獨一無二義。」[8]

這種倡導民族主義、探討建立「民族國家」的言論大量出現在 20 世紀初的留日中國知識份子的雜誌和其他著述中，可以說構成了留日中國知識份子的思想主潮。

《浙江潮》創刊號上除了由主編親自操刀的長篇《民族主義論》之外，還有作為「社說」推出的宏論《國魂篇》，同樣激昂地揭起了民族、「民族建國」以及「祖國主義」的大旗：

---

[7]　當時流亡日本的梁啟超曾多次生動地描述過一個中國知識份子廣泛接受外來思想時的新奇與喜悅。諸如「既旅日本數月，肆日本之文，讀日本之書，疇昔所未見之籍，紛觸於目。疇昔所未窮之理，騰躍於腦，如幽室見日，枯腹得酒，沾沾自喜。」、「自居東以來，廣搜日本書而讀之。若行山陰道上，應接不暇，腦質為之改易，思想言論與前者若出兩人。」——分別見《論學日本文之益》、《夏威夷遊記》，《梁啟超全集》1 冊 324 頁、2 冊 1217 頁。

[8]　余一：《民族主義論》，《浙江潮》1903 年 1 期，「余一」即該刊首任主編蔣方震。

「今日之世界則孰不知帝國主義哉？」「帝國主義者，民族主
義為其父，而經濟膨脹之風潮則其母也。十九世紀之中葉，全
歐之人既勞心盡力，日日以建造民族的國家為事。」[9]「民族
建國者何？曰：凡同種之人，務獨立自治，聯合統一，以組
織完全之國家也。」「祖國主義者何？根於既往之感情，發
於將來之希望，而昭於民族的自覺心。」[10]全部共 12 期的《浙
江潮》雜誌，可以說期期都刊發有民族主義的吶喊，《民族
主義論》、《國魂篇》都是長篇大論，多期刊載；其他重要
論文如《公私篇》（1 期）、《敬告我鄉人》（2 期）、《自
治篇》（6 期）、喋血生《中國開放論》（6 期）、《四客
政論》（7 期）、《新社會之理論》（8、9 期）、《近時二
大學說之評論》（8、9 期）、《支那人之國家思想》（8 期）、
《國際法上之新國家觀》（9、11、12 期）、《日俄開戰與
中國之地位》（10、11、12 期），傳記如《中國愛國者鄭
成功傳》（2、3、5、6、8、9、11、12 期），小說如蕊卿
《血痕花》（4 期）、自樹（魯迅）《斯巴達之魂》（5、9
期）等等，就連索子（魯迅）《中國地質略論》這樣的自然
科學著作，也充盈著民族主義的憂患：「中國者，中國人之
中國。可容外族之研究，不容外族之探險；可容外族之讚歎，
不容外族之覬覦也。」（8 期）一句話，隨著「民族」一詞
被廣泛使用，作為「主義」的討論也活躍了起來。

　　當時留日學界創辦的雜誌幾乎都具有與《浙江潮》類似

---

[9]　見《浙江潮》1903 年 1 期。
[10]　見《浙江潮》1903 年 3 期。

的情況。

康有為、梁啟超流亡日本後創辦的《清議報》，自創刊之日起就闢專欄介紹國際形勢與中外關係，從現實著手激發人們的民族意識。除「時事」外，也發表了像梁啟超《愛國論》這樣的著名論著。《清議報》停刊後，梁啟超再辦《新民叢報》，「所論務在養吾人國家思想」。[11]1901 年創辦的另一份流亡者雜誌《國民報》宣告其宗旨是：「破中國之積弊，振國民之精神，撰述選譯，必期有關中國大局之急務。」[12]1905年由流亡日本的革命人士創辦的《民報》更是以孫中山的三民主義為自己的核心追求，「民族主義」自然就成為了它的第一面大旗。

《譯書匯編》是中國留日學生最早創辦的一種刊物，它先是以「天下愛國之士」的「焦心竭慮」致力於西方近代啟蒙思想的輸入，[13]1902 年 12 月以後更在「政治通論」、「政治」、「雜纂」等欄目中發表了大量的時政專論，直接闡述中國留日學界對於民族問題的關心。《遊學譯編》同樣「專以輸入文明，增益民智為本」。雖然它宣稱「全以譯述為主」，但是這些從事譯述的中國留學生卻紛紛以「譯者識」、「譯後」甚至通訊、論著的形式表達著自己對民族問題的思考。1906 年創辦的《法政雜誌》以譯介國外法律、政治類的著作為主，因為編者認定「編纂法典，修明政治，鞏我國基，

11　《本報告白》，原載《新民叢報》1902 年 2 月 8 日 1 號。
12　《倡辦國民報簡明章程》，《國民報》1 期。
13　語見芙峰：《日本憲法與國會之原動力在日本國民‧緒論》，《譯書匯編》1903 年 3 月 13 日第二年 12 期。

於斯為急。」[14]著作者竭力掙脫「譯述」限定，以各種方式表達他們的民族救亡意識，這就是 20 世紀初留日界編譯雜誌的共同特色。

留日中國學界最早出現的以留學生各自省區特徵命名的刊物是《湖北學生界》（1903 年 1 月），以後又陸陸續續創辦了《直說》、《浙江潮》、《江蘇》、《洞庭波》、《鵑聲》、《豫報》、《雲南》、《晉乘》、《關隴》、《江西》、《四川》、《滇話》、《河南》等等，這些同鄉會性質的雜誌從來無意將自己的注意力局限於狹義的故鄉，它們格外關心的是共同的故鄉——中國。讓湖北的「學生界」憂心忡忡的是「中國之存亡」，[15]出版 5 期之後，他們乾脆改刊名為《漢聲》，因為「最急之先務」就是「揚民族之風潮，兆漢祀於既絕！」[16]似乎，這個具有民族色彩的名字更能表達這些莘莘學子的「心聲」。用江蘇留日學生的話來說，則是「今同人以愛江蘇者愛中國，各省亦競以愛其本省者愛中國，馴致齊心一致，以集注於愛國之一點，則中國之興也。」[17]河南留學生開門見山：「《河南》雜誌為吾河南同胞確定進行之方針也。於此又附一言以告我全國同胞曰：河南雜誌所定進行之方針，吾黨以為無論何省均適用者也。」[18]即便是處地偏遠的省區也清醒地意識到了故鄉與大中國的血肉聯繫，雲南

[14]　《法政雜誌簡章》，《法政雜誌》1 卷 1、2 號封底，1906 年 3、4 月。
[15]　《湖北學生界》1903 年 1 期「敘論」。
[16]　《漢聲》，見《漢聲》1903 年 6 月 1 期。
[17]　《江蘇同鄉會創始紀事》，《江蘇》1903 年 1 期。
[18]　《發刊之旨趣》，《河南》1907 年 1 號。

學生指出：「由地勢上的關係看來，雲南一亡，中國就相繼而亡了。由侵略政策上的關係看來，雲南一亡，中國就一時瓜分了。」[19]四川的留學生總能從故鄉杜鵑的啼血聲裏聽出全中國的悲愴，「所以本社同人，欲效啼鵑，把以上所說的這些事情，及如何造成新國家，救我們四百兆同胞的法子，一期一期的說了出來，哀鳴於我七千萬伯叔兄弟之前。日日啼哭，今日勸不轉來，明日依然啼哭，明日勸不轉來，後日還是要哭訴的。」[20]

至於留日學界創辦的其他雜誌如《二十世紀之支那》、《醒獅》、《中國新報》等，從刊物的取名就不難看出編者對於中華民族國際地位的關切以及未來前途的期許。

就當時居留於日本的中國知識份子而言，這樣熱烈的文化氛圍顯然既啟動了他們的表達的欲望，同時也創造了更多的表達的機會。所以說除了眾多刊物的群體出擊外，他們個人也達到了思考與寫作的高峰。影響 20 世紀中國的一系列民族主義的思想——包括這一思想的豐富、複雜以及分歧對立的組成部分——都誕生於此。康有為「滿漢合一」的民族主義主張繼續對梁啟超的選擇形成壓力和牽制，章太炎、孫中山、鄒容式的「排滿革命」思想也奔湧澎湃著，而梁啟超這位近現代中國民族主義思想探求的先驅卻經歷了一個從「走出康有為」到「回歸康有為」的曲折過程。他先是從美國及日本學者的論述中「引申發明」，早早就提出了與康有

---

[19] 《雲南與中國的關係》，《滇話》2 號。

[20] 《說鵑聲》，《鵑聲》1906 年 1 期。

為有隙的具有現代特徵的民族主義觀點（「新民」、「討滿」），以後，又從德國學者伯倫知理的學說中汲取啟發，轉而主張民族主義與國家主義的結合，在自我否定中再次接近了康有為。在這幾大沖蕩迴旋的思潮當中，裹挾著更多的青年中國知識份子，如蘇曼殊、魯迅、周作人、錢玄同、陳獨秀、李大釗，他們在以各種方式表述民族情緒的同時，也在觀察，在思考，在努力作出自己的選擇，而他們的選擇則最終決定了中國現代文學未來的格局與方向，或者說至少也是為中國文學的現代啟動提供了一個重要的意識形態的基礎與氛圍。在以上幾類民族主義思想此消彼長的發展與論爭之中，我們看到，最終對整個留日學界構成主流影響的是「排滿革命」追求。正如有學者所說的那樣：「中國革命並非來自太平洋外遙遠的雲間，其實，對岸之島國──日本，其思想乃最重要之原因。」[21]

　　中國近代以後民族主義思潮的產生一直可以追溯到鴉片戰爭的失敗。從鴉片戰爭到辛丑合約，在越來越慘痛的民族失敗中，仇洋排外的華夏中心主義走向末路。這裏，不斷上演的不僅僅是軍事、外交意義的失敗，更是國家政權權威的逐漸喪失，是專制體制內在腐朽的日益暴露。另一方面，維新派知識份子又操縱著「興民權」這樣的思想武器與保守勢力兩相對抗，意欲「保國禦侮」的他們或許自己也不曾料到，「興民權」之類的思想已經開始了對專制權威的某種消

21　北一輝：《支那革命外史》，轉引自實藤惠秀《中國人留學日本史》
　　345 頁，三聯書店 1983 年版。

解──一方面是華夏中心主義的失敗讓「權威」自我動搖，
另一方面又是康、梁等維新派的努力造就著年輕一代對國家
現政權的懷疑與反叛。當中國留日學生大量出現，一個影響
和決定著未來中國思想文化發展的新的知識群體在異域醞
釀成熟的時候，歷史已經注定了他們當中的主體必然選擇與
現實政權相對立的方向。

　　於是，當這批新的知識份子舉起民族主義的旗幟致力於
「救亡」理想的時候，他們所理解的「民族」就不再是一個
含混籠統的中華的整體（這個「整體」象徵的「天下」不過
就是專制政權的「私產」而已），而是能夠真正喚起他們生
命熱情、能夠凝聚起他們精神力量、能夠令他們自覺獻身的
崇高理想之物。顯然，腐朽的現實政權和高踞於這一權力頂
端的貴族集團──滿人都不過是破壞這一崇高之物的對頭！
「驅除韃虜，恢復中華」這一「排滿」口號的實質與其說是
梁啟超後來所指責的「民族復仇主義」，[22]還不如說是力圖
以「排滿」為切口完成對於現代理想中的政治秩序與民族關
係的重構。

　　民族主義與國家主義的根本對立，這是 20 世紀初葉留
日中國知識份子民族主義追求的主要特徵。西方近代民族主
義發展的歷史似乎向我們表明：「民族主義是一種政治意識
形態，直接為國家權力服務，或是國家權力的重大功能之
一。」[23]而我們的留日學生中卻流行著這樣的觀點：「民族

---

[22]　梁啟超：《政治學大家伯倫知理之學說》，《梁啟超全集》2 冊 1069
　　頁。
[23]　徐迅：《民族主義》5 頁，中國社會科學出版社 1998 年版。

主義與專制政體不相容。」[24]

　　從民族主義走向對現政權的「革命」，這又是留日中國知識份子民族主義追求的必然結果。致力於中國學生留日史研究的實藤惠秀指出：「在辛亥革命（1911 年）以前的革命活動，與其說是留日學生起了重大的作用，毋寧說是以留日學生為主體而實踐了革命」。「在中國革命的實踐行動中，沒有一次是沒有留日學生參加的。正如北一輝所說，留日學生制服簡直就是革命軍制服」。[25]

　　「革命」一詞在留日界中的流行也與當時日文中的「革命」新詞大有關係，只不過，這種關係卻因為留日中國知識份子的複雜心態而變得頗為曲折了。

　　追根溯源，「革命」一詞當是中國「古已有之」的，一般認為其源自於《易經》「湯武革命，順乎天而應乎人」，基本意思是以武力改朝換代，「革其王命」、「王者易姓」。然而，在近代中國知識份子觸及到日文的「革命」之前，這一古老的語彙顯然是湮沒多時了。據說，日本是用中國《易經》中的「革命」一詞譯讀了西方文明中代表歷史前進的revolution，由此而引起了留日中國知識份子的注意。[26]從這個意義上說，近現代中國的「革命」也依然是與日本新語句相遭遇的結果，或者說是經由了日本這一中介的「出口轉內銷」的過程，才真正產生了歷史性的影響。

---

[24] 余一：《民族主義論》，《浙江潮》1903 年 1 期。

[25] 實藤惠秀《中國人留學日本史》350 頁，三聯書店 1983 年版。

[26] 參見陳建華：《「革命」的現代性──中國革命話語考論》，上海古籍出版社 2000 年版。

　　這一「出口轉內銷」的過程是相當曲折的。不同的留日中國人所感受到的東西並不相同，所以他們最初所理解的「革命」也大相徑庭。日本雖然借用了中國的「革命」一詞，但它那「萬世一系」的天皇政治模式卻排斥了中國固有的「武力」內涵，取而代之的是一種尊王改革的意義，「革命」也就是明治維新的「維新」。這樣的理解不僅有別於中國《易經》的本義，而且也剔除了西方文明 revolution 中應有的暴力激進的一翼。剛剛經歷了宮廷維新的梁啟超到了日本，首先引起他共鳴的自然是日本式的「革命」內涵。1902 年的《釋革》一文，梁啟超考察了當時日文中所用的「革命」一詞，他結合日本的維新事實提醒我們：「聞『革命』二字則駭，而不知其本義實變革而已。革命可駭，則變革其亦可駭耶？」[27]梁啟超所謂的「詩界革命」、「文界革命」、「小說界革命」等就是指這樣的「革命」。然而，對一些失望於國內政治、有志於政權顛覆的留日中國人而言，情況就有所不同了。馮自由在他著名的《革命逸史》中這樣交代「革命二字的由來」：

　　　在清季乙未（清光緒二十一年）年興中會失敗以前，中國革命黨人向未採用「革命」二字為名稱。從太平天國以至興中會，黨人均沿用「造反」或「起義」「光復」等名辭。及乙未九月興中會在廣州失敗，孫總理、陳少白、鄭弼臣三人自香港東渡日本，舟過神戶時，三人登

---

[27]　梁啟超：《釋革》，《梁啟超全集》2 冊 760 頁，北京出版社 1997 年版。

> 岸購得日本報紙，中有新聞一則，題曰支那革命黨首領
> 孫逸仙抵日。總理語少白曰，革命二字出於《易經》「湯
> 武革命順乎天而應乎人」一語，日人稱吾黨為革命黨，
> 意義甚佳，吾黨以後即稱革命黨可也。[28]

　　孫中山這裏所理解的「革命」顯然與梁啟超有異，「革其王命」、「王者易姓」的中國本義在「革命黨」孫中山這裏是獲得了重新的認同。

　　儘管包括梁啟超、康有為、章太炎等知識份子都一度對「革其王命」的中國傳統與包含了暴力激進的 revolution 頗為戒備，但近代中國的憂患現實與改革挫折卻催使人們更多地容忍、理解乃至最終認同和激賞著改朝換代的「革命」概念，傳統中國的「革其王命」與西方文明的激進式前進實際上構成了某種複雜的配合。章太炎曾經在《時務報》上撰文提倡「以革政挽革命」，[29]但他終於還是成為了「順天以革命者」。[30]就是梁啟超主辦的《清議報》與《新民叢報》上，也不乏蔣智由這樣的「革命」語彙：「世人皆曰殺，法國一盧騷。民約昌新義，君威掃舊驕。力填平等路，血灌自由苗。文字收功日，全球革命潮！」[31]可以說，正是對「革命潮」的感奮，激進「革命」的概念最終進入了留日中國學界的主流，成為鄒容所謂的 20 世紀中國社會變遷的「天演之公

---

[28]　馮自由：《革命逸史》初集，商務印書館 1939 年 6 月版。

[29]　章太炎：《論學會有大益於黃人，丞宜保護》，原載《時務報》19 冊，1897 年 2 月。

[30]　章太炎：《正仇滿論》，原載東京《國民報》1901 年 8 月 4 期。

[31]　蔣智由：《盧騷》，原載《新民叢報》1902 年 3 月 3 號。

例」。[32]

革命就是留日中國知識份子的民族主義思潮的結果。這樣的民族主義思潮表現出了極具中國特色的雙重民族關懷——既是對中華民族反抗列強侵略、實現民族獨立的關懷，同時又是對中華民族內部強勢民族專制的關懷，並力圖以摧毀專制的方式完成民族內部的自我改造。

這些特點首先體現在了由革命流亡者及青年留學生主辦的刊物上。這些刊物，絕大多數都具有鮮明的「激進」色彩，甚至本身就與激進的社團組織相聯繫——如《湖北學生界》的編撰者劉成禺、李書城、金華祝等就是拒俄義勇隊的骨幹，藍天蔚更擔任了義勇隊隊長；《二十世紀之支那》的創辦者是革命團體華興會的重要成員，《洞庭波》的創辦者分別來自同盟會與華興會，《雲南》的創辦直接得到了孫中山的幫助，《晉乘》、《四川》、《河南》等的編者和作者絕大多數都是同盟會會員，《民報》更是同盟會的機關報。僅僅以較早創刊的《浙江潮》與《江蘇》為例，據統計，現存 10 期《浙江潮》和 12 期《江蘇》中，分別刊發了重要論文為 288 篇和 385 篇，而其中宣揚排滿革命與民族意識的就分別有 65 篇和 117 篇，分別占了總數的 22.6% 和 30.4%。[33]特別是經過了 1903 年的拒法拒俄運動及《蘇報》案的推動，經過了 1905 年同盟會成立的激勵，又歷經了 1906《新民叢

---

[32] 參見鄒容：《革命軍》，《辛亥革命（二）》，上海人民出版社 1957 年版。

[33] 據張玉法《清季的革命團體》，這裏轉引自唐文權《覺醒與迷誤》80 頁，上海人民出版社 1993 年版。

報》與《民報》這兩大對立的思想陣營的激烈較量，「排滿
革命」的民族主義思想便取得了決定性的勝利。

　　一般認為：「現代國家是建立在『民族』的基礎之上的，
而民族主義是建立現代國家的歷史力量。」[34]西方近代民族
主義發展的歷史又似乎向我們表明：「民族主義是一種政治
意識形態，直接為國家權力服務，或是國家權力的重大功能
之一。」[35]然而，當影響著中國未來命運的這一批留日中國
知識份子堅定地舉起「排滿革命」、「反對國家主義」大旗
追求自己的「民族主義」，闡發自己的「現代民族國家」理
想的時候，我們就不得不承認，在同樣走向現代世界，同樣
建構著文化的「現代性」的道路上，中國與西方實在有著太
多的差異了！

　　與此同時，在陳天華蹈海自盡、以死相抗，秋瑾、徐錫
麟起義失敗、悲壯犧牲，鄒容以文獲罪、慷慨就義的炎熱的
革命風潮之中，決定著未來中國新文壇面貌的一批青年留學
生也同樣躋身於這樣的洪流，他們也親身經歷了非國家主義
的民族主義的洗禮，「倘說影響，則別的千言萬語，大概都
抵不過淺近直截的『革命軍馬前卒』所做的《革命軍》」[36]他
們當中──魯迅曾經「往集會，聽講演」，[37]參加革命組織
浙學會、光復會，為《民報》上「所向披靡」的革命檄文而

---

[34]　徐迅《民族主義》11 頁，中國社會科學出版社 1998 年版。

[35]　徐迅：《民族主義》5 頁，中國社會科學出版社 1998 年版。

[36]　魯迅：《墳‧雜憶》，《魯迅全集》1 卷 221 頁。

[37]　魯迅：《且介亭雜文末編‧因太炎先生而想起的二三事》，《魯迅全集》6 卷 558 頁。

激動不已，[38]周作人醉心於克魯泡特金的無政府主義思想，又說：「我們學俄文為的是佩服它的求自由的革命精神及其文學。」[39]蘇曼殊參加了「拒俄義勇隊」和反政府的軍事組織「軍國民教育會」，陳獨秀發起組織過「青年會」、「歐事研究會」，他與鄒容等人一起與腐敗的留學生監督對抗，參與了著名的「剪辮事件」，最後被迫回國，李大釗組織過「神州學會」，積極投身於反對「二十一條」和袁世凱的鬥爭，許壽裳主持參加浙學會、光復會，主編過激進的《浙江潮》，主張「興國不在政府而在國民」。[40]這樣的獨特的「現代民族國家」理想是他們設想中的未來中國文化的重要內容，也是他們超越中國古代文人，重新定位自我與國家、自我與民族、自我與社會的重要起點，當然，所有的這些「設想」與「定位」最終又都組成了他們新的人生視野與藝術視野，並通過中國現代文學這一獨特的中國方式的「現代性」審美追求表達了出來，於是，中國文學的「現代性」也就和中國的「現代民族國家」理想一樣，很難用西方文學發展的既有的概念來加以衡量了。

---

[38] 魯迅在《關於太炎先生二三事》一文中回憶說，他讀了《民報》上章太炎與梁啟超的論戰文章，感到「真是所向披靡，令人神旺。」見《魯迅全集》6 卷 546 頁。

[39] 周作人：《知堂回想錄·七九，學俄文》，《知堂回想錄》上冊 249 頁，河北教育出版社 2002 年版。

[40] 參見許壽裳《興國精神之史曜》，《河南》4 期、7 期。

二、「世界」體驗與「進化」學說

　　與上述出口轉內銷的「革命」一詞相類似，「世界」一詞也是由日本新語句重新回傳給中國知識界的。

　　「世界」一詞，當源自佛經，可以說是屬於印度佛教文化早就傳遞給古中國文明的詞語。《楞嚴經》云：「世為遷流，界為方位。」也就是說，「世」為時間，「界」為空間，「世界」一詞有點類似於《莊子‧庚桑楚》、《屍子》卷下裏的一個詞語「宇宙」。在如《智度論》、《俱舍論》這樣的經書裏，「大千世界」也主要側重於意指空間。但是，在中國文化的漫長歲月裏，除了參禪論道，「世界」一詞並沒有成為中國知識份子描述他們現實感受的普遍用語。早期的外國傳教士在翻譯 World 一詞時，通常使用的是「四海」、「紅塵」、「萬國」、「全地」一類更符合中國人習慣的比喻性語言或「模糊」語言。用「世界」一詞譯讀 World 究竟是始於日本還是外國傳教士，這在學術界還有些不同的說法，[41]但我們至少可以發現，的確是在近代的日本，「世界」已經成為了知識份子描述其地理空間感受的新語句，而當時中國的知識份子也的確是在談及其日本見聞的時候，將「世界」引入文中，例如王韜的《扶桑遊記》、黃遵憲的《日本國志》。20 世紀初，留日中國知識份子掀起了日書中譯的高潮，其中，地理學方面的著作占了相當的數量，據統計，在 1898 年至 1911 年間，中國「大部分地理學譯著的原本也

---

[41]　參見鄒振環：《晚清西方地理學在中國》239 頁，上海古籍出版社 2000 年版。

是來自日本」。[42]隨著中國留學生陸續譯出的《世界地理》、《世界地理志》等著作的廣泛傳播，「世界」也才成為了整個中國知識界的基本語彙。

世界，這是一個沒有中心的空間概念。「世界」一詞回傳中國、成為近現代中國基本語彙的過程，也是中國知識份子認知現實的基本框架——地理空間觀念發生巨大改變的過程。

中國知識界在近代的一切思想的變遷都可以追溯到鴉片戰爭的失敗，而鴉片戰爭的失敗帶給中國知識份子的最直接的衝擊就表現在地理空間觀念上。失敗將一個殘酷的事實呈現了出來，即我們所生存的這個世界並非如我們想像的那樣以中國為中心。南中國海上射來的西洋炮彈擊碎了我們原有的渾然完滿的地理空間觀感，世界由此破裂開來。正如王富仁先生所分析的那樣：「這是中國知識份子的一個『地理大發現』，但這個『地理大發現』卻不同於西方人發現了美洲新大陸，也不同於中國古代的張騫通使西域、玄奘西天取經、三寶太監下西洋。這些發現都沒有改變發現者本人的關於世界統一性的觀念，都沒有造成他們本人空間的分裂和破碎感。而中國知識份子的『地理大發現』，發現的卻是一個無法統一起來的世界，一個造成了空間割裂感的事實。」[43]如果說，明末清初的傳教士們第一次為我們帶來世界地理知識

---

[42] 鄒振環：《晚清西方地理學在中國》244 頁，上海古籍出版社 2000 年版。

[43] 王富仁：《時間・空間・人》，《魯迅研究月刊》2000 年 1 期。

的時候，遭遇的是中國知識界的普遍抵觸與抗拒，[44]那麼，由中國人今天在槍林彈雨中所目睹的這一次的「地理分裂」的事實卻讓所有的中國中心論者都啞然無語了。

　　從魏源旁徵博引編撰《海國圖志》到梁啟超及更年輕的中國學子奔走東瀛、苦讀日文，中國知識份子的世界地理知識第一次從想像的構圖演變為切實的生存感受，從少數人經由特殊機緣而來的見識發展成為大規模的群體共識，這真是一個極具歷史意義的事件。據統計，從 1819 到 1897 年，中國出版的西方地理學譯著單行本共 51 種，年平均只有 0.65 種；但從 1898 至 1911 年，在這短短的 13 年間，同類譯著就多達 157 種，年平均為 12.1 種。1898 年前的著作多出之於傳教士之手，1898 年以後的大部分譯著都來自日本，絕大多數又是由留日學生譯出，一些譯著還直接由留日機構印刷出版，以後，這些留日學生歸國成立的出版機構中，也不斷推出據日文翻譯的西方地理學著作。[45]留日學生在中國地理學的近現代轉換中起著至關重要的作用，這也是因為他們有著比一般的國內知識份子更直接的空間生存的體驗。

　　留日中國知識份子在最直接的生存意義上感悟地理空間，這首先體現在他們升起的「鄉土關懷」中。十分有趣，當這些負笈東渡的遊子決意「別求新聲於異邦」的時候，他

44　梁啟超《中國近三百年學術史》：「言世界地理者，始於晚明利瑪竇之《坤輿圖說》，艾儒略之《職方外紀》。清初有南懷仁、蔣友仁之《地球全圖》。然乾嘉學者視同鄒衍談天，目笑存之而已。」見《梁啟超全集》8 冊 4593 頁。

45　統計材料分別見鄒振環《晚清西方地理學在中國》140、164、168 頁，上海古籍出版社 2000 年版。

們迅疾產生的卻是編織鄉情的願望,「同鄉會」似乎就是彼此心靈慰藉的很好的形式。「在這一階段的留學團體中,各同鄉會相繼產生和發展,比較活躍的有雲南、湖南、湖北、浙江、福建、山西、四川、廣東等同鄉會。」[46]除同鄉會外,尚有不少建立在鄉土因緣上的社團組織,如廣東的廣東獨立協會,湖南的土曜會,長江流域的共進會,兩湖的鐵路協會等等,正如有人所描述的那樣:「留學界勢力方興,多有地域之見,興中會看來很像廣東人的組織,外省人參加者不多。」「光復會既成立,與會者獨浙皖兩省志士,而他省不與焉。」[47]

　　我們千萬不能僅僅停留在人際關係的表層來讀解這樣的現象。這些同鄉會組織的建立,除了人與人之間本能的互助互慰外,其文化的意蘊實在值得我們玩味、咀嚼。因為,在「鄉土中國」,雖然小農經濟將人們牢牢地分割在各自的「鄉土」裏,但究其實質來說,血緣才是這一社會的穩定性力量。「在穩定的社會中,地緣不過是血緣的投影」,「空間本身是混然的,但是我們卻用了血緣的坐標把空間劃分了方向和位置。」相反,「地緣是從商業裏發展出來的社會關係。血緣是身份社會的基礎,而地緣卻是契約社會的基礎。」「從血緣結合轉變到地緣結合是社會性質的轉變,也是社會

---

[46]　沈殿成主編:《中國人留學日本百年史》上冊 158 頁,遼寧教育出版社 1997 年版。

[47]　分別見張玉法《清季的革命團體》173 頁,馮自由《革命逸史》5 集 55 頁,這裏均轉引自李細珠《辛亥時期留日學生的鄉土情結與愛國主義》,載《求索》1994 年 3 期。

史上的一個大轉變。」[48]也就是說，恰恰是在遊學日本、掙脫血緣束縛的新生活裏，當這些來自「鄉土中國」的青年知識份子需要以某種方式達成社會性的組合的時候，他們便選擇了最簡單的聯結紐帶——地緣。在這個意義上講，人們借助於地緣關係重返自己最原初的地理空間——鄉土，這並不僅僅是一種自我衛護的本能，它更可能成為自我的試探性展開的起點。

由此，我們就不難理解，在一代留日中國學人的鄉土感懷中，其實已經沒有了傳統士人的纏綿鄉愁，倒是充滿了重審鄉土空間的冷峻、重估鄉土價值的理性以及突破既有空間束縛的激情，而且，狹小的鄉土空間的感念又往往擴展而為宏大的中國空間的體悟。這些都可以說是關於地理空間的現代體驗的必然要求。

在 20 世紀初葉的留日同鄉會雜誌上，我們隨處可以讀到這樣一些既流連固有鄉土又力圖突破其束縛的心靈悸動。

《湖北學生界》、《直說》、《浙江潮》、《江蘇》、《洞庭波》、《鵑聲》、《豫報》、《雲南》、《晉乘》、《關隴》、《江西》、《四川》、《滇話》、《河南》……當留日中國知識份子紛紛選擇這些地域性的名目作為自己的文字空間之時，我們所看到的分明是一次次的精神的「還鄉」。他們在精神上重返自己原初的生存世界，以新的目光審視它，以新的理性剖析它，又以新的熱情啟動它，他們在這一原初的地理空間中積蓄著自己的生命能量，為以後跨上

48　費孝通：《鄉土中國》72、73 頁，三聯書店 1985 年版。

堅實的人生之旅準備好思想的內容與思維的形式。

為什麼要重返鄉土呢？《江蘇》雜誌上關於江蘇同鄉會的「創始記事」明確指出：「愛國必自愛鄉始。無他，事之由小以成大，自邇而及遠，亦必至之勢，無可如何者也。」[49]在作為創刊號的這一期雜誌上，江蘇留日學生精神還鄉的激情與理性都淋漓盡致地表現在了它的〈發刊詞〉裏：「美哉，我江蘇之人民！美哉，我江蘇之人民如我支那！我支那之人民以薄弱聞於世界，我江蘇之人民又以薄弱聞於支那。」「或曰美哉，我江蘇安樂地，或曰美哉，我江蘇文學藪。嗚呼是益，咒罵我江蘇也是益。陷溺我江蘇也，是猶以我支那之安樂文學誇示於世界也。我愛支那者，請得而大聲呼曰：我支那無所有，所有者惟腐敗！我愛江蘇者更請得而垂涕道曰：我江蘇無所有，所有者惟腐敗！且更縱言以明之曰：我江蘇者，我支那之支那，而腐敗者，我江蘇之特色！」這裏的激情在於他們對於自己原初生存空間的深深的依戀，而理性則體現為一種清醒的自我反省精神，一種嚴峻的地域批判意識，一種在民族生存的困境中發現鄉土的困境、又將鄉土的體驗連接到民族整體的思維方式。激情與理性的複雜糾纏，鄉土與國土的相互連接，這就是 20 世紀中國正在生長著的地域空間意識。類似的雙重複雜意識可以說是構成了留日同鄉會雜誌的「基調」。

湖南留學生愛撫著自己的錦繡山川與璀璨文明，豪情滿懷：「粥熊子孫從皆拿破侖，湘中城池處處號聖彼得。縱橫

49　《江蘇同鄉會創始記事》，《江蘇》創刊號。

上下，不可一世。以湖南比近世之帝國，一曰日爾曼二十五聯邦中之德意志也；以湖南比世界之共和國，一美國十三州中華盛頓也。」然而，在奔向現代的征途中，誰也無法回避其中的昏瞶與惑亂：「維新一派，鎖國一派，天下孰不曰：湖南者，支那商業中之雜貨也。時而贊成，時而反對。天下孰不曰：湖南者，二十世紀上之大怪物也。」「哀湖南者莫不曰：湖南在今日將為天下第二之印度、猶太也。」[50]

這樣愛怨交織的地域感受在浙江人那裏則激蕩成了聲勢浩大的「浙江潮」：「其勢力大，其氣魄大，其聲譽大，且帶有一段極悲憤極奇異之歷史，令人歌，令人泣，令人紀念。」浙江留學生對「浙江潮」的體悟還帶有十分明確的文化地理學觀念：「抑吾聞之，地理與人物有直接之關係在焉。近於山者，其人質而強；近於水者，其人文以弱。地理之移人，蓋如是。其甚也，可愛哉浙江潮。可愛哉，浙江潮，挾其萬馬奔騰、排山倒海之力氣，以日日激刺於吾國民之腦，以發其雄心，以養其氣魄。」[51]

奇譎詭異的蜀中山川也佈滿了 20 世紀的危機，所謂「雷霆鞠盉，飛電環身，山嶽崩頹，流石逼體」，所謂「劍關析斷」、「瞿塘怒鳴」，四川留日學生發出了「警告全蜀」的吶喊。[52]

至於「平原無垠、泉甘草肥」、文明悠久的中州大地，

[50] 鐵郎：《二十世紀之湖南》，《洞庭波》創刊號。
[51] 《浙江潮發刊詞》，《浙江潮》創刊號。
[52] 分別見《發刊詞》、東門大衛《祝四川雜誌發刊詞》、鐵崖《警告全蜀》，載《四川》1 號。

也在走向現代的歲月裏日漸困頓，「溯諸秦漢以上，則不知其退化幾千億萬級！」「旅東同胞有慨於斯，組織《豫報》以作先導」，發出了振聾發聵的「鄉音」：「自今而後，吾河南文者憶過去之腐敗，當激其恥心；睹現在之危險，當興其心；更慮及將來之苦痛而矢其奮心。而父詔其子，兄勉其弟，促黃河流域一部開化最早之民族雄飛於世界，不至與尼羅河流域之哈米低克族、印度河流域之阿利安種徒為後人所憑吊。」[53]

　　幾乎每一份當時出版的以地域命名的同鄉會雜誌都以「發刊詞」、「弁言」之類的形式表達了留日中國學生的強烈的空間意識：對自己原初生存環境的關切和同樣強烈的憂患促使他們常常「精神還鄉」，從最熟悉的地方解讀危機，同時也設法汲取力量。在他們看來，正是這種「具體而微」的空間組成了當代中國最基本的生存環境，而所有這些來自於具體生存環境的真實最終決定了我們的命運與選擇。

　　下面這個統計大約可以見出當時留日學界雜誌對於各自地域的重視。[54]

53　《豫報弁言》，《豫報》1 號。
54　本表由筆者根據北京圖書館、北京師範大學圖書館所存留日學生刊物及上海人民出版社《中國近代期刊篇目滙錄》、人民出版社《辛亥革命時期期刊介紹》、三聯書店《辛亥革命前十年間時論選集》等資料編訂。

刊物	地方風物與人物圖畫（幅）	地域時政報告（篇）	地方文學欄目	重要論著例舉
《湖北學生界》（《漢聲》）（1—8期）	1	3	開設「楚風集」欄目	李步青《中國地理與世界之關係》（1期）、《黃河》（2期）以及《揚子江》（5期）、《地理與國民性格之關係》（3期）等
《直說》（1—2期）	3	1		《十九世紀亞洲地理之變遷》（1期）
《浙江潮》（1—12期）	53	59	有「小說」、「文苑」等欄目，多刊登本省籍人士的作品，時有吟詠本省風物之作	文詭《浙聲》（1期）、公猛《浙江文明之概觀》（1期）、匪石《浙風篇》（4、5期）、壯夫《地人學》（4、5期）、索子《中國地質略論》（8期）等
《江蘇》（1—12期）	10	52	有「文苑」等欄目，多刊登本省籍人士的作品，時有吟詠本省風物之作	鐵聲《江蘇改革之方針》（1期）、侯生《哀江南》（1期）、吳民《江蘇與漢族之關係》（6期）、《江蘇人之道德問題》（9—12期）、《江蘇人信息》（9、10期）
《第一晉話報》（僅據3、4、6、7期）		10	有「小說」、「詩歌」、「詞曲」等欄目，特別發表過《讀晉話報謠》等	痛生《地理略說》（3期）、竹崖《危乎山西之礦》（4期）、湖海風蘋《山西勞動者之將來》（6、7期）
《鵑聲》（僅統計1、2期及再興1號）	1	9	有「小說」、「文苑」等欄目	山河子弟《說鵑聲》（1期）、《二十世紀之怪物：舊四川與新四川之現象》（1期）

《雲南》（1—20號）	22	134	有「小說」、「詩選」、「文苑」等欄目，推出過「雲南詩話」、「滇南詩話」、「雲南雜事詩」、「滇中近事感賦」等作品	迤南少年生《愛滇篇》（1號）、俠少《雲南之將來》（2號）、無已《論雲南對於中國之地位》（5號）、崇實《論雲南積弱之源》（5號）、渺小丈夫《雲南人之自覺心》（6號）、崇實《雲南之民氣》（7號）、義俠《雲南存亡之視雲南人責任心之有無》（20號）
《洞庭波》（僅據第1期）		6	「文苑」發表有湘籍學生的詩作	鐵郎《二十世紀之湖南》（1期）
《豫報》（1—6號）	3	38	「文苑」發表本省籍學生詩作，有涉及本省時事	補天《豫報弁言》（1號）、仗劍《豫報之原因及宗旨》（1號）、蓼紅生《河南地理上將來之配置》（3號）、《二十世紀之河南》（5號）、《河南之前途》（5、6號）
《秦隴報》（僅據第1號）	1	36	「文苑」共發表作品一篇，即嘯秋《吊秦隴》	子遺《論關隴腐敗之原因及其補救之法》（1號）
《關隴》（1—3號）	7	19		六郡莽男兒《論關隴社會之危機》（1、2號）、漁江《籌西北邊防以保存關隴說》（1、2號）、漁隱《論陝甘利權存亡與人民之關係》（1號）、劍精《關隴現今所立之地位及其將來》（2、3號）、回天《新關隴》（2、3號）

《夏聲》 （1—9號）	10	70	「文藝」多發表陝甘籍學生作品	礨空《敬告陝甘父老》（1號）、子夏《論陝西人對於國家之責任》（1、2號）、思艱《陝甘山川險要及古今攻守得失論》（4、7號）、鈍覺《論政府之對待陝甘與陝甘人之自覺新心》（8號）
《晉乘》 （僅據第1號）	1	3	有詩、詞、聯等發表	大招《晉乘說》
《粵西》 （1—4號）	10	44	有「小說」、「文苑」、「選詩」等欄目，發表過「粵西詩話」等	老農《廣西之去病復元論》（1號）、譚白《我廣西》（1號）、臆《辯蠻》（2號）
《河南》 （1—9期）	11	30	有「文苑」、「小說」等欄目，其中多有吟詠地方風物之作	悲谷《二十世紀之黃河》（1、2、6期）、《論豫省古今地勢之變遷》（2期）、《豫省語言變遷考》（2、4期）、《豫省近世學派考》（2期）、《論二程學派與豫省學風之關係》（3期）、《豫省民族遷徙考》（4期）
《滇話報》 （1—6號）		10	有「小說」、「戲曲」等欄目，發表過《新滇志》等地方色彩濃郁的作品	磨屬《雲南與中國的關係》（2號）、漱泉《說滇人迷信鬼神之非》（2號）
《四川》 （1—3號）	4	11	有「文苑」、「小說」等欄目發表了大量川籍人	鐵崖《警告全蜀》（1、2號）、金沙《過去之四川》（1號）、鐵瀘《招蜀魂》（2號）

			士作品，多有鮮明的「四川主題」	
《江西》（1—4號）	5	59	有「文苑」等欄目	惺生《警告全贛書》（1號）、飛飛《二十世紀之江西》（1-3號）、天笑《論江西人之民氣》（1號）、晦鳴《論江西人之放棄責任》（1號）、運江《江西人其興起》（1號）、公勇《江西少年之前途》（4號）、奚生生《賀江西歟抑吊江西歟》（4號）

　　從以上這個表格的統計我們大體上可以一睹當時「鄉土關切」的「盛況」：在大量的本省時政報告（以批評暴露為主）的烘托中，是一篇又一篇措辭激烈的「社說」、「時論」，它們悲愴地追憶地域的歷史與過去的榮光，痛陳現實的腐敗與晦暗；它們煽動衰歇的「民氣」，召喚飄失的「魂靈」。散佈於其中的那些關於地理與文明的理性思考似乎是凝聚和昇華這些激越情緒的力量，它提示我們在一個新的理論平臺上建構地域與民族的未來，而那些由本省籍學人創作的大量詩文則營造出一個更加富有情緒色彩的世界，吟古詠今，直抒胸臆，這正是激情瀉導與鄉土認同的基本方式，甚至包括人們在那時所大量使用的筆名，如壯夫、公猛、公勇、六郡莽男兒、鐵聲、鐵崖、鐵郎、磨厲、俠少、義俠、悲谷、痛生、晦鳴、思艱、子遺、回天、補天……這裏既有深刻的憂患，也有奮發崛起的勃勃雄心。需要說明的是，在當時其

他大量的非同鄉會刊物中，同樣也發表了為數可觀的鄉土、地域感慨，尚不在我們的統計之列。

除了這些同鄉會雜誌上的鄉土感慨之外，留日學生也出版了一些倡導各省「自立」、激發鄉土空間活力的著作，如《新廣東》、《新湖南》等。用當時一位廣東留日學生的話來說，就是在偌大的「中國」範圍內談論救亡難免空疏，「泛而不切」，所謂「見小者不可以語大，見近者不可以語遠」，「夫治公事者不如治私事之勇，救他人者不如救其家人親戚之急，愛中國者不如愛其所生省份之親，人情所趨，未如何也。故窺視現今之大勢，莫如各省先行自圖自立，有一省為之倡，則其餘各省，爭相發憤，不能不圖自立。」「吾廣東人，請言自立自廣東始。姑名是議曰『新廣東』，以念我廣東人欲享新國之福分者。」[55]我們注意到，同一時期的國內出版界，也出現了一些由各省士紳創辦的以地域命名的報章雜誌，如重慶的《渝報》（1897 年），成都的《蜀學報》（1898 年）、《蜀報》旬刊（1903 年）、《蜀報》半月刊（1910 年），西安的《陝西》（1909 年），長沙的《湘學報》（1897 年）、《湘報》（1898 年）等。在批評社會時弊、宣傳維新變法這方面，這些雜誌與留日學界的出版物有共同的指向，都代表了中國近現代報刊的發展方向。不過，真正與留日學界這些由「圖畫」、「記事」、「時評」、「文苑」及各種「社說」、「論述」所組成的聲勢浩大的地域氛

---

[55]　太平洋客：《新廣東》，1902 年橫濱新民叢報社印。見《辛亥革命前十年間時論選集》1 卷上冊 269、270 頁，三聯書店 1960 年版。

圍相比較，我們就會清楚地發現，來自國內出版界的聲音分明要平和、矜持得多，而聲色俱厲地痛斥現實、滿懷憂憤地注目於鄉土，處處以「警告」、「危機」、「痛吊」、「招魂」之語擊楫中流，作黃鐘大呂之聲的還都是留日學界的出版物。而且後者的憂憤也更多地轉換成了對各地域「民氣」、「民性」及原有生命潛力的開掘和呼喚，這在國內的那些鄉土根據地倒並不多見。這個有趣的對比是不是正好說明，真正現代意義的地理空間意識的產生恰恰需要我們走出鄉土的束縛，在更廣大的空間世界裏獲得體會與認知，也只有在與其他地理空間的比照性體驗中，我們才有可能更加切實地發覺自我生存環境的局限和困頓，同時也才更自覺地進行精神的返照，努力開掘自我空間的生命潛力。

出現在中國留日學界裏的這一地理空間體驗的追求在一些傑出的思想家那裏更是結出了寶貴的智慧之果。1902年，梁啟超在《新民叢報》上連續發表了《亞洲地理大勢論》、《中國地理大勢論》、《歐洲地理大勢論》、《地理與文明之關係》、《論中國學術思想變遷大勢》等重要論述，成為留日中國學界中最早系統闡述文化地理學思想、並以此展開對中國文化地域性研究的第一人。後來出現在各同鄉會雜誌上的文化地理學論述，都明顯地保留著梁啟超這些主要觀點的痕迹。梁啟超的這些研討既不同於中國古代從《禹貢》到《史記‧貨殖列傳》的自我疆域檢閱，也不同於近世魏源《海國圖志》一類的對純地理意義的異域空間的發掘。梁啟超第一次將對異域空間的認知納入到世界意義的地理分割當中，即中國不再是世界地理的中心，中國以外的世界也不是

渾然的一體而是各不相同的地理空間的組合；這種地理的分割不僅具有物理的意義，而且更具有文化的意義，中國文化與西方文化在一系列的精神氣質上都呈現出了巨大的差異，而西方文明內部的民族精神也各有不同；這種種的差異又都可以從「地理」的角度尋找到解釋，這也就是文化地理學的研究方法。梁啟超還將這樣的研究方法加以系統的總結，並運用到對中國內部各地域文化的分析、思考中。

梁啟超這一代留日學人的文化地理學思想一方面固然有來自西方和日本的影響，但我以為，更重要的恐怕還在於中國知識份子越來越清楚地發覺了自我生存空間的有限性以及外來強勢力量的威逼與擠壓。所謂「渾圓球上六大洲中，其五已入歐人之懷，所餘者惟亞細亞而已。」而「亞細亞洲面積十分之五有奇，人口十分之四有奇，既已落歐人掌握中矣！」[56]正是這樣的危機啟發梁啟超格外關注地理空間與人的生存發展的關係，並嘗試從地理的角度重新解讀中國文化。[57]

由梁啟超所開啟的這一現代中國的文化地理學思潮以後在章太炎、劉師培等人的著述中也多有體現，而章、劉二人又都曾東渡，在日本遊學或講學。所有這一切，都同樣深深地聯繫著魯迅這一代中國留日學生的人生體驗：他們也同樣經受了這樣的地理分裂與空間擠壓，並且置身於由各種同鄉會刊物所營造出來的濃郁的鄉土關懷、生存反思的氛圍之

56　梁啟超：《亞洲地理大勢論》，《梁啟超全集》2 冊 922、923 頁。
57　梁啟超：《亞洲地理大勢論》，《梁啟超全集》2 冊 922、923 頁。

中，這不能不在他們的感受方式與思維方式中打下烙印，並最後體現為一系列的文學的選擇。

「天下萬事萬物，皆在空間，又在時間。」[58]中國留日知識份子所經歷的生存空間的震蕩，又刺激他們發現和接受了新的計時方式，這就是眾所周知的進化論學說。在過去一個相當長的時期內，我們似乎都較多地討論著對作為時間意識的進化思想自身的意義，其實，沒有特定的地理空間意識也不會有與此相適應的時間意識，這正如當代科學巨匠史蒂芬·霍金所指出的那樣：「相對論迫使我們從根本上改變了對時間和空間的觀念。我們必須接受的觀念是：時間不能完全脫離和獨立於空間，而必須和空間結合在一起形成所謂的時空的客體。」[59]正是鴉片戰爭所產生的「地理破裂」開啟了另外的時間觀念，因為「破裂」開去的世界的另外一部分，不僅與我們大相徑庭，而且它充滿了我們所不曾見過的新奇、魅力與恐懼——所謂「進化論」也就是從另一個地理空間中傳過來的思想，或者說是當我們這個空間的生存直接承受了來自另外一個空間的擠壓和威脅之時，我們才被「擠」出了「物競天擇，適者生存」的悸動。這樣的進化思想和其中所包含的時間體驗歸根結底都來自於我們剛剛產生的一種空間的新體驗：破裂、擠壓和自我的生存恐慌。

今天，人們談到進化論這一對於中國近現代思想影響深遠的理論都得追溯到嚴復和他翻譯的《天演論》（1898），

58　梁啟超：《新史學》，《梁啟超全集》2 冊 739 頁。
59　史蒂芬·霍金：《時間簡史》21 頁，湖南科學技術出版社 2002 年版。

而早在進化論通過嚴復進入中國之前的明治十年（1877）左右，它就已經傳入了日本，並在日本構成了影響中國留日知識份子的思想氛圍。中國人後來譯 Evolution 為「進化」而非嚴復的「天演」，也是取法日本的結果。

　　流亡日本的梁啟超很快就通過他自創的「和文漢讀」法對流行於日本的西方思想學說與語彙方式熟悉起來，在《論支那宗教改革》（1899）、《中國人種之將來》（1899）、《論愛國》（1903）等文章裏，梁啟超已經自覺地運用了「進化論」，也包括這一日文的詞語本身。據有的學者統計，在 20 世紀前後短短的幾年間，由中國留日學生翻譯出版的進化論書籍就多達 11 種，[60]在《清議報》、《新民叢報》、《譯書彙編》、《民報》、《湖北學生界》、《浙江潮》、《江蘇》、《河南》等刊物上，也都發表了許多充滿進化論思想的著作。魯迅早在南京礦路學堂讀書的時候就讀到了嚴復所譯的《天演論》，但「《天演論》原只是赫胥黎的一篇論文，題目是《倫理與進化論》，（或者是《進化論與倫理》也未可知，）並不是專談進化論的，所以說的並不清楚，魯迅看了赫胥黎的《天演論》，是在南京，但是一直到了東京，學了日本文之後，這才懂得了達爾文的進化論。因為魯迅看到丘淺治郎的《進化論講話》，於是明白進化學說到底是怎麼一回事。」[61]

---

[60]　王中江：《進化論在中國的傳播與日本的中介作用》，《中國青年政治學院學報》1995 年 3 期。

[61]　周作人：《魯迅的國學與西學》，《魯迅的青年時代》45、46 頁，河北教育出版社 2002 年版。

　　從康有為用他的「三世說」附會進化論，第一次提出「歷史進化」的思想到嚴復試圖將進化論視作近代科學意義的世界觀，從梁啟超對於進化思想全面而系統的闡發與運用到「國粹派」以進化論的自然觀與社會觀尋找真正的融通中外的「國粹」，影響中國未來一個世紀文化與文學的思想得以確立。「就近代中國歷史而言，還不曾有任何一種學說像進化論那樣富有魅力。」[62]這可以說已經成為了學界的共識。在我看來，包括當時留日學界在內的這些較早接受西方進化論思想的中國知識份子，有兩個值得注意的傾向。

　　其一，在他們對進化論的理解當中，已經表現出了與西方知識份子的重要差異，這或許也可以被視作是中國的進化論思想的民族特色。「進化」在西方首先是一種生物學範疇的學術觀點，它對主流知識界的世界認知方式的影響也基本上屬於「形而上學」的信仰的意義，至於社會歷史發展狀態是不是也可以認定為進化，那卻是一個需要用大量事實來加以證明的東西，所以在西方學界歷來爭議很大，儘管出現了像斯賓塞這樣的社會達爾文主義者，但從總體上看，卻並不能說已經形成了一種公認的進化的社會歷史觀，嚴復譯《天演論》的原作者赫胥黎其實就是反對將生物進化與社會倫理問題混為一談的，在 20 世紀英國著名的歷史學家柯林武德看來，斯賓塞式的社會「進化史觀」實在是「得自進化的自然主義並被時代傾向強加給歷史學」的武斷之辭。[63]然而，

---

[62]　鄭師渠:《晚清國粹派文化思想研究》61 頁，北京師範大學出版社 1997 年版。

[63]　R・G・柯林武德：《歷史的觀念》164 頁，中國社會科學出版社 1986

在鴉片戰爭之後的中國，最觸目驚心的卻是中國社會與歐美文明發展之間的「時代落差」，正是這樣的落差帶給了我們無數的失敗和恥辱，而失敗和恥辱又反反覆覆地提示著這種落差的存在。於是，嚴復便在明明知道「赫胥黎此書之旨，本以救斯賓塞任天為治之末流」的情況下，依然「揚棄」了赫胥黎局限於自然範疇的進化觀，將「天演公例」從「宇宙過程」推廣到了「倫理過程」，[64]同時對斯賓塞大加褒揚：「天演公例，自草木蟲魚，以至人類，所隨地可察者，斯賓氏之說，豈不然哉？」[65]「斯賓塞氏之學實乃大人物之學也。」[66]以後，在最切實地「鑲嵌」在這種民族間的落差中的留學生群體那裏，在中國第一批的進化論的闡發者那裏，社會發展的問題都是最需要關注的東西，而「物競天擇，適者生存」的社會達爾文主義似乎正好可以用著對中國落後現狀的說明，同時也不失為一種相當有效的自我警醒與自我激勵的方式。就這樣，社會歷史的進化觀反而成了中國知識份子的一種最有代表性的思想傾向，「競爭為進化之母」，「夫列國並立，不競爭則無以自存。」[67]適應這一「進化」的迫切形勢所要求的「競爭」意識成為了中華民族洗心革面、自強不息、忍辱負重的口號和旗幟。一代中國知識份子對「歷史進化」的確信最終也使得我們真正走出了傳統「如環無端」、

年版。
[64]　見嚴復《天演論》自序，商務印書館 1981 年版。
[65]　嚴復譯《天演論》導言十五「最旨」按語，商務印書館 1981 年版。
[66]　嚴復譯《天演論》導言十三「制私」按語，商務印書館 1981 年版。
[67]　梁啟超：《新民說》，《梁啟超全集》2 冊 683、684 頁。

「五德始終」的循環論的歷史觀，在指向未來、關注未來的新的時間意識中思考我們的現實和過去。

當然，作為弱勢地位的中國知識份子傾心於社會達爾文主義，其初衷還在以其「物競」的景觀為自我的動力，而絕非為了尋找自我貶損、妄自菲薄的藉口，所以嚴復在激賞斯賓塞的「大人物之學」時，是有意迴避了他弱肉強食、任天為治的主張，從嚴復到流亡日本的梁啟超以及整個的留日知識份子，不僅不會「任天」，而且還在竭力「與天爭勝」，以自己的奮發圖強來改變現實，並且也格外相信進化的前景便是由弱趨強、後勝於今，這一樂觀的「直進」式社會歷史理念對整個 20 世紀的中國都產生了深遠的影響。

其二，我們也必須注意到那一代中國知識份子在接受和理解「進化論」思想中的複雜性。一方面，這裏有以梁啟超為代表的主流認識方式：有選擇的社會達爾文思想，對「競爭」的認同和對未來「直進」的信心。但另外一方面，卻也有過章太炎這樣的獨立思考。章太炎在 1899 至 1906 年間先後三次東渡日本，而三次的日本之行也都推動了他對於進化論的認識和思考。1899 年，第一次赴日的章太炎在橫濱《清議報》上發表《菌說》，從生物進化的角度闡述物種的繁衍。1902 年 8 月，章太炎第二次赴日，剛剛歸來就推出了由他翻譯的日人著作《社會學》（岸本能武太著），在這本書的《自序》裏，他既言及了當時對國人影響甚大的斯賓塞，又介紹了與斯賓塞觀點相佐的美國社會學家吉丁斯，並認為「其於斯氏優矣」。這裏已經可以看出他具有與一般知識份子所不同的獨立見識。1906 年章太炎第三次東渡，9 月 5 日，

他在自己接編的第一期《民報》（總第七號）上推出了異乎
尋常的《俱分進化論》。在當時積極思考中國文化前途的知
識份子當中，章太炎第一個表達了對於歷史「直進」、「進
步」等觀念的懷疑，他以自己「善惡兼進」、進化與退化並
存的思想提出了一個重新認識人類社會與人類歷史的思
路。值得注意的在於，章太炎的這一新鮮見解乃是得之於他
對國際社會特別是中國歷史的獨立觀察與體會。實際的歷史
告訴他：「如歐洲各國，自斯巴達、雅典時代，以至今日，
貴族平民之階級，君臣男女之崇卑，日漸劃削，則人人皆有
平等之觀，此誠社會道德之進善者。然以物質文明之故，人
所尊崇，不在爵位，而在貨殖……此非其進於惡邪？」實際
的體驗提醒他：「中國自宋以後，有退化而無進化。」很明
顯，與當時許多介紹進化思想的中國知識份子不同，章太炎
更看重的不是其在西方的理論邏輯，而是自己的觀察與體
驗。重視自己的實際體驗甚於重視其他的理論形式，也許這
樣的知識份子姿態在當時的中國不能說有多大的普遍性，但
卻的確為我們展示了一種新的選擇的可能。以後，在章太炎
的弟子魯迅那裏，這樣的獨立姿態更深刻地體現為對於簡單
「進化」與簡單「退化」的雙重懷疑中，魯迅的懷疑（包括
對於作為「師長」的章太炎的「俱分進化」之說的懷疑）同
樣是他獨立體驗的結果。[68]

---

[68]　眾所周知，魯迅認定太炎先生的業績「留在革命史上的，實在比在學
　　　術史上還要大」，並且明確表示當年自己在留日期間愛看《民報》「並
　　　非」是因為他的「俱分進化」之說。（見魯迅《關於太炎先生二三事》，
　　　《魯迅全集》6 卷 545、546 頁）

三、「新民」理想與「心力」追求

留日中國知識份子以「天演公例」為警覺，激發自己在「列國競爭」時代的進取之心，探尋著一種更符合時代要求也更具有普遍意義的國民精神。其中，影響巨大的就是梁啟超的「新民說」。

1902 年，流亡日本的梁啟超在橫濱創辦了《新民叢報》，首次標舉起「新民」的旗幟。創刊伊始，即以「中國之新民」為名連續發表了《新民說》、《新民議》、《論民族競爭之大勢》、《論中國國民之品格》等重要論著，系統闡述了他在「列國競爭」時代重塑民族性格的主要思想。這些論著皆以嚴峻的世界形勢分析為依據，在強烈的危機氛圍中提出應對之策，因而自有一種動人心魄的力量。「余為新民說，欲以探求我國民腐敗墮落之根原，而以他國所以發達進步者比較之，使國民知受病所在，以自警厲自策進。」[69]「吾今欲極言新民為當務之急，其立論之根柢有二：一曰關於內治者，二曰關於外交者。」[70]梁啟超的論述洋洋十數萬言，涉及個人道德、國民公德、個人權利與自由、人倫關係、人格氣質、社群與國家等眾多的內容，係嚴復提出「開民智、鼓民力、新民德」之後最系統最完整全面的「新民」理論闡述，在當時的留日學界影響甚大。《江蘇》、《湖北學生界》、《浙江潮》等留日學生刊物都不時刊出有關國民性格討論的論述，以後章太炎、鄒容、陳天華等也在各自的文章中反省

---

[69]　《新民議》，《梁啟超全集》2 冊 620 頁。
[70]　《新民說》，《梁啟超全集》2 冊 655 頁。

著中國國民性問題。章太炎《駁康有為論革命書》中提出要
堅決消除作為革命障礙的民族性格，如怯弱、浮華、詐偽以
及畏死心、拜金心、奴隸心、退卻心等等，陳天華《警世鐘》
痛陳中國人「奸盜詐偽，無所不為」等劣迹，鄒容在《革命
軍》中呼喚要「撥去奴隸之根性」，「除奴隸而為主人」，
《革命軍》還多次摘引《新民說》的文字。可以說，正是從
梁啟超《新民說》的宏大論述開始，中國近現代思想史與文
學史上源流深長的「改造國民性」思潮才構建起了一個完整
的理性形態，並在很大意義上成了以後人們進入這一問題的
起點。梁啟超提出的一系列有關國民精神與國民生存的詞語
如「破身奴」、「破心奴」、「依附人格」、「獨立人格」、
「國民」、「自由」、「權利」等等在以後的思想與文學實
踐中都獲得了越來越廣泛的闡發。郭沫若在五四以後回憶梁
啟超思想的影響時說：「二十年前的青少年──換句話說：
就是當時的有產階級的弟子──無論是贊成或反對，可以說
沒有一個沒有受過他的思想或文字的洗禮的。」[71]以「新民
說」為代表的改造國民性思潮之所以能夠在留日知識界發生
廣泛深遠的影響，自然也與日本明治時期思想界的現代民族
國家理論有關。「『國民性』一詞（或譯為民族性或國民的
品格等），最早來自日本明治時期的現代民族國家理論，是
英語或日譯，正如現代漢語中的其他許多複合詞來自明治維
新之後的日語一樣。」[72]但與其說是中國的思想家們在崇洋

[71]　郭沫若：《少年時代》，《郭沫若全集》11 卷 121 頁，人民文學出版
　　　社 1992 年版。
[72]　劉禾：《跨語際實踐》76 頁，三聯書店 2002 年版。

心理下「翻譯」了西方的國民性理論，還不如說是一種共同的民族危機意識讓他們「發現」了中國的國民性問題。

不過，需要我們注意的是，「新民說」的核心是「群」。在梁啟超的文章中，「群」是一個使用率最高的關鍵詞，具有道德、政治與民族國家等多方面的指向，合群救國才是新民說的根本目的。「欲其國之安富尊榮，則新民之道不可不講。」「夫吾國言新法數十年而效不睹者，何也？則於新民之道未有留意焉者也。」[73]也就是說，梁啟超提出改造國民性還是為了國家、民族、社會的整體利益，而非個人的存在與發展。在梁啟超看來，「群」才是人之為人的根本標誌。「人也者，善群之動物也。」「人而不群，禽獸奚擇？」[74]他集中討論了「公德」、「私德」的問題，但卻賦予「公德」以更高的地位：「報群報國之義務，有血氣者所同具也。苟放棄此責任者，無論其私德上為善人為惡人，而皆為群與國之蟊賊。」[75]他鄭重其事地提出了人的自由問題，但卻明確表示：「自由云者，團體之自由，非個人之自由也。野蠻時代，個人之自由勝，而團體之自由亡；文明時代，團體之自由強，而個人之自由減。」[76]從這個意義上看，儘管一般學術界認為梁啟超《新民說》的理論依據與斯賓塞「社會有機體論」這樣的西方思想有關，但是，追根溯源，我們仍然會發現其中所包含的傳統儒家精神：以群體需要而不是以個體

---

[73]　梁啟超：《新民說》，《梁啟超全集》2冊655頁。
[74]　梁啟超：《新民說》，《梁啟超全集》2冊660頁。
[75]　梁啟超：《新民說》，《梁啟超全集》2冊661頁。
[76]　梁啟超：《新民說》，《梁啟超全集》2冊678頁。

需要為本來闡發人的倫理修養問題，這正是儒家文化的本質
特徵。「新民」一詞本身就始見於《尚書·康誥》，又是《大
學》「三綱領」之一，所謂「大學之道，在明明德，在新民，
在止於至善。」梁啟超也公開告白：「本報取大學新民主義，
以為欲新吾國，當先維新吾民。」[77]甚至，頗具近代西方文
化色彩的「自由」一語也被梁啟超讀解作「克己復禮為仁」
了：「孔子曰：『克己復禮為仁。』己者，對於眾生稱為己，
亦即對於本心而稱為物者也。所克者己，而克之者又一己。
以己克己，謂之自勝，自勝之謂強。自勝焉，強焉，其自由
何如也！」[78]

　　梁啟超重視現代國家建設與現代人精神改造的諸多問
題，也就不得不涉及一系列在西方現代化實踐中具核心地位
的思想文化問題，也無法迴避在這些問題中所包含的西方式
的個人主義思想，例如人的權利與人的自由。然而他談論這
些問題的立場卻是「群」，卻是與儒家傳統思維不無關係的
國家群體，這就使得他的《新民說》事實上成了一個充滿矛
盾的文本。當然，矛盾本身也就意味著多種可能性的存在，
人們既可以在梁啟超所開闢的這一塊寬敞的話語空間中繼續
現代民族國家建設的思考，也完全可能沿著其中的矛盾的縫
隙曲折前行，最終找到自己的新的立場。例如，梁啟超剛剛
連載完他的《新民說》數月之後，飛生就在《浙江潮》雜誌
連續發表長文《近時二大學說之評論》。文章站在國民人權

---

[77]　《本報告白》，原載《新民叢報》1902 年 1 號。
[78]　梁啟超：《新民說》，《梁啟超全集》2 冊 680 頁。

的立場上，批評梁啟超的立場為「倒果為因之弊」：「中國
之亡其罪萬不能不歸於政府，國民之不責政府國民之罪也。
歸亡國之罪於國民，而又勸其不責政府，則又何說焉！」[79]

　　在梁啟超等近代思想先驅引入西方近現代思想以及其
他留日青年知識份子接受或離棄梁啟超學說的過程中，浮動
著另外一個關鍵詞：心力。心力（還有同義的「意志」、「意
力」等）這一詞語背後的意志主義哲學在中國思想的現代轉
換中產生了重大的影響，並且在 20 世紀初葉的留日中國知
識界那裏獲得進一步的發展。

　　對於廣大的青年知識份子而言，積弱積貧而又體制臃腫
的中國社會在近代集中體現為一個人生出路的問題。臃腫、
陳腐而低效的國家體制直接剝奪了個人進取的機會，導致了
從龔自珍到譚嗣同這樣一些懷才不遇的知識份子不得不在
質疑、否定傳統中提出自己的人生見解，以強化自我觀念與
自我精神力量的方式來激發生存的勇氣。經由龔自珍的大力
提倡，「心力」作為對於人的內在動力的描述成了近代中國
知識界的流行概念。所謂「報大仇，醫大病，解大難，謀大
事，學大道，皆以心之力。」[80]又有言：「天地，人所造，
眾人自造，非聖人所造。」「眾人之宰，非道非極，自名曰
我。我光造日月，我力造山川，我變造毛羽肖翹，我理造文
字言語，我氣造天地，我天地又造人，我分別造倫紀。」[81]到
後來，「光緒間所謂新學家者，大率人人皆經過崇拜龔氏之

---

[79]　見《浙江潮》1903 年 8、9 期。
[80]　《龔自珍全集》15、16 頁，上海人民出版社 1975 年版。
[81]　《龔自珍全集》12、13 頁，上海人民出版社 1975 年版。

一時期。」[82]譚嗣同繼續以「心力」對抗傳統的「天命」：「人所以靈者，以心也。人力或做不到，心當無有做不到者。」「心之力量雖天地不能比擬，雖天地之大可以由心成之毀之，改造之，無不如意。」[83]

　　以梁啟超為代表的留日中國知識份子的努力突出了「心力」與西方意志主義思想的聯繫。梁啟超流亡日本期間大力介紹西方近現代哲學，並且不無誤讀地將培根的「經驗」與笛卡兒的「理性」統一於「我」和「精神」，[84]又認為康德「以自由之發源全歸於良心（即真我）」。[85]尤其重要的是1902 年，梁啟超在《新民叢報》發表的《進化論革命者頡德之學說》一文，首次將標誌著西方唯意志論思想成熟的尼采介紹給了中國人：「今之德國有最占勢力之二大思想，一曰麥喀士之社會主義，一曰尼志埃之個人主義。麥喀士謂今日社會之弊在多數之弱者為少數之強者所壓伏；尼志埃謂今日社會之弊在少數之優者為多數之劣者所鉗制。」[86]這裏的尼志埃即尼采。到後來，梁啟超還很推崇占晤士（詹姆士）的「人格唯心論」，並從社會人格與個人人格的相互作用中領悟著「意力和環境提攜便成進化的道理」；他也欣賞伯格森的學說：「說宇宙一切現象，都是意識流轉所構成，方生

---

[82]　梁啟超：《清代學術概論》，見《梁啟超全集》5 冊 3096 頁。

[83]　譚嗣同：《譚嗣同全集》460 頁，中華書局 1981 年版。

[84]　參閱梁啟超《近世文明初祖二大家之學說》，《梁啟超全集》2 冊 1030-1035 頁。

[85]　參閱梁啟超《近世第一大哲康德之學說》，《梁啟超全集》2 冊 1054-1064 頁。

[86]　梁啟超：《進化論革命者頡德之學說》，《梁啟超全集》2 冊 1029 頁。

已滅，方滅已生，生滅相銜，便成進化。這些生滅，都是人類自由意志發動的結果。」[87]1906 年章太炎出獄後東渡日本，「旁覽彼士所譯希臘、德意志哲人之書，時有概述。」[88]對康德、叔本華、尼采的哲學中的「意志」論頗多注意，最後在「以新知附益舊學」中形成了著名的意志論主張：依自不依他。章太炎這裏的「自」指的不是人的肉身而是自由意志與獨立人格。他將尼采的「超人」意志與王陽明的「心學」相聯繫，用以說明自己的主張：「然所謂我見者，是自信，而非利己，猶有厚自尊貴之風，尼采所謂超人，庶幾相近，排除生死，旁若無人，布衣麻鞋，徑行獨往」。[89]留日的魯迅很早就注意到了西方十九世紀以來倡導主觀精神、推崇個人意志的思潮，他購讀了有關尼采、叔本華、施蒂納、克爾凱郭爾等人的傳記，注意到了當時日本學界對尼采的介紹，在 1908 年的《文化偏至論》中，魯迅四次提到尼采及其「超人」學說，認為超人就是「大士天才」，就是「意力絕世，幾近神明」之人，就是不與「庸眾」同流合污且對抗「眾數」的個性主義者，就是「力抗時俗、示主觀傾向之極致」的主觀主義者，又將上述這些重主觀意志、重個人精神反抗的思想家連同文學家易卜生等一起稱之為「新神思宗」，他充滿激情地寫道：「十九世紀文明一面之通弊，蓋如此矣。時乃

[87] 梁啟超：《歐遊心影錄》，《梁啟超全集》5 冊 2976、2977 頁。
[88] 章太炎：《菿漢微言》，《章太炎政論選集》735 頁，中華書局 1977 年版。
[89] 章太炎：《章太炎全集》第 4 集 374、375 頁，上海人民出版社 1982 年版。

有新神思宗徒出，或崇奉主觀，或張皇意力，匡糾流俗，厲如電霆，使天下群倫，為聞聲而搖蕩。」[90]

　　較之於「新民」這一概念，「心力」（以及「意力」、「意志」等）這樣的語彙更具有近代文化的意義。雖然中國古人也有過「盡心力」這樣的說法[91]，但它基本上就「是指心思與才力的合稱」。[92]從龔自珍開始、後來又以留日中國知識份子為代表的「心力」說顯然主要是對人的精神內驅力的描述，它常常表現為人能動的、持續的、執著的實踐力量，往往又與人內在的某種主觀精神信仰相聯繫。從這個意義上看，常常表現出「無特操、無信仰」的傳統中國人恐怕在總體上離「心力」的境界甚遠，傳統中國文化的一些描述人主觀世界的常用概念如「理」、「情」、「志」等似乎都不能準確地傳達出這一概念所指的精神內在的「執著」。到後來，像梁啟超和魯迅這樣熟悉西學的知識份子更傾向於使用「意力」與「意志」，一個「意」字似乎更能說明人的主觀精神所產生的能量，更能傳達出人對自身理想的某種堅持。而這一「意」語的背後就是源遠流長的西方思想的意志論傳統。

　　西方哲學對作為主體精神結構重要組成部分的「意志」一向關注。「意志」這一概念早在古希臘哲學家赫拉克利特那裏就已經出現。後來柏拉圖將人的靈魂分為理性、意志和欲望三個部分，意志正處於理性與欲望之間，是靈魂用以發

---

[90]　魯迅：《文化偏至論》，《魯迅全集》1 卷 53 頁。

[91]　如《左傳‧昭公十九年》有云「盡心力以事君」。

[92]　參見張錫勤：《對近代「心力」說的再評價》，《哲學研究》2000 年 3 期。

起行動的部分，當它堅定不移地執行理性的命令，幫助理性控制欲望時，靈魂就有了勇敢的德性，所以意志是勇敢的基礎，勇敢是意志的美德。與柏拉圖眼裏如此「忠於職守」的意志不同，亞里士多德提出了意志的選擇作用，以此說明了人的善惡與人自己行動的直接關係。這給了後人許多的啟發，以後的哲學家都十分強調意志的自由選擇性。認為「意志」與「自由」密不可分，甚至「自由」就是「意志」的代名詞。在經過中世紀「意志」異化為上帝的特徵之後，重新回到人自己的「意志」在理性主義哲學的奠基人笛卡兒那裏得到了充分的肯定：正是自由意志決定了人的行為的後果。意志是否是任意的自由選擇的行動，笛卡兒與斯賓諾沙、霍布斯等存在著分歧，以後的西方哲學中也一直爭論不休，康德試圖以區別現象界和物自體的方式來調和這種分歧。到叔本華出現，則一反傳統思路，以非理性的意志來統攝理性，將非理性對人的行為的支配作用絕對化，生命意志、生存意志在此構成了世界的本質。尼采又改變了叔本華將非理性「意志」的悲觀主義思路，把生存意志發展而為權力意志，認為生命的目的就在於生命力的發揮，即促使生命向更強大、更旺盛、更有活力的方向發展。

　　不管西方哲學對意志與理性的關係、意志的內在構成以及它對於人類行為的意義的看法有多少的不同，但有一點卻是肯定的，那就是他們都把意志與人的現實的行為選擇相聯繫，用以說明人的行為選擇的目的性、自覺性、堅韌性、果敢性、自製性等特徵。就在近代中國知識份子需要「自覺、堅韌、果敢」而目的明確地選擇自己的現代化走向時，強化

自我意志的要求也就浮出水面了，於是，借助於西方意志論思潮特別是西方 19 世紀以後的唯意志論思想也就成了應有之義。當然，所有的這些「借助」都是為了最終解決中國人自己在一個「生存競爭」時代的難題，因而所有的「借助」也僅僅是「借助」，中國知識份子是從西方知識份子的意志力量中汲取自我生命的能量，並最後用之於現實中國的行為選擇中。中國近代知識份子從不認為自己就是某一西方思想的東方代表，所以他們總是努力調動古今中外的諸多理論資源來說明自己新的追求。從一直在國內的龔自珍、譚嗣同到留滯日本的梁啟超、章太炎、魯迅等，王守仁的心學或傳統的佛學都曾是他們闡發「心力」與「意志」的思想資源。自然，中國近代知識份子的意志主義追求的這種複雜性也決定了他們在「自我意志」問題上的微妙的差異，決定了他們在發掘和堅守自我意志的道路上保持了彼此的距離。

四、菊花與刀：詞語與文化遭遇的個體差異

任何跨文化的詞語遭遇與文化遭遇都不可能是「統一」的結果，因為遭遇就是體驗，而體驗的基點就是彼此很難替代的個體。在這裏，體驗對象的複雜性「誘導」著個體的差異性，個體體驗的差異性也強化了對象的複雜性。在體驗的世界裏，傳遞式的簡單的文化交流模式其實是靠不住的。

前面所述的一系列詞語與思想文化觀念都因個體理解的不同而與其「原產地」大異其趣，何況什麼是「原產」，什麼又是「轉手」，似乎也在歷史的演變中由無數個體「譯

讀」弄得模糊不清了，在這時，重要的已經不是「原產」或者「轉手」，而是個體體驗者究竟在其中讀解到了什麼。事物發展的最終的意義往往並不在它的源頭與起點，過程其實比什麼都重要，彼此頗有差異的個體在「過程」中的整合就是意義本身。20 世紀 90 年代的中國「後學」熱中於清算中國文化「現代性」追求的西方來源，似乎找到了來源，就找到了當今種種「問題」的答案，殊不知這只能是更嚴重地脫離了歷史的事實。

日本文化本身的複雜性與多層次性與中國留日知識份子豐富的個體差異相結合，影響著中國現代文化與文學的發生「實況」。

日本文化本身的複雜性是無法迴避的，留日中國知識份子的複雜心態也是無法迴避的。在這方面，我們最容易發現到的現象就是一系列矛盾叢生的事實。一方面，流行的說法是：「我們在日本留學，讀的是西洋書，受的是東洋氣。」[93]「中國到日本的留學生，回國以後，對中國是成功的，對日本卻不成功。中國到英美的留學生回國以後，對中國是不成功的，而對英美是成功的。」[94]言下之意，「受盡東洋氣」的中國留日學生對日本社會與文化充滿了憎惡。但另一方面的事實也十分明顯：中國人恰恰是通過進入日本社會與日本文化才大規模地瞭解了西方與西方文化，就是前述幾個方面的思想趨向也與日本社會的思想流動密切相關。這樣一種矛

---

[93] 郭沫若：《三葉集·郭沫若致宗白華》，《郭沫若全集》15 卷 140 頁，人民文學出版社 1990 年版。

[94] 周幼海：《我與日本》，《日本研究》1943 年 1 卷 1 期。

盾叢生的現象很容易讓我們想起美國學者本尼迪克特對日本文化的著名比喻——菊花與刀:「所有這些矛盾的說法正是敘述日本的書籍的經緯。它們是真實的。菊花和刀兩者都是這兩幅畫中的一部分。日本人既好鬥又和善,既尚武又愛美,既蠻橫又文雅,既刻板又富有適應性,既順從又不甘任人擺布,既忠誠不二又會背信棄義,既勇敢又膽怯,既保守又善於接受新事物,而且這一切相互矛盾的氣質都是在最高的程度上表現出來的。」[95]難道中國留日知識份子受之於日本文化的影響也呈現了這樣的「菊花與刀」模式?

　　的確,日本文化的多重性特徵已經成了學術界的普遍共識。據說,無論是原始日本人兼有的多重身份(農民與牧民、山民與征服者)還是古老的黃教的寬容性,都奠定了日本文化的多種因素——所謂的菊花與刀雜陳的基礎。「日本在接受佛教、道教、儒教、蘭學、基督教、現代科學、技術、政治制度等各種不同的外來宗教、意識形態和社會制度時,都懷著貪婪的好奇心,但並沒有因此拋棄傳統的東西,而是把新吸收的東西溶合進來,讓它重疊在過去的傳統之中。」[96]就是在對待中國留學生的態度方面,日本人也似乎充滿著這樣的多重性。日本學者實藤惠秀分析說:「千多年來,日本在思想、文化、制度,以及衣、食、住等日常生活上,都深受中國影響。日本人因而對中國敬仰有加,直到德川時代(1600-1867)末年,崇尚中華文物的風尚依然熱烈。」「踏

---

[95]　(美)本尼迪克特:《菊花與刀》2頁,浙江人民出版社1987年版。
[96]　(日)鶴見和子:《好奇心與日本人》20頁,西安交通大學出版社1986年版。

入明治時代（1868-1912），日本急劇地吸取西洋文化，對中國文化的關心漸趨淡漠，但對中國尚未採取輕視態度。不過，從明治初年起，日本步西洋列強後塵，開始在亞洲大陸蠢蠢欲動。在中日甲午戰爭（1894-1895）中，日本賭以國運，誠惶誠恐地悉力以赴，結果大獲全勝。從此，日本人對中國的態度為之一變。」這個時候，雖然也有一些民眾對中國人示好，以「酬往昔師導之恩義」，但從總體上講，「不論在政治上、經濟上或文化上都輕視中國，並侮辱中國人為『清國奴』（chankoro）。」「從甲午戰爭到1945年日本戰敗投降的五十年，是中日關係最惡劣的時代。」[97]在「清國奴」的侮蔑中，留日中國學生對日本文化的整體反感與抗拒也就是可想而知的了。

　　然而，即使是這樣，日本文化在廣大的中國留學生眼裏也依然不斷顯示出其「多重性」結構中的其他一些魅力，特別是它在譯介和引入西方文化方面的果敢與氣魄。對於長期在近代化道路上步履蹣跚的中國而言，日本的文化姿態本身就是一種鞭策、一種激勵，同時更是一次自我發展的機遇：已經暢通無阻進入日本的西方文化又正好可供留日求學的中國人就便取材，即時選擇。在這個意義上，慣於多重文化並存的日本無疑就成了中國知識份子在向西方開放中自我發展的橋梁與「觸媒」。換句話說，不僅是日本這個「容器」所盛載的西方思想文化成了中國知識份子取法的資源，而且

---

[97]　（日）實藤惠秀《中國人留學日本史》原序，11頁，三聯書店1983年版。

日本當時對待這些西方思想文化的姿態本身也會給留日中國知識份子的選擇方式形成重要的影響。

例如，在西方學術著作翻譯方面，從張之洞到梁啟超都一再論及翻譯日文書籍的好處，這從根本上影響了留日中國學界的譯述活動，並最終決定了 20 世紀初中外文化的交流格局——據統計，20 世紀初葉，中國譯自日文的書籍已經占到全部譯著的 60% 以上。[98]

再如，日本在近現代化的過程之中與德國文化結下的不解之緣也為德國文化影響留日中國學界產生了決定性的意義。眾所周知，在日本的近現代歷程中，先是以荷蘭所傳的「蘭學」為基礎接受西方文化，接著又在 19 世紀 80 年代通過著名的「岩倉使節團」對歐洲的實地考察，認定德國由弱小而迅速崛起的經驗更值得借鑒，從此，對德國政治制度和思想文化的重視成為了日本的主流。日本教育對德語的重視和日本文化界對德國思想與文學的相應關注都直接影響了魯迅、周作人對尼采思想、對歐洲弱小民族文學的興趣。對此，更年輕一代的郭沫若與郁達夫也是深有體會的。郭沫若將這一過程描述得很清楚：

> 準備學醫的人，第一外國語是德語。日本人教語學的先生又多是一些文學士，用的書大多是外國的文學名著。例如我們在高等學校第三年級上所讀的德文便是歌德的自敘傳《創作與真實》（《Dichtung und

---

98　見沈殿成主編《中國人留學日本百年史》上冊 281 頁，遼寧教育出版社 1997 年版。

Wahrheit》），梅里克（Morike）的小說《向卜拉格旅行途上的穆查特》（《Mozart auf Reise nach Prague》）。這些語學功課的副作用又把我用力克服的文學傾向助長了起來。我和德國文學，特別是歌德和海涅的詩歌接近了，便是在這個時期。[99]

在留日中國學生中盛行一時的俄蘇文藝思潮也與日本知識界的介紹密切相關。胡秋原說得好：「中國近年洶湧澎湃的革命文學潮流，那源流並不是從北方俄羅斯來的，而是從同文的日本來的。……在中國忽然勃興的革命文藝，那模特兒完全是日本，所以實際說起來，可以看作日本無產階級文學的一個支流。這固然是因為中國的革命文學大將全是日本留學生（這恰和日本士官學校創造了中國革命的軍事領袖是一樣的），就是從普羅利特利亞意德沃羅基的口號和理論，以及創作的形式和內容上，也可以看出來的。」[100]

就這樣，留日中國知識份子在抗拒中接受著日本文化的影響，對這些中國留學生來說，日本文化的多重特徵又正好成了他們拒絕日本文化整體，從而按照自己的情感需要自由選擇或認同其某些部分的可能。例如 20 世紀初年的許多留日青年學生都激賞過日本的「尚武」精神，魯迅讚歎過日本民族的「認真」，郁達夫對日本「刻苦精進」又「不喜鋪張，

---

[99] 郭沫若：《創造十年》，《郭沫若全集》12 卷 66 頁，人民文學出版社 1992 年版。

[100] 轉引自梁若容：《日本文學對中國文學的影響》，《中日文化交流史論》，商務印書館 1985 年版。

無傷大體」的「文化生活」頗多感觸，[101]而周作人則因為個
人境遇的順遂而對日本的生活與文化都說了一大堆的好
話，這在當年的留日學生中也並不多見：「老實說，我在東
京的這幾年的留學生活，是過得頗為愉快的，既然沒有遇見
公寓老闆或是警察的欺侮，或是更大的國際事件，如魯迅所
碰到的日俄戰爭中殺中國偵探的刺激，而且向初的幾年差不
多對外交涉都由魯迅替我代辦的，所以更是平穩無事。這是
我對於日本生活所以印象很好的理由了。」[102]他甚至說：「我
在東京只繼續住過六年，但是我愛好那個地方，有第二故鄉
之感。」[103]從日本少女的「天足」到「清潔，有禮，灑脫」
的生活習俗，從「簡素適用」的日式住宅到無拘無束的和服
再到江戶時代的文化，周作人均把玩不已。看得出來，較之
同時代的留日學生更多地注意於日本文化的奮鬥進取之一
面──仿佛就是本尼迪克特所說的「刀」的精神，周作人陶
醉的卻是日本的素樸與古雅，彷彿就是本尼迪克特所謂的
「菊花」的一面。菊花與刀的繁複並存，這就是留日中國知
識份子受之於日本的複雜性。在以後我們讀到的中國現代文
學史上，中國的留日作家所呈現出來的不是簡單的群體相似
而是內部的繁複與多樣，這裏有相同中的差異，又有差異中
的相通。

---

[101] 郁達夫：《日本人的文化生活》，《郁達夫文集》4 卷 157 頁，花城
　　　出版社、三聯書店香港分店 1982 年版。
[102] 周作人：《知堂回想錄》上冊 220 頁，河北教育出版社 2002 年版。
[103] 周作人：《懷東京》，見《瓜豆集》61 頁，河北教育出版社 2002 年
　　　版。

第二章

初識日本與中國文學的「新路」

　　日本直接聯繫著中國文學的近現代嬗變，影響了中國文學走出數千年的循環、轉向現代性的發展旅程。如果說，生存體驗的改變是中國文學近現代嬗變的起點，那麼，日本則首先改變了一大批中國作家生存體驗的空間環境。我認為，正是 19 世紀中葉以後中國知識份子在日本生存的「初識」，從根本上啟發、推動著中國文學邁向了現代性的「新路」。

　　只是，這一「新路」在一個相當長的時間裏卻未能表現為一系列知名作家的文學整體意識，也就是說，因為作家本人對不同文學文體的理解差異，他汲取異域體驗，對不同文體的推動（力量與方式）有著很大的差別，所以我們較難從總結作家個體的日本體驗出發來梳理文學總體發展軌迹，中國文學近現代嬗變的「新」首先需要在不同的文體中加以闡釋。

一、生存實感的引入與中國「新」詩

　　中國文學的「新路」是從詩歌開始的。

　　從歷史史實來看，中國近現代作家因為日本的「體驗」

而改變中國文學的發展道路，這在一開始就主要不是受哺於日本文學的結果，而是這些中國作家自身生存實感的重要變化所至。黃遵憲就是從日本邁出中國詩歌近現代變革第一步的詩人，從他那裏，我們可以清清楚楚地看到這樣的情形。

在滯留日本的過程中，黃遵憲並不是一位向鄰邦討教文學的「學生」，在當時崇信漢學的日本知識份子心目中，黃遵憲倒是有著泰山北斗般的地位。[1]「文學」的修養上，他顯然比那些登門拜望的日本漢學家更自信，日本給予這位中國詩人的主要是一種生存環境的體認。

1877 年（光緒三年），30 歲的黃遵憲受命擔任駐日使館參贊，到 1882 年（光緒八年）赴美就任駐舊金山領事為止，他在日本呆了整整五年。其間，他步履匆匆，目不暇接：「走上州，過北海，抵箱館，他日歸途，更由陸達西京，經南海諸國，訪熊本城，問鹿兒島而後還。」[2]「旅復僕被獨行，鎌倉之江島，豆州之熱海，皆勾留半月而後歸。歸席未暖，又于富岡觀制絲場，於甲斐觀造酒所，於王子村觀抄紙部。」[3]真是「見所未見，頗覺胸中塵悶為之盡洗。」[4]此時此刻的日本，不僅以「中華以外天」的異域風情讓人備感新奇，而且作為明治維新的成果，其蓬勃發展的動人景象更有

---

[1] 王韜在《日本雜事詩序》中描述了黃遵憲與日本文人的交遊：「日本人士耳其名，仰之如泰山北斗，執贄求見者戶外屨滿。而君為之提唱風雅，於所呈詩文，率悉心指其疵謬所在。每一篇出，群奉為金科玉律，此日本開國以來所未有也。」

[2] 《黃遵憲文集》152 頁，日本東京株式會社中文出版社 1991 年版。

[3] 《黃遵憲文集》153 頁。

[4] 《黃遵憲文集》154 頁。

一種催人奮發的力量。除了「采書至二百餘種」、歷經近十
年編撰而成的中國第一部日本史著作──《日本國志》外，
記錄黃遵憲這些新鮮感受的便是他著名的《日本雜事詩》。

　　在黃遵憲的筆下，日本不再是中國古人眼中的「東夷」，
而是獨立於世界的文明之邦：

　　立國扶桑近日邊，外稱帝國內稱天，

　　縱橫八十三州地，上下二千五百年。

　　這是《日本雜事詩》的第一首，黃遵憲以他對日本地理
空間的體認作為全部創作的開篇，生動地表現了這異域的空
間存在所給予他的心靈的衝擊。當一位中國知識份子開始正
視這異域的文明形式，而不再僅僅以夷狄目之，那麼，最終
被改變的就不只是日本的形象，重要的是自我空間意識的變
化，重要的是自我與世界的「關係」的調整。跨出國門、進
入國際空間的實感擊碎了一位傳統文人的「天朝上國」夢
幻，異域他鄉同樣威儀的文明秩序令人不得不接受國家民族
的平等觀念，在另一個活生生的世界裏，那些使人已經無法
拒絕的萬千新奇都在改變著詩人的知識結構與價值取向。山
川地理、異域風光、民風民俗、朝綱禮儀、典章制度凡「耳
目所歷，皆筆而書之」。其中，最引人注目的就是詩人對出
現於日本的近現代事物的吟詠，它開啟了所謂「新題詩」創
作的先河。

　　魯迅說過：「我以為一切好詩，到唐已被做完。」[5]的

---

[5]　魯迅：《書信・致楊霽雲（341220）》，《魯迅全集》12卷612頁，
　　人民文學出版社1981年版。

確，伴隨著中國古代社會走向了自己繁榮的頂點，表達著中
國人思想感受的詩歌藝術也似乎在成熟中完成了自我的封
鎖：在一個缺少本質性變動的農業社會裏，詩材被大規模的
創作不斷耗盡，「雅言」一經釋放完畢「雅」的魅力，其有
限的「言」的選擇就會極大地限制著詩人的話語自由，而情
感的重複與模式的固定則成為以後一代又一代的詩人們所
無法逃離的可怕夢魘。在這個意義上，黃遵憲將他在日本的
真實見聞引入創作，為我們帶來了詩歌的「新題」，實在是
突破封閉的雅言傳統、擴大詩歌選材、為中國詩歌發展探尋
新路的重要努力。醫院、博物館、學校、報紙、博覽會、警
察乃至在民間暢行的日本假名文字等等前所未有的事物都
進入了黃遵憲的視野。例如口語體的假名文字的方便就給了
黃遵憲深刻的印象：

> 不難三歲識之無，學語牙牙便學書。
> 春蚓秋蛇紛滿紙，問娘眠食近何如。

黃遵憲對言文關係的新的認識就來自於這樣的「實感」。

另外，像這首有名的關於消防局救火的詩歌在當時泛濫
到無味的風花雪月傳統中自然新鮮非常了：

> 照海紅光燭四圍，彌天白雨挾龍飛。
> 才驚警枕鐘聲到，已報馳車救火歸。

不僅有吟詠，黃遵憲還繼續以作注的方式描述著他在日本的
這一新奇的見聞：「常患火災，近用西法，設消防局，專司
救火。火作，即敲鐘傳警，以鐘聲點數，定街道方向。車如

遊龍，擊轂馳集。有革者以引汲，有木梯以振難。此外則陳奮者、負罌者、毀牆者，皆一呼四集。頃刻畢事。」[6]

　　其實藝術的新路在本質上就來自於這樣的感覺的新鮮。黃遵憲以後沿著他的日本經驗在異域尋找「新鮮」題材，寫出了《今別離》、《倫敦大霧行》、《吳太夫人壽詩》、《海行雜感》等一系列的「古人未有之物、未闢之境」的「新題詩」，邁出了中國詩歌現代嬗變的第一步。黃遵憲一生，長期擔任駐外使節，足迹遍及美國、英國與新加坡諸國，但值得注意的是，對他影響最深的恐怕還是日本，這裏既凝聚了他初次踏出國門的那種文化的衝擊體驗，也包含了某種「同種同文」意識下的強烈對比。在以後的人生歲月中，他都常常以日本的體驗作為思考與選擇的主要參照。例如1895年以後黃遵憲協助陳寶箴在湖南推行新政，日本的經驗是他主要的借鑒資源。[7]到了晚年，他在家鄉興辦教育，其動力和目標都還是「日本經驗」：「日本之所以愛國心團結力摧克大敵也，專以普及教育為目的，既發端於一鄉並欲運動大吏、使普及全省，雖責效過緩，然竊謂此乃救中國之不二法門也。」為了他所創辦的東山初級師範學堂，黃遵憲多次派人去日本考察學習，進行師資培訓，甚至還親自去信叮囑「就所見所聞，箚記於簿。」[8]在回顧他的日本題材詩作之時，黃遵憲所告訴我們的是他長期以來最為珍視的日本體驗：

---

[6]　錢仲聯《人境廬詩草箋注》後附錄本《日本雜事詩》第1110頁，上海古籍出版社1981年版。

[7]　參見《康橋中國晚清史》下冊353頁，中國社會科學出版社1992年版。

[8]　轉引自邱菊賢《黃遵憲評傳》，《中南民族學院學報》1994年5期。

> 新舊同異之見，時露於詩中，及閱歷日深，聞見日拓，
> 頗悉窮變通久之理；乃信其改從西法，革故取新，卓
> 然能自樹立。[9]

可以看出，黃遵憲不僅珍視這些日本體驗，而且還結合自己
的人生歷程，不斷反顧，不斷咀嚼、不斷開掘其中的深意。
這就難怪他對自己的《日本雜事詩》一再「點竄增損，時有
改正」，而且修改的總體思路是從側重於古代事物的感興轉
向為對維新時代的認知，不僅涉及詩歌作品本身的增刪改
動，而且還包括了對於注釋的內容的眾多調整與斟酌。

　　黃遵憲將自己的詩作稱為「新派詩」。[10]過去我們的文
學史描述，常常是將「新派詩」與另一類的詩歌探索──新
學詩相提並論，共同作為近代「詩界革命」的具體形式，其
實，這樣的敘述很可能會掩蓋文學史發展的一些決定性的環
節，忽略掉文學的嬗變必須從作家生存的實感開始這一重要
的事實。

　　就在黃遵憲從日本等異域他鄉尋找「新題」的時候，當
時尚在北京的梁啟超與夏曾佑、譚嗣同等人也不時聚首探討
「新學」，並由談「新學」而發展到以「學」入「詩」，是
謂「新詩」，又稱「新學詩」。所謂「新學」其實就是佛、
孔、耶三教經典中的生僻詞語與西方名詞的音譯，十分晦澀
難懂。對於像「有人雄起琉璃海，獸魄蛙魂龍所徒」這樣充

9　錢仲聯《人境廬詩草箋注》後附錄本《日本雜事詩》第1095頁，上海
　　古籍出版社1981年版。
10　「新派詩」是黃遵憲1897年在《酬曾重伯編修》其二中對自己創作的
　　稱謂，見《人境廬詩草箋注》762頁，上海古籍出版社1981年版。

斥著讀者很難猜測的「新學典故」的詩句，梁、夏本人後來
也深有反省，所以當以後梁啟超提出「詩界革命」的設想時，
實際上是更加傾向於黃遵憲「新題材」與「新境界」的追求。
顯然，雖然同樣是為了突破古典詩歌「雅言」傳統的束縛，
僅僅是從書面典籍中搜索「新詞」是遠遠不夠的，更重要的
還是從實際的生存中汲取豐富的「實感」，黃遵憲詩歌的日
本題材就是這樣的「實感」的產物，因而在中國詩歌的現代
嬗變之中，黃遵憲的意義格外地引人注目。梁啟超評論說：
「公度之詩，獨闢境界，卓然自立於二十世紀詩界中，群推
為大家。」[11]丘逢甲認為他是「茫茫詩海，手闢新洲，此詩
世界之哥倫布。」（《人境廬詩草跋》）陳三立贊其創作「馳
域外之觀，寫心上之語，才思橫軼，風格渾轉。」（《人境
廬詩草跋》）這是來自不同詩歌陣營的激賞之辭，從中我們
也不難見出黃遵憲「新派」詩歌在當時詩壇所產生的廣泛影
響。

　　同樣，當戊戌變法失敗，梁啟超等中國知識份子流亡日
本，他們也如黃遵憲一般獲得了富有「質地」的新的生存感
受，於是，在這個時候來反觀中國詩歌的變革之路，認真總
結以黃遵憲為代表的「新派」創作成就也就成為了可能。在
梁啟超創辦的《清議報》、《新民叢報》、《新小說》等雜
誌上，連續推出「詩文辭隨錄」、「詩界潮音集」、「雜歌
謠」等欄目，先後為這幾個欄目撰稿的詩人在 100 人以上，
這些詩歌的作者，其重要人物都曾流亡日本，如康有為、蔣

---

[11] 梁啟超：《飲冰室詩話》，見《梁啟超全集》9 冊 5310 頁。

智由、高旭、楊度、荻葆賢、麥孟華等，可以說正是異域生
存的新感受在不知不覺中改變了他們詩歌的內容與形式。康
有為一生創作詩歌凡 1500 餘首，但最能體現中國詩歌革新
精神的「新派」詩還是他流亡日本與海外的作品。是日本和
其他海外國家給了他新的詩材與詩情，這才有所謂「新世瑰
奇異境生，更搜歐亞造新聲」，「意境幾於無李杜，目中何
處著元明」[12]這一情形，連「同光」詩人陳衍也看在眼裏了。
他說：「自古詩人足迹所至，往往窮荒絕域，山川因而生色。
更千百年成為勝迹，表著不衰。……中國與歐美諸洲交通以
來，持英蕩與敦盤者不絕於道。而能以詩名者，惟黃公度。
其關於外邦名迹之作，頗為夥頤。而南海康長素先生以逋臣
流寓海外十餘年，更多可傳之作。」[13]梁啟超本人也是如此，
用他自己的話來說就是「余向不能為詩，自戊戌東徂以來，
始強學耳。」[14]當然這裏的「強」並不是什麼「勉強」，而
可以說是撲面而來的新異體驗使得他已經無法拒絕了。1899
年末，流寓日本的梁啟超第一次離日赴美，他在新世紀即將
到來的夜半，寫下了《二十世紀太平洋歌》：

> 亞洲大陸有一士，自名任公其姓梁。盡瘁國情不得
> 志，斷髮胡服走扶桑。扶桑之居讀書尚友既一載，耳
> 目神氣頗發皇。少年懸弧四方志，未敢久戀蓬萊鄉。
> 誓將適彼世界共和政體之祖國，問政求學觀其光。

[12] 康有為：《與菽園論詩兼寄任公、儒博、曼宣》。
[13] 陳衍：《石遺室詩話》卷九，轉引自郭延禮：《中國近代文學史》833
    頁，山東教育出版社 1991 年版。
[14] 梁啟超：《飲冰室詩話》，見《梁啟超全集》9 冊 5328 頁。

　　這真是一個令人百感交集的開頭。他生動地傳達了梁啟超自己的身世、際遇與志向。其中，生存空間轉換的意義是顯而易見的：是邁出國門，遠涉他鄉的過程讓他無比清醒地體會到了自己曾經居處的空間位置──亞洲大陸，我們在前文所述的近代中國文化人的地理空間意識就是在這樣具體的生存變換之中格外凸現出來的。作為「亞洲大陸」的中國不僅不再是世界的中心，甚至也不再是讓人自得其樂、享受人生的溫柔之鄉，它竟然驅趕忠心耿耿的臣民，迫使我們的詩人不得不「斷髮胡服」，改換生存的方式，而日本這樣一個飄浮的島國卻成了詩人走投無路之際的生存之所，同時更給了他「神氣發皇」的新的生命體驗，[15]可以說，正是這樣的「再生」般的激動重新喚起了他「問政求學」的雄心壯志，這才有了橫渡大洋、遠赴美洲之行，這才有了在太平洋上迎接這一世紀交替的機會，此時此刻，梁啟超獲得的時間與空間體驗在千年中國詩史上是絕無僅有的。較之於黃遵憲，梁啟超在這裏關於日本的總體體驗更動情也更深刻，從黃遵憲、梁啟超到後來的魯迅，中國現代作家在逐漸深化對日本的生存體驗之中也不斷深化了對中國自己的生存觀感，進而反思和體察著中國本土的生存方式的實際含義──那是一種為傳統中國文學所未能發現和體察的含義。

---

[15]　梁啟超在《夏威夷遊記》中說：「吾於日本，真有第二個故鄉之感。蓋故鄉云者，不必其生長之地為然耳。生長之地所以為故鄉者何？以其於己身有密切之關係，有許多之習慣印於腦中，欲忘而不能忘者也。然則凡地之於己身有密切之關係，有許多之習慣印於腦中，欲忘而不能忘者，皆可作故鄉觀也。」見《梁啟超全集》2 冊 1217 頁。

　　就是在這一次的行程中，梁啟超提出了著名的「詩界革命」的主張。撫今追昔，梁啟超深刻地總結了北京「新學詩」時代僅僅著眼於新名詞的弊端，他更加重視的是以異域新體驗為基礎的詩歌「新境界」的營造。梁啟超指出，中國詩歌的「境界被千餘年來鸚鵡名士（余嘗戲名詞章家為鸚鵡名士）占盡矣。雖有佳章佳句，一讀之，似在某集中曾相見者，是最可恨也。故今日不作詩則已，若作詩，必為詩界之哥倫布、瑪賽郎（即麥哲倫）然後可。猶歐洲之地力已盡，生產過度，不能不求新地於阿米利加及太平洋沿岸也。」當中國這塊古老的土地已經因為「生產過度」而再難激盪起詩歌的創造力時，異域他鄉的體驗就不失為一種啟動自我的方式，這就是「詩界革命」，中國的詩人欲求創作上的「革命」「不可不求之於歐洲。歐洲之意境、語句，甚繁富而瑋異，得之可以陵轢千古，涵蓋一切。」[16]而作為歐洲文化在中國最近之展示，日本則成為了中國詩人首選的「阿米利加及太平洋沿岸」。

　　除了個人的體驗，梁啟超這一「詩界革命」的主張當然也是對他創辦的詩歌欄目事迹的理論小結。在梁啟超的有力推動下，此時此刻的日本在事實上已經成為了傳播和探索中國「新派詩」的中心陣地，正是《清議報》、《新民叢報》等所營造的熱烈氛圍鼓勵梁啟超提出了「詩界革命」的主張。近年來，一些近代文學研究者都注意到了這樣一個事實，即「詩界革命」的範圍似乎不應當僅僅劃定在以梁啟超、

---

[16]　梁啟超：《夏威夷遊記》，見《梁啟超全集》2 冊 1219 頁。

黃遵憲為代表的所謂「維新派」知識份子之中，其實包括一些南社革命派在內的同時代人（尤其是具有留日經歷的），他們也不時表現著類似的創作傾向——如自由、民主、平等、主權、文明、進化、冒險之類的主題，如對《民約》、盧梭等新名詞的自然運用，這都符合梁啟超「以舊風格含新意境」、「熔鑄新理想以入舊風格」的設想。我以為，這一現象所告訴我們的是一個重要的事實：由生存體驗的新變所引發的詩歌「革命」在當時的創作界是較為普遍的。因為，對於詩歌藝術的變遷，具有更大意義的並不是詩人的政治態度而是其生存環境。當生存環境發生了重大的改變（例如留學日本），那麼詩人的生存體驗和情感方式也會有所不同，作為這種體驗與情感直接載體的詩歌自然便會有所呈示。也就是說，無論是維新派的梁啟超、黃遵憲，革命派的高旭、馬君武，還是其他留日的青年學生，除了政治的理想之外，在詩歌藝術中，他們都不得不面對著共同的問題，即中國詩歌的過去的輝煌似乎已經成了不可逾越的高峰，今天，能夠證明詩人自身價值的「新意」只能從生存的體驗中再尋找，再提煉。在這個時候，有沒有人出來標舉「旗幟」是一回事，而刻意的「推陳出新」卻是大勢所趨。同樣的留日經歷，如果有人因為政治理想的差異而拒絕表達自己親身感受的「人生新意」，那倒真是不可思議的了。

　　相反，「同光體」詩人之所以表現出了對於「詩界革命」的保守趨勢，這也並不是因為柳亞子所痛斥的「為盜臣民賊之功狗」，而是他們自己失去了在如日本這樣的新的環境裏汲取人生「興味」的機會。「同光體」詩人並非不想「翻新」，

只是他們的「新」失去了真切的人生體驗的支撐，所以也只
能繼續在詞語、典故的挑選上挖空心思，致力走「點鐵成金」
的宋詩的老路。這倒多少令人想起到達新的生存環境之前的
梁啟超，想起他與譚嗣同、夏曾佑所探索過的同樣詰屈聱牙
的「新學詩」。一為新學，一為舊學，但都是在未能獲得人
生新體驗之時純文字純學問的操作——歸根結柢，能夠決定
詩歌的創造性價值的還是詩人的實際生存體驗。

　　我們返回中國詩人的「生存改變」的原點，以此為基點
去追溯他們開啟的中國詩歌現代嬗變的故事，這也許正是重
新解釋中國近現代文學發展的一條思路，而我要特別指出的
是，在這一「生存改變」的程式中，我們必須充分注意「初
識日本」的重要意義。

　　對於梁啟超、黃遵憲一代知識份子來說，日本的意義除
了生存的異域體驗外，還包括了他們在當時日本生存的過程
所目睹的一些文化現象。例如在關於詩歌「革命」的取向上，
中國詩人也注意到了當時日本文學「言文一致」的重要動
向。只不過，在這裏，我們仍然需要注意的是，並不是日本
文學「給了」留日中國作家什麼東西，而是中國作家「在日
本」的生活中自然「發現」和「理解」了這種動向，就是說，
一種自然而然的生活實踐讓他們從內心「生長」出了同樣的
文學運動的「需要」。在這個時候，長期浸潤於日本生存體
驗所形成的生活邏輯仍然是最重要的。1868 年，黃遵憲在
他的《雜感》其二中首次提出了被胡適稱為「詩界革命的一

種宣言」[17]的著名設想：「我手寫我口，古豈能拘牽？」不
過，與其說此時的他已經具有了明確的言文一致的打算還不
如說是更多地表達了一種對於當時俗儒崇古的反感，事實上
在此後一個相當長的時間裏，黃遵憲本人並沒有創作出多少
的口語化詩歌，正如錢仲聯先生所說：「公度詩正以使事用
典擅長，其以流俗入詩者，殊不多見也。」[18]相對來說，黃
遵憲對言文關係的深入認識也是到了日本以後，在目睹了日
本的「言文一致」運動之後，他關於「言文一致」的理性設
想才與生活的感性體驗結合在了一起。已經有學者指出：「到
黃遵憲離開日本的 1882 年，日本文學言文一致運動已初具
規模，取得了很大的成績。黃遵憲正是在這種背景下，倡言
改變中國言文不合的狀況，提出語言通俗化的主張的。」「顯
而易見，黃遵憲言文復合的通俗化理論，是從日本的言文一
致運動引進的。」[19]在《日本雜事詩》第六十六首中，他對
日本言文分離的問題深有感觸：「難得華同是語言，幾經重
譯幾分門。字須丁尾行間滿，世世仍憑洛誦孫。」詩後的自
注裏，黃遵憲特別介紹了日本推行言文一致的背景與過程。
《日本國志·學術志》中，黃遵憲更是詳細地分析了中國所
存在的言文不合的實際，提出了漢字從簡、言文復合的見
解：「蓋語言與文字離，則通文者少；語言與文字合，則通
文者多；其勢然也。」「泰西論者謂：五部洲中以中國文字

---

[17] 見胡適：《五十年來之中國文學》，《胡適文集》4 卷 353 頁，人民
　　文學出版社 1998 年版。
[18] 錢仲聯：《人境廬詩草箋注·發凡》，上海古籍出版社 1981 年版。
[19] 何德功：《中日啟蒙文學論》101 頁，東方出版社 1995 年版。

為最古，學中國文字為最難，亦謂語言文字不相合也。然中
國自魚蟲雲鳥，屢變其體，而後為隸書為草書。余烏知夫他
日者不有變一字體，為愈趨於簡，愈趨於便乎？」正是這一
理性的認識對梁啟超及戊戌維新中的白話文運動產生了重
要的影響。1896 年，梁啟超在《沈氏音書序》裏探討了中
國文字脫離於語言變化所帶來的嚴重問題，其中，黃遵憲一
年多以前出版的《日本國志》引起了他高度重視，並引用了
上述關於言文復合的觀點。[20]據說，黃著與梁文都在戊戌維
新時期風行一時，並催生了裘庭梁的著名論文《論白話為維
新之根本》，在維新時期的白話文運動中，此文可謂是綱領
性的文件，文中「崇白話而廢文言」的主張可謂是振聾發聵。
接著，便是全國範圍內的白話報刊競相面世，持續不衰，據
蔡樂蘇統計，從 1897 到 1918 年，創刊的白話報刊竟達 170
種，[21]留日學界也辦起了《新白話報》、《白話》等刊物。

　　對於中國文學特別是中國詩歌語言形式的思考，黃遵憲
從未停止過。儘管梁啟超有過「革命者，當革其精神，非革
其形式」的看法，但作為詩歌變革最積極的實踐者，黃遵憲
卻深知語言形式的問題是無法迴避的，所以說已經不在日本
的他，卻一直關注著當時成為了「詩界革命」傳播中心的日
本，閱讀著來自日本的中國學界的刊物，發表作品，與這一
傳播中心人物的梁啟超保持了密切的聯繫。可以這樣認為，

---

[20]　《日本國志》注明由廣州富文齋 1890 年出版，據有學者考證，其實出
　　版當在 1894 或 1895 年。
[21]　蔡樂蘇：《清末民初的一百七十餘部白話報刊》，《辛亥革命時期期
　　刊介紹》第五集，人民出版社 1987 年版。

在這個時候，保存了日本記憶的黃遵憲與那些正在生發著日本體驗的中國新派詩人形成了一種「合力」，他們在共同的文化體驗的基礎上交換和分享著彼此的思想藝術成果。1902年9月，黃遵憲致信梁啟超，提出了建設以彈詞、粵謳形式為基礎的「雜歌謠」的設想。[22]梁啟超很是讚賞，隨即在《新小說》上開闢了「雜歌謠」一欄，專門發表這類借鑒民間歌謠形式的「新體詩」。以後，黃遵憲、梁啟超都有這方面的作品。

二、生存實感的規避與「小說界革命」的曲折

中國作家獲取日本文學經驗的更自覺的努力是在小說創作之中，但日本之於「小說界革命」的意義卻與「詩界革命」有了很大的不同。

如果說「詩界革命」主要是在攝取異域生存實感的基礎上邁出了自我嬗變的堅實的一步，那麼「小說界革命」卻剛好相反，正是因為對異域生存實感的規避，中國小說的現代嬗變出現了諸多的曲折。與留日的中國詩人不同，在中國小說家「初識日本」的過程中，的確是較多地注意了日本文學本身的啟示，然而，脫離了自我生存體驗的單純的文學模仿卻實在不足以產生太大的顛覆力量。「小說界革命」的曲折歷程似乎正好是從另一個角度證明了主體精神的全面「體驗」（而非單純的「文學交流」）之於現代中國文學發展的

---

[22]　參見黃遵憲《致梁啟超書》（1902年9月23日），載《中國哲學》第八輯，三聯書店1982年版。

不容替代的價值。

　　僅僅從知識的角度關注和瞭解異域文學的動向本來就是可以在「遠距離」進行的。我們知道，中國的維新派知識份子很早就注意到了日本明治維新期間小說地位的變化，而日本小說觀念的這種變化也的確早早地就對我們產生了「啟示」。

　　日本江戶時代的「文學」曾經是一個包羅萬象的概念，它既包括有經世濟民的思想性而乏虛構性的「上頭的文學」，又容納了有虛構性而乏思想性的「下頭的文學」，[23]在這樣的一個格局中，恰恰是具有了虛構性而思想性不足的小說是沒有地位的。到了明治維新時期，當有著日本「啟蒙運動」之稱的自由民權運動興起，日本的啟蒙思想家試圖通過小說這一通俗的方式來宣傳自己的政治綱領之時，小說的地位便在「盡使一國人心隨其手腕意志之行進」中大受重視了。先是有西方文學（小說）的翻譯熱潮，然後就是長達二十年的政治小說的創作（直至 20 世紀初）。這些現象都引起了命運相似的晚清維新派知識份子的相當的注意。因為，在傳統的中國觀念之中，「小說家者流，蓋出於稗官，街談巷語，道聽途說者之所造也。」「雖小道必有可觀者也，致遠恐泥，是以君子弗為也。」[24]而在傳統綱常廢弛，新學正需要借助某種通俗的方式廣泛傳播的時候，日本的小說發展現狀無疑是鼓舞人心的。1897 年康有為刊印了自編的《日

---

[23]　參見王曉平：《近代中日文學交流史稿》175 頁，湖南文藝出版社 1987年版。
[24]　班固：《漢書‧藝文志‧諸子略》。

本書目志》，他根據自己閱讀和收藏的日本書籍，加以分類
介紹，其中，「小說」便赫然列為一大類，並認為日本維新
之成果就歸結於它；康有為甚至引申道：「故六經不能教，
當以小說教之；正史不能入，當以小說入之；語錄不能喻，
當以小說喻之；律例不能治，當以小說治之。」[25]接著，梁
啟超在《變法通議》中也產生了改良小說的想法，同年，在
為《蒙學報》、《演義報》的所作序言中，梁啟超再次論及
日本變法「賴俚歌與小說之力」。[26]

　　以梁啟超為代表的維新派知識份子流亡日本，擴大了近
代中國小說汲取日本文學經驗的可能。與日本近代小說的發
展相類似，我們進入了從翻譯到創作的近代小說的發展歷
史，並且「政治小說」概念的引入也成了這一嬗變的主要標
誌。中國最早的文學翻譯，是鴉片戰爭以後由傳教士在他們
創辦的報紙上所翻譯的聖經故事及短小的寓言等，後來也只
有王韜、董恂等零星的譯作。中國大規模的翻譯潮出現在
20 世紀初的幾年中，較日本晚了二十多年。梁啟超在東渡
日本的船上，讀到了日本柴四郎的政治小說《佳人奇遇》，
便嘗試著翻譯，由此開始了一個介紹日本小說的時代。在日
本，他又撰寫了《譯印日本小說序》[27]，闡述翻譯小說的重
要性，「彼英、美、德、法、奧、意、日本各國政治之日進，
則政治小說為最高功焉。」在中國文學史上，這是第一次提

---

[25]　康有為：《日本書目志·識語》，陳平原、夏曉虹編《二十世紀中國
　　　小說理論資料》1 卷 14 頁，北京大學出版社 1989 年版。

[26]　梁啟超：《蒙學報演義報合敘》，原載《時務報》44 冊。

[27]　刊於 1898 年 12 月 23 日《清議報》。

出了「政治小說」的概念，第一次專論政治小說的重要作用。
在日本的留日知識份子中，先後出現了一批重要的翻譯家，
除梁啟超本人外，尚有羅普、戢翼翬、馬君武、蘇曼殊以及
後來的周氏弟兄等。留日知識界的譯介活動直接帶動了中國
國內的知識份子，據阿英統計，中國晚清的翻譯小說占到當
時全部小說的三分之二。在這些翻譯作品中，既有由日譯本
轉譯的西方小說，也有日本的政治小說。日本政治小說中最
有名的作品如矢野龍溪的《經國美談》、柴四郎的《佳人奇
遇》、末廣鐵腸的《雪中梅》等都翻譯成了中文。總之，日
本的特殊意義獲得了比較充分的發掘。作為這一發掘活動的
中心人物，梁啟超對日本近代小說從翻譯到創作的嬗變過程
應當說還是有相當清晰的把握的。這樣的介紹基本上反映了
日本自由民權思想家的文學創作，即所謂「啟蒙文學」的發
展實情：

> 於明治維新之運有大功者，小說亦其一端也。明治十
> 五、六年間，民權自由之聲遍滿國中。於是西洋小說
> 中言法國、羅馬革命之事者，陸續譯出，有題為《自
> 由》者，有題為《自由之燈》者，次第登於新報中。
> 自是譯泰西小說者日新月盛，其著者則織田純一郎氏
> 之《花柳春話》、關直彥氏之《春鶯囀》、藤田鳴鶴
> 氏之《系思談》、《春窗綺話》、《梅蕾餘薰》、《經
> 世偉觀》等，其原書多系英國近代歷史小說之作也。
> 翻譯既盛，而政治小說之普述也漸起，如柴四郎之《佳
> 人奇遇》、末廣鐵腸之《花間鶯》、《雪中梅》、藤

田鳴鶴之《文明東漸史》、矢野龍溪之《經國美談》
等。[28]

梁啟超接下來的小說活動顯然與他對日本文學界的把
握密切相關。1902 年，梁啟超在日本橫濱創辦《新小說》
雜誌，刊名即取自日本春陽堂 1889、1896 年兩次刊行的同
名雜誌。創刊號上，他發表了著名論文《論小說與群治之關
係》，文章將小說奉為「文學之最上乘」，具有「熏」、「浸」、
「刺」、「提」四種神奇的力量。在中國自己的「新小說」
尚孕育於繈褓的當時，梁啟超的這篇被稱作「小說界革命」
綱領的文件顯然是主要來自於對日本小說界近代經驗的觀
感。正是梁啟超他們所推動的這一「日本取向」，使得近代
中國「新小說」的寫作在一開始就表現出了相當的「日本色
彩」。例如已經有學者發現，作為近代中國的第一部政治小
說，梁啟超的《新中國未來記》明顯與當時日本文壇大量盛
行以「未來記」、以「新」命名的作品有關。[29]甚至當時一
些中國小說家為自己所取的筆名也頗具日本風味，如徐枕亞
取名東海三郎，黃小配取名禺山世次郎，徐念慈取名東海覺
我，此外還有藤谷古香、大橋式羽、福田少藤郎、諸夏三郎、
八寶王郎、井山郎、亞東一郎、漱六山房等等。鄭權自己創
作了《瓜分慘禍預言記》，卻偏偏要主動放棄著作權，宣稱
此書為「日本女士中江篤濟藏本，中國男兒軒轅正裔譯述」。

---

[28] 梁啟超：《文明普及之法》，原載《清議報》25 冊（1899 年）。
[29] 參見王曉平：《近代中日文學交流史稿》244 頁，夏曉虹《晚清社會
　　與文化》75 頁至 87 頁。

　　梁啟超及二十世紀初葉中國作家從理論和實踐上所嘗試的「小說界革命」的確極大地提高了這一文體在讀者與作者心目中的地位，從而在整體上開始了中國文學格局的大調整。但是，從國內的維新派知識份子到留日的梁啟超等人，他們對日本小說的注意一開始就立足於「外部觀察」的立場，這裏的「外」有幾重含義，一是日本社會實感之「外」，二是自我生存的體驗之「外」。他們更多地看到了日本小說蓬勃發展、「啟蒙」民智的「成果」，而缺乏自我投入、設身處地的實感。於是，在他們的「外部觀察」中，包含了許多不容忽視的「誤讀」。例如當梁啟超將日本維新變法之功歸結於小說創作，這就明顯屬於倒果為因了。事實上，並不是日本政治小說的興盛決定了明治維新的成功，恰恰是明治維新所帶來的自由民權運動催生了日本的政治小說創作。在當時的日本，「小說自然也被當作一種宣傳手段應之而生。但用小說做政治宣傳始終是次要的。從時間上看，政治小說的產生大大地晚於自由民權運動的興起。」[30]在梁啟超這一「誤讀」的背後，我以為體現了一位失敗的政治家所具有的深刻的焦慮。當我們的政治家將這樣的焦慮轉移至文學領域，他是如此急切地希望找到一條足以解決現實政治難題的萬全之策。於是，他已經「來不及」將自我投入到對於日本生存事實的深入體察當中，幾乎就是本能地忽略了日本維新的細緻過程，而僅僅著眼其「可觀」的成果；他也會充滿想

---

[30]　王向遠：《中日啟蒙主義文學思潮與「政治小說」比較論》，載《外國文學評論》1995 年 3 期。

像地有意放大其中的某些因素──例如小說創作。在這樣的放大之中，目的總是第一位的，而邏輯總是第二位的，「外部的觀察」是第一位的，而實際的生存體驗則是第二位的；難怪我們一些「挑剔」的當代學人從中讀出了「邏輯混亂、論證匱乏」。[31]

　　缺乏自我體驗投入的「觀察」還有更加不幸的後果。

　　我以為，在中國近代小說的革新史上，重要的還不在像梁啟超這樣的維新派以有意無意的「誤讀」拔高了這一文體在政治生活中的實際價值，而關鍵之處是，如此急切的功用心態，如此難以平息的焦慮最後將直接影響到作家創作心境的穩定，妨礙著他對實際人生的細細品味、體驗與傾情投入，最終，付出代價的還是小說本身的深度與廣度，還是藝術作品本身的價值。在這一方面，小說創作對投入實際人生的「從容度」的要求甚至超過了詩歌──歸根結柢，詩歌畢竟屬於情緒與思緒的藝術，它所要求的往往就是詩人在一瞬間心靈向世界敞開的能力，就在這一瞬間，他憑藉著自己的直覺與悟性捕捉世界的新異信息，並直接呈示在詞語的鏡像之中。所以在詩歌藝術領域裏，總是對詩人的直覺與悟性有著特別的強調和依賴。法國當代著名美學家雅克·馬利坦對詩歌中的「創造性直覺」有過十分準確的分析：「很明顯，詩性直覺中充滿了詩人的主觀性和被把握的事物，因為，被把握的事物和（詩人的）主觀性是在同一種模糊的經驗中被認識的，因為被把握的事物之被把握只是通過它在主觀性中

---

[31]　參見劉納《嬗變》58 頁，中國社會科學出版社 1998 年版。

的感情回響和它與主觀性的契合。」也就是說，對於詩歌而言，「被把握」的事物與世界的意義恰恰就在詩人的「主觀性」之中，甚至就在詩人的「誤讀」之中。[32]我們說黃遵憲等「新派詩」人的確在日本的異域生存中捕捉了新的藝術信息，是因為在一些成功的「新派詩」那裏，詩人的「主觀性」的確嵌入了新世界的信息，最終，這些詩人又勉力利用他所尋覓的詞語作了力所能及的呈示，雖然成績有限卻畢竟在這有限的空間中揭開了富有藝術啟發的一頁。而小說呢？它所要求的除了直覺與悟性等特質外，更重要的還有作家「進入」世界、「梳理」世界以至「再構」世界的毅力與耐心；小說最終要呈現的也不僅是心靈頓悟的原生形式，而是包含了頓悟與理解的「人造世界」。在小說語詞的背後，是更為廣大的人生新義的敘述，是濃郁的現實生活場景的創造。正如美國現代小說家亨利‧詹姆斯所概括的那樣：

> 現實的空氣（典型化的真實）是小說的最大的優點，是無條件地、鄭重其事地建立在小說的一切其他優點（其中包括百桑特先生說的自覺的道德思想）之上的優點。如果沒有這個優點——其他的優點也都不存在了，因為其他優點有賴於作者成功地創造出生活的幻覺，才能收其效果。據我看來，領會經驗的才能、研究存在的細微過程，才是小說家藝術的開端與結束。這是他的靈感、失望、獎賞、痛苦、快樂。正是在這

---

[32]　雅克‧馬利坦：《藝術與詩中的直覺》，中譯本 103 頁，三聯書店 1991 年版。

兒，當他展示出自己反映現實──現實的意義、色彩、凹凸、性格──人類存在的全部本質的方法時，他才真正地同生活展開競賽，同他的畫家兄弟們展開競賽。[33]

為了「成功地創造出生活的幻覺」，就需要小說家「領會經驗的才能、研究存在的細微過程」，那麼，當時正處於政治問題焦慮中的知識份子能夠保持這份潛入人生的從容嗎？這的確是一個很大的難題。從近代中國小說的革新歷程來看，翻譯小說的歷史意義要大於一些創作小說，而以後立足於本土發展起來的譴責小說的藝術成就也要明顯高於直接表現「日本經驗」的早期政治小說的藝術成就。譴責小說從早期政治小說的異域觀念中獲取了眼光，用之於周遭世界的閱讀與觀察，因為沒有了時政表述的急切，所以它們反倒多了許多的從容與深入。

在初識日本小說經驗的人們那裏，我們看到的情況是：與黃遵憲為代表的「新派詩」不同，作為「小說界革命」直接產物又源於「日本文學經驗」的近代政治小說恰恰沒有充分地利用異域題材，竭力開掘異域生存體驗。梁啟超《新中國未來記》、張肇桐《自由結婚》、陳天華《獅子吼》、鄭權《瓜分慘禍預言記》等雖然涉及「留學」等內容，但所有這些情節不過都是作者議論時政的輔助工具，正如《新小說》在《新民叢報》上所刊登的廣告云：「政治小說者，著者欲

---

[33] 亨利・詹姆斯：《小說的藝術》，見《美國作家論文學》47頁，三聯書店 1984 年版。

藉以吐露其所懷抱之政治思想也。其立論皆以中國為主，事實全由於幻想。」[34]羅普（嶺南羽衣女士）根據日本翻譯的有關俄國虛無黨的作品創作了《東歐女豪傑》，雖然本身就是異域題材，但像蘇菲亞這位「彼得大皇帝所出的支裔」也作如此的中國化「處理」，其中的「異域風貌」與「異域體驗」也就可想而知了：

> 菲亞生時，白鶴舞庭，幽香滿室，母親李氏心知有異，十分疼愛。菲亞長來，果然秀慧無倫，兩歲便能識字，五歲便會吟詩，到了八歲的時候，跟著母親在格里米亞地方上學，真是過目不忘，聞一知十，樂得他的師友，無不把他敬重。不上幾年，在尋常中學校領了優等卒業的證書，又再進那高等中學校。到一千八百六十九年，青春十六，正長得不豐不瘦，不短不長，紅顏奪花，素手欺玉，腰纖纖而若折，眼炯炯而多情，舉止則鳳舞鸞翔，談笑則蘭芳蕙馥。
>
> ——《東歐女豪傑》第二回

與日本「啟蒙文學」思潮中的政治小說將政治與私情相加，力圖於載道與遊戲間尋找調和相比較，中國當時的政治小說完全擯棄了個人私情的存在，梁啟超譯完日本柴四郎《佳人奇遇》就立即與之「劃清界線」：「從今不慕柴東海，枉被多情惹薄情」。張肇桐的《自由結婚》從書名看應該是一部青年男女的愛情婚姻故事，但奇怪的是，我們的男女主

---

[34]　《中國唯一之文學報〈新小說〉》，原載《新民叢報》14 號。

人公（絕世英雄黃禍與絕代佳人關關）僅僅就是為了國家民族的利益才走到了一起，他們絲毫也不涉及兩情相悅、君子好逑之類的經歷，此「關關」不是「在河之洲」的「雎鳩」的婉轉啼鳴，而是志士仁人的慷慨陳詞：「一生不嫁人，只願把此身嫁與愛國。」《新小說》雜誌也明確宣佈：「本報宗旨，專在借小說家言，以發起國民政治思想，鼓勵其愛國精神。一切淫猥鄙野之言，有傷道德者，在所必擯。」[35]好一個「淫猥鄙野之言」，又好一個「有傷道德」！人類最富有質感的生存現象，不就常常包孕其中？當這一切連同「私情」一起都被列入了「必擯」之列，那麼，我們的政治小說也就只剩下乾枯的說教了，雖然這些說教本身還是頗有社會價值的。

中國小說在現代性道路上大踏步的前進還必須有更豐富的人生景觀的攝取，還需要我們作家對人生世界的傾情擁抱，而這一目標的實現只能交給更年輕的一代中國留日學生了。

三、日本藝術資源與中國戲劇改革

中國戲劇改革的命運與「小說界革命」既有相似之處，也有更多的不同。

相似大約來自於它們共有的「敘事」功能，「故事」的生動所帶來的某種通俗性與大眾性使得戲劇也和小說一樣

---

[35] 《中國唯一之文學報〈新小說〉》，原載《新民叢報》14號。

有利於宣傳新的政治理想，而敘事的「虛構」則似乎給人們提供了超越生活尋求「文學依賴」的可能。於是，與中國小說的歷史性過渡類似，戲劇也被一批有志於中國社會改革的知識份子視作了啟蒙民眾的工具，並且又是在日本尋找到了推動變革的藝術啟示。

留日中國知識份子對民眾啟蒙、社會改革的熱望讓他們力圖利用戲劇藝術「易風移俗」的力量，這就是中國戲劇變革的思想動力。最早的還是梁啟超，他在 1902 年發表的新傳奇劇本《劫灰夢》中借劇中人之口高度讚揚了福祿特兒（即伏爾泰）利用小說戲劇喚起國人之功，[36]梁啟超創作的新傳奇劇本如《劫灰夢》、《新羅馬》、《俠情記》等首開以中國傳統戲曲表現異域題材之風，儘管這些創作都還不是真正的近代戲劇。1904 年，留日歸國的陳獨秀在剛剛創辦的《安徽俗話報》上撰文認為：「做小說，開報館，容易開人智慧，但是認不得字的人，還是得不著益處。我看惟有戲曲改良，多唱些暗對時事，開通風氣的新戲，無論高下三等人，看看都可以感動，便是聾子也看得見，瞎子也聽得見，這不是開通風氣第一方便的法門嗎？」「唱戲一事，與一國的風俗教化，大有關係，萬不得不當一件正經事做。」[37]梁啟超、陳獨秀等都十分關注當時國內的戲劇改良運動，並及時給予了高度的評價。特別是 1904 年陳去病、柳亞子、汪笑儂等在上海創辦戲劇專門雜誌《二十世紀大舞臺》，以「喚起國家

---

[36] 發表於 1902 年《新民叢報》2 號。

[37] 陳獨秀：《開辦安徽俗話報的緣故》，原載 1904 年《安徽俗話報》1 期。

思想為唯一目的」，梁啟超、陳獨秀等都予以充分的注意並給予了高度的評價。[38]陳獨秀更是由此得出結論：「戲園者，實普天下人之大學堂也；優伶者，實普天下人之大教師也。」[39]以後春柳社在日本首先上演真正的近代戲劇，也多以民族主義或民主革命的時代情緒為依託。

然而，我們所謂戲劇與小說的「相似」這也僅僅只是針對其文學性的「腳本」而言，在實際的操作中，戲劇卻又遠非一個文學的腳本所能概括的，從根本上講，戲劇更依賴的是舞臺藝術的實踐，我認為，正是從這一點出發，中國戲劇近現代改革便與「小說界革命」有了很大的差別，中國戲劇家日本體驗的深度也與小說家頗為不同了。

如果說「小說界革命」更多的是基於對日本文學的「外部觀察」，「外」既脫離了日本生存發展的實際，也規避了作家自己的人生體驗，那麼在戲劇這裏，純粹的「外部觀察」卻失去了可能。戲劇藝術本身的實踐性決定了中國的戲劇家不可能「置身世外」作純文字的陶醉，藝術的實踐過程必然讓他們更多地「進入」到日本當下的生存狀態。與他們頻繁交往的編導、演員與觀眾都是具體的人，頻繁而廣泛的人際交往令他們深入地體察到了生存與心靈的細微意義，對於當下生存與人類（觀眾）精神需要的準確把握才是戲劇藝術成功的保證，這一切都構成了留日中國戲劇家重要的戲劇資源，較之於小說家的純文學吸取，為日本戲劇資源所包裹的

---

[38] 見梁啟超《飲冰室詩話・一二七》、三愛《論戲曲》等。
[39] 三愛：《論戲曲》，原載 1904 年 9 月 10 日《安徽俗話報》11 期。

中國戲劇家有了更為深刻的生存體驗。

　　中國留日學生就是從當時日本新派劇探索的熱烈氛圍中真正體驗著近代戲劇的形態與魅力，尋找著建設中國近代戲劇的範本，當然，更重要的是「深入」了由當下社會生存與心理需要所構成的「日本戲劇資源」當中。20 世紀初是日本新派劇的全盛時期，這個時候，也正是中國留日學生人數最多的時候。[40]日本新派劇是明治維新以後吸取西方近代戲劇而出現的一種藝術形式，本身經過了明治前期的壯士劇、書生劇到明治中後期的歐美「翻案劇」（即改編劇）的發展過程。日本新派劇對傳統的歌舞伎演劇形式作了相當的改造，如取消了三味線的伴奏和舞蹈，由過去一律使用男性演員而為男女並用，劇本多用當時的流行小說改編，或充滿時代政治色彩或更接近實際的生活，降低或否定了傳統歌舞伎表演中的程式化、虛擬化特徵。後來成為中國近代戲劇主要骨幹的曾孝谷、李叔同、黃二難、歐陽予倩、李濤痕、吳我尊、謝杭白、陸鏡若、馬絳士（以上屬於春柳社）、王鐘聲（屬於春陽社）[41]、任天知（屬於進化團）、鄭正秋（屬於新民社）、蘇寄生、史海嘯（屬於開明社）等等都浸潤於其中，當時的一位中國留學生曾這樣描述了他在劇場內的觀感：

　　　日本人且看且淚下，且握拳透爪，且以手加額，且大

[40]　黃愛華：《中國早期話劇與日本》25 頁，嶽麓書社 2001 年版。
[41]　據學者黃愛華考證，王鐘聲自德國留學歸來後也曾留學日本。見黃愛華：《中國早期話劇與日本》226 頁，嶽麓書社 2001 年版。

聲疾呼，且私相耳語，莫不曰：「我輩得有今日，皆
先輩烈士為國犧牲之賜，不可不使日本為世界之日本
以報之。」記者旁坐默默而心相語曰：為此戲者，其
激發國民愛國之精神，勝於千萬演說台多矣！勝於千
萬報章多矣，乃如斯其速哉？[42]

　　這顯然是一位具有強烈民族啟蒙意識的留學生在滿懷
主觀情緒地「觀戲」，也在充滿主觀意念地「說戲」，但不
管怎樣，我們卻可以從中讀出日本新派劇演出對當時關懷民
族問題的中國學人的那種非同一般的感染力。這樣感人至
深、引人入戲的戲劇樣式顯然與中國國內出現在教會學校的
那些時事新戲的即興式演出拉開了距離，真正體現了具有現
實感染力的近代新劇的獨特魅力。於是，「他們愛好戲劇的
熱情，從事戲劇的願望，已經像心血來潮似的從內心逼迫出
來。」[43]當中國留日學生帶著自己的人生體驗「投入」戲劇
演出與創作且如此的動情之時，戲劇所要「激發國民愛國之
精神」的目標也就不再像小說一樣的空洞了，中國戲劇對日
本資源的汲取也不再是觀念與知識的輸入，汲取本身就成了
自我「體驗」的一部分。

　　戲劇藝術的實踐性還使得留日中國戲劇家較多地融入
了日本的戲劇演藝界。日本近代戲劇業已成熟的演藝哺育了
第一代的中國演員，直接指導和訓練他們走上了舞臺。眾所

---

[42]　佚名：《觀戲記》，見《中國歷代文論選》第四冊 352 頁，上海古籍
　　　出版社 1980 年版。

[43]　李芳遠：《春柳時代的李哀先生》，見林子青《弘一大師年譜》25 頁，
　　　雜華精舍 1945 年 10 月第 2 版。

周知，日本著名新派劇演員、戲劇教育家藤澤淺二郎與曾孝谷、李叔同、歐陽予倩、陸鏡若等都關係密切，其中陸鏡若更是在他的幫助下求學於「東京俳優養成所」，甚至還獲得了參與日本戲劇演出的機會。春柳社 1907 年春節前後推出首場中國近代戲劇《茶花女》，同年初夏排演《黑奴籲天錄》，1909 年演出《熱淚》，這幾場在中國戲劇史上具有劃時代意義的演出從排演到劇務聯繫，都得到了藤澤淺二郎的大力支持，劇作家、戲劇評論家松居松葉親自觀看了《茶花女》並撰文對表演尤其是李叔同的演技以高度評價。此外，在陸鏡若之於伊井蓉峰、曾孝谷之於木村操、李濤痕之於藤井六輔、歐陽予倩之於河合武雄、馬絳士之於木下吉之助、喜多村綠郎、吳我尊之於佐藤歲三，我們都可以發現其演技上的學習、師承關係。[44]

　　戲劇也是一門需要觀眾參與與呼應的藝術。在這方面，以春柳社為代表的中國近代戲劇的最初實踐是在日本進行，這或許正是一種幸運，因為他們得天獨厚地獲得了當時日本良好的戲劇氛圍與熱情的觀眾的支持。據歷史資料記載，春柳社的《黑奴籲天錄》演出之時，偌大的東京本鄉座大劇場座無虛席，中外觀眾，濟濟一堂，反響熱烈，演出結束以後，日本許多報刊都發表文章對中國留學生的演出予以高度評價。這一空前的盛況傳回中國本土，直接鼓勵了也有過日本新派劇體驗的王鐘聲，並促成了春陽社 1907 年 10 月首次在上海也是首次在中國公演《黑奴籲天錄》這一同樣具

---

[44]　參見黃愛華：《中國早期話劇與日本》183-188 頁。

有歷史意義的戲劇事件。

　　日本新派劇的戲劇資源還由留日中國學生運返中國，繼續發揮其在中國戲劇嬗變中的重要作用。據有學者統計，春柳社同人回國後，在他們的上海「春柳劇場」及國內城市的巡迴演出時期，還在繼續使用著 10 餘部的日本新派劇或根據它的改編劇目。任天知的進化團演出過《血蓑衣》與《鬼士官》（後者由日本小說改編），日本新派劇式的藝術經驗（包括編劇、導演、舞美、化裝與演員訓練等等）在中國人自己的舞臺上得以表現和傳揚，給中國本土的廣大作家與觀眾以新的直接的藝術啟示。以後，又出現了留日戲劇家劉藝舟二度返日，聯合開明社在日本公演「中華木鐸新劇」的盛況，這是不是說明，當時受哺於日本新派劇的中國戲劇家還是相當看重日本這一戲劇園地的，他們願意與之進行藝術的對話與交流。

　　與尚可「自言自語」的小說不同，戲劇必須與現場觀眾人生體驗進行即時性對話的這一特點注定了它不會沿著簡單政治說教的道路走得太遠，承擔了更多政治說教任務的壯士劇與書生劇都只是日本新派劇發展的初期形態，其成熟的形態還是明治中後期出現的接受西方浪漫主義戲劇影響的劇目，即便是革命，也運用著「革命＋愛情」的模式，涉及了較多的人際關係與日常生活場景。這一特點也為中國戲劇的早期嬗變所吸取，從而與作為中國小說嬗變早期代表的政治小說有所不同：中國近代的政治小說缺少的是藝術的魅力，相對而言，以春柳社、春陽社為代表的藝術家們，以《茶花女》、《黑奴籲天錄》、《熱淚》、《迦因小傳》等為代

表的最早的中國話劇，其中更體現了一種藝術探求的執著與
熱忱。

　　當然，戲劇必須與現場觀眾人生體驗進行即時性對話的
這一特點也似乎注定了中國話劇的全面成熟必須開掘和表
現更多的中國社會的實際，在中國戲劇的現代之途上，不僅
需要有深刻的「日本體驗」，也需要有進一步的「本土體驗」。
換句話說，以日本經驗與歐洲浪漫主義戲劇故事為根據的戲
劇究竟能夠走多遠，這依然是一個不容迴避的問題。我們看
到，在經過了新式戲劇演出的初期的新鮮之後，中國近代戲
劇進入了籠罩在「甲寅中興」這種虛假的商業繁盛之中的本
質的疲軟狀態，此時，就是繼續追求著日本藝術經驗的春柳
同人與進化團同人也無濟於事了。進化團受哺於日本壯士劇
的政治說教已經遠離了觀眾，而春柳同人們所熱中的日本式
悲劇營造也還不能為中國觀眾的傳統審美習慣所適應，在既
有藝術的嚴肅又更容易與他們人生經驗對話的新的樣式出
現之前，中國的戲劇觀眾還是更願意順應其心理的傳統慣
性，去接受那些容納了「新鮮」藝術手段卻又輕鬆（甚至是
無聊）的場景，滿足這一需要的當然也就不是什麼的藝術的
執著而是更多的商業操作了。這說明，中國現代話劇的全面
成熟還需要在掙脫日本的單向經驗的束縛，更充分地運用多
方面的藝術資源，同時立足於實際的人生體驗作深入開掘。
到了「五四」時期，是易卜生「社會問題劇」的引入帶來了
中國現代話劇的誕生和第一次繁榮。在「五四」，易卜生的
意義與其說是單純異域文化的輸入還不如說是中國戲劇家
在其啟發下學會了看取「人生」，發現「問題」，他們是在

開掘中國實際人生問題的基礎上與中國觀眾實現了比庸俗的文明戲更高級也更有藝術價值的對話。對話讓他們贏得了觀眾，也最終深入了人生，提升了藝術。

儘管如此，我們還是必須承認，在中國戲劇的近現代嬗變過程之中，即便是在庸俗的文明戲泛濫成災的時期，還是像春柳同人這樣的藝術家們秉承著日本新派劇的經驗，苦苦掙扎，為荒蕪的中國舞臺，保存了唯一的藝術嚴肅。從這個意義上說，「日本資源」雖然並不足以完全支撐中國戲劇的革新，但畢竟是它點燃了我們的第一束近代藝術的火把，畢竟是它在戲劇的昏暗時代還保存了一星藝術的火種。這樣的歷史意義，當由我們來加以認真的銘記。

四、中國散文新貌：本土需要與日本經驗的契合

可以說中國近現代所有文學文體的發展都存在一個「本土體驗」與「異域體驗」的關係問題。在中國文學的現代發展中，往往是本土生存的困頓產生了異域（日本）體驗的必要，又是留外的中國作家的異域（日本）體驗洞開了我們體驗「當下」生存的道路，正是這一道路引領我們反過來加深了對本土的生存體驗。本土與異域（日本）就是這樣的互為支持，協同發展著。只是，不同的作家出於對文體的不同的理解，其具體處理這兩種體驗的方式也各有差異。在「五四」以前，中國詩歌與中國戲劇都在不同的程度上較好地發掘和利用了「日本體驗」的意義，但又都在返回「本土體驗」的環節上躑躅不前了，所以中國詩歌與中國戲劇可謂是有較好

的近代演化，但真正的「現代形態」卻是在「五四」以後才
出現的。中國小說則是將時代變革的要求僅僅讀解為一系列
建功立業的慷慨陳辭，於是，它既規避了中國本土的人生體
驗，也始終浮動在日本體驗的表層──僅僅是認同了文學的
功利性目標。中國的小說家似乎就認定了這是一個王綱解
紐、大廈將傾的時代，他們是一批力圖挽狂瀾於既倒的知識
份子，急需發言、急需辯駁、急需建功立業，在這個時候，
再要求自己默默地潛入人生，符合敘事文學的從容與穩健，
這談何容易？在對「小說」這一文體意義的認定，在對文學
創作如何有效調用「本土」與「日本」體驗的問題上，中國
作家一時間竟陷入了困境。

　　中國作家在小說創作中所遭遇的困難似乎在另一種文
體──散文這裏獲得了很好的解決。這種解決是在兩個意義
上進行的：作為滿足一個時代知識份子慷慨陳辭的特殊文體
需要，同時也恰倒好處地實現了本土體驗與異域體驗的契
合。

　　散文家李廣田對小說與散文曾經有一個恰當的分析比
較，他說：「小說家宜作客觀的描寫，即使是第一人稱的小
說，那寫法也還是比較客觀的；散文則宜於作主觀的抒寫，
即使是寫客觀的事物，也每帶主觀的看法。」「寫散文，實
在很近於自己在心裏說自家事，或對著自己人說人家的事情
一樣，常是隨隨便便，並不怎麼裝模作樣。」[45]的確，作為

45　李廣田：《談散文》，見《二十世紀中國文論精華・散文卷》174、175
　　頁，河北教育出版社 2000 年版。

一種抒發個人見解、記述即時性見聞與思想的「自由」的文體，散文既擁有詩歌的快捷記錄當下思緒的特長，同時也以自己便於敘述、便於議論的語言方式讓我們的知識份子超越詩歌固定模式的限制，更自如地表達自己對當下見聞的記述，對社會政治問題的思考，於是，我們發現，在中國文學的現代性嬗變之中，是散文與作家的典型心態構成了最大程度的契合，是散文取得了最扎實的實績，也是散文對於後來的五四新文學的出現作了最充分的準備，完成了中國文學史最順利的文體過渡。

不僅如此，在本土體驗與異域經驗的連接與契合上，中國散文也頗多成功之處。如果說中國近代小說的變革呈現出了脫離生存體驗（從異域生存的深層到本土體驗的真實）的弊端，那麼散文的現代嬗變則恰恰是生動地反映了中國作家在自己生存體驗的支持下不斷豐富和發展這一文體的全過程，這裏有源自本土的需要，有從本土需要出發吸納異域資源，也有異域體驗反過來對自我認識的推動與深化，總之，日本體驗決不意味著被動的「學習」與「模仿」，本土也並非就是異域的簡單對立，本土的體驗與日本的經驗形成了自然融會的邏輯。在中國散文的現代取向上，僅僅將「文化交流」視作某種信息的「輸入」過程將被證明離歷史的事實最遠。

在最「自我」最富有抒情性的遊記與日記裏，日本體驗與自我發展的心聲相互纏繞，形成了中國散文史上前所未有的精神世界，也推動了散文文體形式的革新。遊記與日記的寫作在近代知識份子中蔚然成風，其中不斷為我們傳達新鮮

見聞的是那些關於域外記遊的篇章。在流行於世的各種境外
「日記」、「遊記」、「雜錄」與「私記」中，幾部涉及日
本的作品因為包含著我們近鄰的社會現代化過程，自然也就
具有了某種自我比較的特別意味，而文化比較意識的產生則
是中國人精神發展歷程中的一件大事。中國商人羅森 1854
年隨美國艦隊訪問日本，他為我們留下了《日本日記》，《日
記》生動地見證了日本如何由「鎖國」走向開放的重要過程。
以後，更有何如璋《使東述略》、李筱圃《日本紀遊》、傅
雲龍《遊歷日本圖經》、黃慶澄《東遊日記》與王韜《扶桑
遊記》等為我們提供了有關日本歷史、地理、社會、民俗尤
其是當時明治維新「易朝服，改儀制」的豐富圖景。如果說
中國傳統的地理遊記，大多呈現的是中國知識份子寄情山
水、率性而行的遺世情懷；那麼正是這些別一樣的文明之邦
促使中國作家將異域風光與世俗關懷融為了一體，將心靈的
感悟與理性的思考相交織。在黃慶澄 1893 年的《東遊日記》
裏，我們讀到了這樣前所未有的中日文化比較之論：

> 夫予之東遊，雖為時未久，然嘗細察其人情，微勘其
> 風俗，大致較中國為樸古。而喜動不喜靜，喜新不喜
> 故；有振作之象，無堅忍之氣。日人之短處在此，而
> 彼君若相得以奏其維新之功者亦在此。若夫中國之
> 人，除閩粵及通商各口岸外，其縉紳先生則喜談經史
> 而厭外事，其百姓則各務本業而不出里閭。竊嘗綜而
> 論之：中國之士之識則太狹；中國之官之力則太單；
> 中國之民之氣，如湖南一帶堅如鐵桶、遇事阻撓者，

　　雖可嫌，實可取。為今日中國計，一切大經大法無可
　　更改，亦無能更改；但望當軸者取泰西格致之學、兵
　　家之學、天文地理之學、理財之學及彼國一切政治之
　　足以矯吾弊者，及早而毅然行之，竭力擴充；勿以難
　　能而餒其氣，勿以小挫而失其機，勿以空言而貽迂執
　　者以口實，勿以輕信而假浮躁者以事權。[46]

　　由中日的比較聯繫到「泰西」之學，又談及對中國變革
的啟發，從遊記引入政論，這樣的內容是對傳統遊記散文模
式的突破。至於王韜 1879 年《扶桑遊記》所記錄的中日文
化交流以及對明治維新的深刻理解等等，也自然一貫被視作
是中國散文流變中的經典。對此，郭延禮先生在他的《中國
近代文學發展史》中有過中肯的評價：「由於多是寫外國題
材的，因此在形式上較之傳統的中國遊記也有所變化。一般
說，篇幅較長，內容充實，與古典散文中空靈飄逸的山水小
品有明顯不同；另一方面，作品描寫成分顯著增多，語言趨
向通俗化與自由化，並雜有許多新名詞，都表現出了散文新
變的迹象。」[47]

　　集中體現中國近代散文創作成就的是那些政論性的散
文。中國近代政論散文的發展歷程充分體現了本土體驗與日
本經驗的良性互動。

　　政論就是對當前社會政治問題的發言。鴉片戰爭以後中

---

[46]　鍾叔河編：《甲午以前日本遊記五種》338 頁，嶽麓書社 1985 年版。
[47]　郭延禮：《中國近代文學發展史》2 冊 1109 頁，山東教育出版社 1991
　　　年版。

國所捲入的國際危機，為我們培養了一批憂心如焚的知識份子，正是他們急於就當前社會政治問題發言，正是他們需要利用散文這一自由傳達心聲的文體慷慨陳詞。但是，在當時，業已存在的可供他們選擇的散文形式是什麼呢？是桐城派古文與儷偶駢文。而這兩個文類品種，似乎都不那麼得心應手。在這些傳統的散文形式與憂心如焚的中國文人之間，至少存在這樣一系列的分歧：

桐城派古文講求「闡道翼教」，方苞有「非闡道翼教，有關人倫風化者不苟作」之謂，姚鼐有「明道義，維風俗」之謂。但問題是近代中國社會所面臨的種種危機，尤其是國際性的生存危機顯然已經不是傳統的「道」與「教」所能解釋的了，這是一個「經世致用觀念之復活，炎炎不可抑」的時代，[48] 一切空洞的「道統」都失去了其曾經有過的魅力，中國文人最需要表達的憂患與迷茫恰恰來自那些傳統「道」與「理」的失效。

「義法」是桐城派對於古文創作的基本要求，在實踐過程中，「義法」在語言上的體現就是「雅潔」，即是不得「放恣，或雜小說」以及「入語錄中，魏晉六朝藻麗俳語，漢賦中板重字法，詩歌中雋語，《南北史》佻巧語」。[49] 規矩這麼多，中國近代知識份子又如何才能縱橫揮灑地發表政見呢！的確，這些規矩鑄就了桐城派古文剪裁乾淨、文辭簡潔，尚能完成某些精短的敘事記人之特點，但與之同時，其

---

[48]　梁啟超：《清代學術概論》，《梁啟超全集》5 冊 3094 頁。
[49]　沈廷芳：《書方先生傳後》，轉引自郭預衡《中國散文史》下冊 496
　　　頁，上海古籍出版社 2000 年版。

較唐宋古文更為嚴厲的約束也決定了這一文體很不利於個人思想的舒張與辯駁，何況桐城派「義法」堅持「與其傷潔，毋寧失真」，這就更與當時一些知識份子的現實關懷相背離了，因為在關注當前國家政治的人看來，正視「真實」的現實危機恰恰才是最重要的。

至於當時與桐城派古文相抗衡的儷偶駢文，力圖用種種的對仗聲律之法表現文章的修辭之美，然而過多地醉心於字眼句調的安排，其浮華空洞、以辭害意的弊陋也是顯而易見的，用後來的新文化健將傅斯年的話來說就是「此種文章，實難能而不可貴，又不適用於社會。」

總之，盛行於當時的傳統散文品種——無論是「載道」的桐城派古文還是「修辭」的儷偶駢文都已經無法傳達中國文人的現實憂患，中國近代文人需要「政論」，需要在「政論」中發聲，這也就意味著他們將拒絕這些散文模式，為自己的慷慨陳詞尋找新的言說形式。

近代中國文人首先是在中國本土尋找改革文體的資源。隨著近代報刊誕生而出現的報刊政論，還有作為戊戌變法成果之一的科舉應試文體的改革就是中國本土所提供的兩大散文嬗變的重要資源。

龔自珍、魏源首開「以經術作政論」的文風，成為近代文學經世致用追求的起點。「光緒間所謂新學家者，大率人人皆經過崇拜龔氏之一時期。初讀《定庵文集》，若受電然。」[50]魏源採集國外報刊文章編輯《聖武記》，這對近代散文變革亦

50　梁啟超：《清代學術概論》，《梁啟超全集》5 冊 3096 頁。

具有特別的標誌性意義，因為，此後王韜、鄭觀應、康有為、梁啟超等人的貢獻，都是建立在報刊文體的寫作上。

　　報紙特別是非官方的報紙的問世，一般被視作是消解傳統專制權威，建立現代社會所需要的公共空間的重要方式。在這個意義上，報紙常常充當著公共利益的監察者，而報刊言論也自然反映了社會公眾的權利與意願。報刊文體的寫作既不是為了「上書」，也主要不是為了文人間的學問交誼，它第一次使得我們的文章必須面對普通的讀者，這樣的寫作必然是「務實」的，也必然是表述自然而有說服力的。《東西洋考每月統記傳》是中國境內出版的最早的一份近代中文期刊，其「報導新聞，猶如說書，娓娓道來。」[51]創辦於 1872 年的《申報》係近現代中國一份影響深遠的日報，其創刊號上的「本館告白」就已經明確宣佈：「凡國家之政治，風俗之變遷，中外交涉之要務，商賈貿易之利弊，與夫一切可驚可喜之事足以新人聽聞者，靡不畢載。務求其真實無妄。使觀者明白易曉。」[52]在中國近代報刊發展史上，最值得注意的就是其中的政論文體的出現和流傳。從王韜主持並主筆的香港《循環日報》（創刊於 1873 年）到李提摩太（Richard Timothy）任主筆的《天津時報》（創刊於 1886 年 11 月），當時關注中國社會文化並且有志於思想傳播的中外知識份子都在充分使用「論說」這一欄目。此外，如澳門《鏡海叢報》（創刊於 1893 年 7 月）、上海廣學會改刊的《萬國公

---

[51]　熊月之：《西學東漸與晚清社會》111 頁，上海人民出版社 1994 年版。
[52]　轉引自葉再生：《中國近現代出版通史》1 卷 212、213 頁，華文出版社 2002 年版。

報》（1874年9月改刊）、創辦的《大同報》（創刊於1904年）、北京維新派的《萬國公報》（創刊於1895年8月，後又改名為《中外紀聞》）、上海強學會《強學報》（創刊於1896年1月）、《時務報》（創刊於1896年8月）、澳門《知新報》（創刊於1896年，初名《廣時務報》）、天津《直報》（創刊於1895年）、《國聞報》（創刊於1897年10月）、長沙《湘學報》（初又名《湘學新報》，創刊於1897年4月）、《湘報》（創刊於1898年3月）、上海《蘇報》（創刊於1896年6月）、上海《時務日報》（創刊於1898年5月，後改名為《中外日報》）等等，都曾推出過影響很大的「論說」專欄。中國傳統的任何一種文體，都不及這一新興的文體便於議論時政、自由表達與辯駁自如。所以梁啟超在《中國各報存佚表》中有言：「自報章興，吾國之文體為之一變，汪洋恣肆，暢所欲言，所謂宗法家法，無復問者。」可以說，從龔自珍、魏源放言倡論、干預時政，中間經過馮桂芬對「義法」的公開抨擊，發展到以王韜這一代知識份子為代表的報章政論的出現，有利於與讀者對話，有利於切合讀者關注時政需要的「自抒胸臆」、「不尚虛文」的新的散文追求已經為廣大的中國讀者所接受了。梁啟超回憶說：「《時務報》起，一時風靡海內，數月之間，銷行至萬餘份，為中國有報以來所未有，舉國趨之，如飲狂泉。」[53]

　　維新變法運動之中，維新派知識份子與洋務派官吏對傳

統科舉考試的不滿之聲日益高漲，從嚴復、康有為、梁啟超
到張之洞都對八股取士多有批判，於是，1898 年，光緒帝
召見康有為之後即詔令廢止八股，「一律改試策論」，由此
為現代散文的嬗變掃清了道路。姚公鶴《中國報紙小史》記
載說：「當戊戌四五月間，朝旨廢八股，改試經義策論，士
子多自琢磨。雖在窮鄉僻壤，亦訂結數人合閱滬報一份。所
謂時務策論，主試者以報紙為藍本，而命題不外乎是。應試
者亦以報紙為兔園冊子，而服習不外乎是。」

　　然而，隨著「百日維新」的失敗，八股取士的傳統又死
灰復燃了。特別應該指出的是，直到以梁啟超為代表的中國
知識份子留日以前，這種以本土報刊為依託的政論新體都還
是將自己約束在了一個無形的囹圄之內，即依然以文言文為
主要的語言形式，雖然已經向著通俗化的方向發展，但從語
法、辭彙等方面都沒有本質性的變異；儘管倡言革新，思想
豐富，但亦未脫一代朝臣的身份限制。

　　再次為中國散文變革提供巨大資源的是日本，是日本給
與中國報人的新聞出版自由促使他們對於現代傳媒與公眾
權利的關係有了新的認識，也是日本文學的革命性動向啟動
了中國的「文界革命」。在本土社會文化資源已經不足以完
成中國作家的變革要求之時，日本散文的經驗恰到好處地進
入了留日中國作家的視野，繼續支持著這一大勢所趨的文體
革命，於是，在「日本體驗」的接替下，中國的「文界革命」
得到了順理成章的發展。

　　在中國本土，雖然民辦報刊特別是報刊政論的發展已經
使得中國的報人對於社會公眾的權利與意願有了從來沒有

過的重視，然而，在那樣一個嚴格的等級秩序中，他們也自
覺不自覺地維護著一種非平等的社會意識，而且自己也會自
覺不自覺地保持著一個「進諫」的下臣姿態。當時由地方官
僚主辦的《湘學報》「例言」宣稱：「報首隨時恭錄論旨及
一切章奏，使儒者曉然於斯舉，原本尊王之義，與私家述不
同。」[54]誓言成為「天下之樞紐，萬民之喉舌」的民辦《知
新報》也在「恭錄」「上諭」。這種「上」、「下」意識好
像是誰都要承認的，《時務報》致力於「去塞求通」，這是
因為「上有措置，下有苦患」，[55]《時務日報》提出的是「宣
上德，達下情。」[56]這些無疑都會束縛政論寫作的自由心態。
在日本這樣一個異域他鄉，當中國封建統治者的政治控制一
時難以施展的時候，中國留學生的刊物上才出現了激進的革
命言論，抨擊「二千年專制政體」，呼喚革命，倡言自由與
人權，這都不再是「告之君」的「苦患」而成了國民的權利
和公眾的利益。人權與報刊的關係也在留學生那裏獲得了理
性的認識：「故論人權發生之功，諸儒播其種而報章實培其
根。」[57]就是在革命與維新之間徘徊的梁啟超也在他創辦的
雜誌上公開討論起了「民權」，《清議報》提出「倡民權」，
「為國民之耳目」，現代「自由」意識亦應運而生，「思想
自由，言論自由，出版自由，此三大自由者，實惟一切文明

---

[54]　轉引自葉再生：《中國近現代出版通史》1 卷 576 頁。

[55]　梁啟超：《論報館有益於國事》，原載《時務報》1896 年 8 月 9 日創
刊號。

[56]　汪康年：《論設立時務日報之宗旨》，原載《時務日報》1898 年 5 月
5 日創刊號。

[57]　《國民報敘例》，原載《國民報》1901 年 5 月 10 日 1 期。

之母。」對比日本及世界報業的發展，梁啟超認為《清議報》正在突破《時務報》的黨派之狹，成為「以國民之利益為目的」的「一國之報」。[58]《新民叢報》號稱「以國民公利公益為目的，持論務極公平，不偏於一黨。」[59]在留日中國知識份子的刊物上，大量的「社說」、「論著」、「論說」、「時評」、「政治」與「時局」欄目構成了中國近代政論寫作的又一高潮，章太炎、胡漢民、汪兆銘、朱執信、劉師培、陳天華、宋教仁等都為我們貢獻了一系列卓有影響的政論名作。

　　在日本文學的近現代變革中，作為散文的明治文體的出現是一個重要的事件。明治維新以後，日本報刊業興盛非常，許多政治家參與新聞與編輯工作，同時報刊上也大量出現了議論時政的篇章，這些政論思想自由，內容豐富，在語言形式上也作了一系列新的嘗試，比如努力實踐言文一致的理想，反對擬古，反對艱澀，擴大口語的運用，利用日語作為粘著語便於累加修飾成分的特點，引入表意複雜的歐洲語法等等。這些令人耳目一新的變革引起了梁啟超的濃厚興趣。他特別推崇《國民之友》創辦人德富蘇峰的散文實踐，並由此獲得了「文界革命」的啟示：「德富氏為日本三大新聞主筆之一，其文雄放雋快，善以歐西文思入日本文，實為文界別開一生面者，余甚愛之。中國若有文界革命，當亦不

[58]　梁啟超：《清議報一百冊祝辭並論報館之責任及本館之經歷》，《梁啟超全集》1 冊 476、480 頁。
[59]　《本館告白》，原載《新民叢報》1902 年 2 月 8 日 1 號。

可不起點於是也。」[60]

　　歐西文思（或云「文明思想」）、文白（俗）兼雜、日本語句、外國語法，這些都是梁啟超從以德富蘇峰為代表的日本明治文體中獲得的巨大資源，他所倡導並且在《清議報》、《新民叢報》上身體力行的「新文體」就是充分匯集了這些資源的前所未有的中國新派散文。梁啟超本人的散文實踐甚至有直接模仿德富蘇峰的痕迹，比如它們同樣的汪洋恣肆，同樣的激情澎湃，同樣的歐化長句，以至當時就有人指出梁啟超《煙士披里純》係德富蘇峰同題短文的翻版，對此，梁啟超既不否認，也不辯解。所以馮自由在《革命逸史》中十分明確地將中國散文的革命追溯到了德富蘇峰：「蓋清季我國文學之革新，世人頗歸功於梁（任公）啟超主編之《清議報》、《新民叢報》。而任公之文字則大多得力於蘇峰。試舉兩報所刊之梁著飲冰室自由書，與當時的《國民新聞》論文及民友社國民小叢書一一檢校，不獨其辭旨多取蘇峰，即其筆法亦十九仿效蘇峰。」[61]

　　就這樣，梁啟超從日本式的「土洋結合」中發現了從思想到語言結構上徹底推進中國散文變革的思路：表述社會文化的新鮮主題，引進和創造新的語彙，借助外來語言的語法形式，改造漢語句法。他不僅從日本語中大量汲取新名詞，還自己創造新詞，改變傳統句法與篇章形式，如使用跳行、夾註、倒裝句，加括弧，附圖表等等。我們知道，梁啟超的

---

[60]　梁啟超：《夏威夷遊記》，《梁啟超全集》2 冊 1220 頁。

[61]　馮自由：《革命逸史》第四集，中華書局 1981 年版。

這些實踐在當時就引起了很大的爭議，不僅同為近代政論文作出了貢獻的維新派人士嚴復、康有為不以為然，一些激進的革命派也加以反對。在像劉師培、章太炎、林獬這樣的啟蒙人物看來，「日本文體」也是一個貶詞，以劉師培、章太炎為主要撰稿人的《國粹學報》創刊伊始就公開宣佈：「本報撰述，其文體純用國文，風格求淵懿精實，一洗近日東瀛文體粗淺之惡習。」[62]這是不是也從反面說明，恰恰是散文這樣的革新、尤其是語言形式相對於傳統的大幅度革新，已經觸動了中國傳統語言結構的一些相當敏感的環節，以至一時間真有四面受敵的情形。

但不管怎樣，梁啟超引入「日本文體」經驗所創造的「新體」散文畢竟還是找到了像黃遵憲這樣同樣重視日本經驗的國內學人的應和與支持，更重要的則是贏得了國內一般報刊傳媒與知識階層的認同。接著出現的清末「新政」再一次重提了戊戌年間廢止八股、改試策論的決策，1901 年，短期恢復的八股又一次被政府明令禁止，這便在客觀上有助於梁啟超「新文體」在本土的流傳、推廣。可以說，正是清政府的科舉改革措施從制度上提高了近代報刊與近代報章政論的地位，而又是梁啟超借鑒「日本文體」的新鮮的報章散文為普通讀書人的學習模仿提供了最好的榜樣。在這個時候，順應中國本土文體變革需要的「日本體驗」又恰倒好處地返回了中國本土，及時匯入了中國自己的文體運動當中。1902年 11 月，黃遵憲在致梁啟超的信中描述道：「此半年中，

---

[62]　《〈國粹學報〉略例》，載《國粹學報》1 年 1 號，1905 年 2 月。

中國四五十家之報，無一非助公之舌戰，拾公之牙慧者。乃至新譯之名詞，杜撰之語言，大吏之奏摺，試官之題目，亦剿襲而用之。」[63]又有云：「以剿襲《新民叢報》得科第者，不可勝數。」[64]就是對「日本文體」持批評意見的劉師培也不得不承認：「文學既衰，故日本文體，因之輸入於中國。其始也，譯書撰報，據文直譯，以存其真。後生小子，厭故喜新，競相效法。」[65]

其實千萬不可小看了這些散佈於中國大地的極其普通的應試學子，不可蔑視他們在習練科舉文章之時「合閱滬報」的功利之舉，更沒有理由因為「後生小子」乳臭未乾而不屑一顧、恣意嘲弄。因為，一個民族的文學與文化的演變恰恰就是從最基本的讀書、寫作人群開始的，是他們的閱讀習慣與閱讀需要構成了影響文學內容與形式的堅實的社會力量，也是作為未來中國國民主體的「後生小子」用他們的親筆模仿墊高了歷史發展的階段，並為在這一新階段出現新的文學經典蓄積力量──一種公共認同的文學範式，一種來自讀者群落的期待與容忍，新時代能夠貢獻真正經典的作家也就是在這些「期待與容忍」下，在這樣的「範式」選擇中成長起來的。從這個意義上講，經由了政府體制推動的「日本文體」的報章政論的確是生逢其時，能夠對整個知識階層產生決定性的影響。到五四新文學時期，首先在散文領域裏引

---

[63] 轉引自王曉平：《近代中日文學交流史稿》273 頁。
[64] 李肖聃：《星廬筆記》38 頁，嶽麓書社 1983 年版。
[65] 劉師培：《論近世文學之變遷》，見《遺書・左庵外集》卷 13，江蘇古籍出版社 1997 年影印本。

領風騷的也是偏於社會批評與文化批評的「雜感」，這一議論時政的思路也明顯屬於前代文學的發展延伸。

中國近現代散文在自我演變過程中所享有的這些優厚條件卻不是詩歌等其他文學文體所能擁有的，同時，中國作家在散文變革中對本土體驗與日本體驗的嫻熟運用，也在近代其他文體的演化中不曾看到。

回到歷史演化的長河之中來檢討梁啟超「新文體」的思想與語言，就會清楚地知道，真正大幅度地拉開與傳統的距離，真正開啟了未來文學新「範式」、新思路的正是像《少年中國說》這樣的作品。

劉勰論古人的文章觀念，以「原道」、「徵聖」、「宗經」為前三篇，這已經十分清楚地表達了中國古人的歷史意識與文化理想，也就是說，中國古人所崇拜的是包孕了「道」、「聖」、「經」的悠遠的歷史，他們相信最高的真理與價值都在遠古的過去，文章就是在「人心不古」的今天表達對於這些遠去的真理的追憶。「人文之元，肇自太極。」[66]「若徵聖立言，則文其庶矣。」[67]「經也者，恒久之至道，不刊之鴻教也。」[68]以古為師，以古代的聖賢為師，這是中國人為人為文的基本思路，韓愈有云：「或問為文宜何師？必謹對曰：宜師古聖賢人。」[69]

然而，梁啟超《少年中國說》的立場卻發生了翻天覆地

---

[66]　劉勰：《文心雕龍·原道》。

[67]　劉勰：《文心雕龍·徵聖》。

[68]　劉勰：《文心雕龍·宗經》。

[69]　韓愈：《昌黎先生集》卷18《答劉正夫書》。

的變化：

> 日本人之稱我中國也，一則曰老大帝國，再則曰老大
> 帝國。是語也，蓋襲譯歐西人之言也。嗚呼！我中國
> 其果老大矣乎？梁啟超曰：惡是何言，是何言，吾心
> 目中有一少年中國在！
>
> ……
>
> 梁啟超曰：造成今日之老大中國者，則中國老朽之冤
> 業也；製出將來之少年中國者，則中國少年之責任
> 也。彼老朽者何足道，彼與此世界作別之日不遠矣，
> 而我少年乃新來而與世界為緣。

　　能夠表徵歷史悠久的「老大」不再是中國的驕傲與自
豪，它恰恰成了「保守」、「永舊」、「怯懦」和「苟且」
的代名詞；原本屬於稚拙的「少年」也不就是弱小與無知，
它象徵的卻是「希望」、「進取」、「盛氣」與「豪壯」。
分明，只有從思想上根本脫離開傳統士大夫的自我定位才可
能產生這樣全新的生命觀念，只有離棄了緊緊包裹我們的歷
史包袱，才可能在時間上指向未來，也只有立足於「中國」
之外，才可能在世界性的參照中明確「中國」的存在。何況，
這還是一個可以讓它的國民自由評論的中國；何況，這一個
中國的未來從此不再由「一王專制」任意擺佈而是決定於每
一個公民的青春的創造與激情的敘述！少年——中國——
說，可以說，這裏的每一個字都銘刻著中國文化的精神變
革，這裏的每一個字都迴蕩著「文界革命」的鏗鏘！

　　流瀉在這篇《少年中國說》中的正是那些留日中國的知識份子新生的地理空間意識與進化論的時間意識，還有那種為報刊而寫作，與讀者平等對話的新的語言意識，是面向世界的新的空間意識讓梁啟超重新定位著「中國」，是面向未來的新的時間意識令人激情滿懷，又是面向廣大平等的讀者傳播個人思想的語言要求讓這篇論述不會再自尋桐城派的古文窠臼，而是「應時援筆，無體例，無宗旨，無次序。」「或用文言，或用俚語，惟意所之。」[70]順著中國文學史的發展線索我們可以知道，五四新文學特別是現代散文的創作正是這三種意識在新的歷史條件下的強化與發展。到了五四，關於「少年中國」的評說不僅僅是一篇文章的任務了，它已經成了整個新知識階層對國家民族未來的共同的期許，我們有了「少年中國學會」，有了著名的期刊《少年中國》，[71]當然更有了標舉青春與創造的《新青年》，而同樣曾經留學日本的李大釗也寫下了同樣充滿激情的《青春》，對讀《青春》與《少年中國說》，我們立即就可以看出貫穿於其中的共同的思想脈動與文體意識：

---

[70]　梁啟超：《自由書・敘言》，《梁啟超全集》1 冊 336 頁。

[71]　在一段時間裏，探討如何建設「少年中國」幾乎成了《少年中國》雜誌每期必備的主題，如 1 卷 1 期的《說人生觀》（宗之櫆），1 卷 2 期的《少年中國之創造》（王光祈）、《我的創造少年中國的辦法》（宗之櫆），1 卷 3 期的《「少年中國」的「少年運動」》（李大釗），1 卷 4 期的《「少年中國」的女子應該怎樣》（潘韌秋女士）、《理想中少年中國之婦女》（宗之櫆），1 卷 5 期的《中國青年的奮鬥生活與創造生活》（宗之櫆），1 卷 6 期的《少年中國學會之精神及其進行計劃》（王光祈），2 卷 1、2 期的《怎樣創造少年中國》（惲代英）等等。

異族之覘吾國者，輒曰：支那者老大之邦也。支那之
民族，瀕滅之民族也。支那之國家，待亡之國家也……
由歷史考之，新興之國族與陳腐之國族遇，陳腐者必
敗；朝氣橫溢之生命力與死灰沈滯之生命力遇，死灰
沈滯者必敗；青春之國民與白首之國民遇，白首者必
敗，此殆天演公例，莫或能逃者……吾人當於今歲之
青春，畫為中點……中以前之歷史，白首之歷史，陳
死人之歷史也。中以後之歷史，青春之歷史，活青年
之歷史也。青年乎！其以中立不倚之精神，肩茲砥柱
中流之責任，即以今年今春今日剎那為時中之起點，
取世界一切白首之歷史，一火而摧焚之，而專以發揮
青春中華之中，綴其一生之美於中以後歷史之首頁，
為其職志，而勿逡巡不前。

就這樣，從上到下、先域內次域外再域內、由個別而群
體的全方位演變一起推動著我們的中國散文自我變革的步
伐。到五四新文學運動時期，以白話為基礎宣揚新思想的散
文模式已經就不是什麼特別新鮮的東西了，中國文學就此完
成了最順利的現代演變與過渡。

第三章

1907：魯迅兄弟的深度體驗與中國文學

的「別立新宗」

　　中國文學的各個文體依照留日中國作家的理解，在對異域經驗的不同程度的汲取與融合中自我演變著。在前文的追述中，我們可以知道，從總體上看，這一演變過程並不那麼輕鬆，雖然「初識日本」的新異體驗已經啟動了中國文學的各界「革命」，但是，應該承認，這些「革命」的旗幟並沒有很快為我們造就一個文學發展的全新局面，那種能夠全面反映當下中國人人生感悟又嚴格區別於傳統中國文學樣式的「新文學」尚未「成型」。當時推動著中國文學「革命」的留日中國知識份子一方面努力將新異的異域體驗融入自己固有的人生藝術經驗中去，為中國文學的發展提供更多的資源，另一方面，我們也發現，這些「體驗」的提煉與融匯似乎都長期停留在一個相對粗疏與籠統的層面，即都是在現代民族國家建設的宏大目標下「發現」日本社會、文化的「新異」，以此作為腐朽落伍的中國社會的補充。宏大的目標讓我們的各界文學「革命」常常都在追求一種慷慨激昂的黃鐘大呂之聲，但平心而論，卻又一路留下了諸多致命的疏漏。

例如，當中國詩歌從異域採擷了幾個新異的意象之後，為什麼就不能在我們熟悉的世界中繼續發現新鮮的「興味」？為什麼我們廣大的詩人都無力清除庸常世界與厚重傳統的干擾，在千年不變的風花雪月之外另覓「詩意」？當政治啟蒙的「偉大任務」確立之後，為什麼我們的中國小說卻失去表現人性與人情的能力，要麼一味順從觀眾的低級趣味，要麼在脫離觀眾需要的日本式悲劇中自甘寂寞？為什麼改革後的戲劇就只能是這兩種命運？中國戲劇家為什麼就不能與觀眾進行「深度溝通」？是的，我們的散文發展最為順利，但除了「性靈」抒發的適意與「縱論國是」的便利外，中國散文是否也可以傳達更豐富更複雜更與傳統中國文學判然有別的東西？「文界革命」固然有效地排除了桐城古文與儷偶駢文的影響，但歸根結柢，現代散文發展的真正障礙畢竟不是這兩個老古董，對於一個現代散文家而言，他真正擔心的是無法捕捉和傳達現代人心靈狀態的問題。

僅僅有對日本的「初識」還是遠遠不夠的，「體驗」還期待著進一步的發展，進一步融合。或者也可以說，異域體驗與本土需要如何在彼此的契合中推進中國文學的發展，這裏也存在著一個不同「階段」與不同「深度」的問題，應當承認，面對同樣的對象，不同主體的體驗深度是大相徑庭的，體驗對象的深度同時也表現為自我體驗的深度，兩相配合，便是異域體驗與本土意識的契合境界的差異，也是文學精神的自我發掘的差異，而且，認知主體與體驗對象也會隨著歷史環境的改變而改變，這都在中國文學的現代嬗變過程中表現了出來。

　　我們繼續考察日本體驗之於中國現代文學發生的意義，就有必要留意一個特別的年代：1907 年前後，也必須著重考察在這一個年代前後兩位留日中國作家——魯迅兄弟的思想與選擇。我以為，「體驗深度」之於中國文學的意義在這裏表現得格外的明顯。

一、1907 年前後

　　近年來 1907 已經開始受到學術界的注意了，我以為，正是在與「日本體驗」緊密相關的意義上，1907 年前後才成為一個特殊的時間標誌。

　　1907 年在中國文學的現代轉換史上究竟有什麼特殊意義呢？我們不妨先大致列舉一下從 1906 到 1908 這幾年中中國人尤其是留日中國學人生活中的一些事件。

　　1906——

1 月，留日學生宋教仁等 19 人因參加反對日本文部省整頓學校章規的罷課而被革退。

3 月，魯迅決定從仙台醫專退學，同年 9 月回到東京。

4 月，為抗議日本政府的「取締規則」，留日學生紛紛回國，姚宏業為在上海的留學生籌辦中國公學遇阻，憤然投江自殺。同月，《民報》第 3 號以「號外」形式發表《〈民報〉與〈新民叢報〉辯駁之綱領》，公開革命派與保皇派的分歧。

7 月，因為《蘇報》案入獄的章太炎出獄到達日本，隨即主持《民報》，投入到與梁啟超及《新民叢報》的論戰

之中。

9月，北京《中華報》被封，有關人員被遞解回籍。

11月，《月月小說》在國內創刊，吳沃堯《〈月月小說〉序》在繼續沿用梁啟超小說「群治說」之外，又補以「記憶力說」與「知識說」：「小說之與群治之關係，時彥既言之詳。吾於群治之關係之外，復索得其特別之能力焉。一曰：足以補助記憶力也。」「一曰：易輸入知識也。」「是故吾發大誓願，將遍撰譯歷史小說，以為教科之助。」

12月，江西、湖南等地革命黨起義。

12月，章太炎在《國粹學報》發表《文學論略》。

本年，王國維在《教育世界雜誌》發表《文學小言》十七則，其中有云：「文學者，遊戲的事業也。人之勢力，用於生存競爭而有餘，於是發而為遊戲。」

　　　　1907──

1月，武漢「日知會」革命黨人劉敬安等9人入獄。

2月，《小說林》在國內創刊，力圖「輸進歐美文學精神，提高小說在文學上的地位」。東海覺我（徐念慈）在《〈小說林〉緣起》中認為小說「殆合理想美學，感情美學而居最上乘」。且有「小說能體現事物個性，表現具體理想，非抽象理想」等語。黃摩西在《〈小說林〉發刊詞》中提出：「小說者，文學之傾於美的方面之一種也。」「或曰，吾不屑為美，一秉立誠明善之旨，則不過一無價值之講義，不規則之格言而

已。」

　　同月，日本應清政府之請，開除參與革命黨的中國留
　　學生 39 人。

4 月，章太炎在《民報》增刊《天討》發表《討滿洲檄》，
　　3 個月後，再發表《中華民國解》。

6 月，何震主編《天義報》在東京創刊，倡導女界革命與無
　　政府主義，為我國第一份無政府主義報紙。周作人開
　　始在該報發表文章。

　　同月，廣州惠州革命黨起義。

7 月，革命黨人徐錫麟、秋瑾等相繼就義。

8 月，劉師培等在東京成立無政府主義講習所。

夏，魯迅、周作人與許壽裳等籌劃出版文學雜誌《新生》。

9 月，廣東欽州革命黨起義。

11 月，《四川》在東京創刊，出版第 3 期後遭禁。

12 月，《河南》在東京創刊，魯迅發表《人之歷史》，該
　　刊出版第 9 期後遭禁。

本年，魯迅另作《摩羅詩力說》、《科學史教篇》、《文
　　化偏至論》等，均於次年發表。

　　1908——

3 月，革命黨人黃興等以「中華民國軍南路軍」名義舉事。
　　同月，徐念慈在《小說林》發表《余之小說觀》，提
　　出小說應當隨社會時俗而更新的觀點，「小說不足以
　　生社會，而惟有社會始成小說」。

5 月，革命黨雲南起義失敗。

7月，同盟會員焦遠峰等在東京組織「共進會」，謀劃長江
　　流域的起義。

夏，魯迅、周作人與許壽裳、錢玄同等在《民報》社聽章太
　　炎講文字學。

11月，光緒帝與那拉氏先後病逝。

12月，革命黨人在廣州起義失敗。

　　　以1907年前後為中心的這個年代，正好處於中國近現
代社會歷史兩個關鍵性的時刻——1898年戊戌變法與1911
年辛亥革命——之間，也就是近代中國社會兩次自我變革觀
念的交替運演的轉折中途。讀一讀從1898到1911年間的大
事記我們就可以知道，歷史似乎正好在這幾年間分開了岔：
從1898年戊戌變法失敗，康有為、梁啟超出逃海外到1905
年中國同盟會在東京成立，這一段歷史主要是由「維新變法」
來展開的，我們看到的（也是當時留日學生們所看到的）主
要是清政府一系列緝捕康、梁「亂黨」的詔書，是中國在一
系列內政外交上的慘敗，與此同時，康有為、梁啟超則在一
系列的保皇行動的襯托下，興辦報刊，翻譯西書，提倡「新
民」，啟迪民智，努力促進民眾對於維新變法的理解。文學
上則有1902年梁啟超創辦《新小說》，發表《論小說與群
治之關係》，決心以小說之力改良群治。隨著清政府腐朽墮
落的日益加劇，留學生界對於清政府的失望情緒越來越烈，
自1900年勵志會成立、1901年秦力山等創辦《國民報》以
降，以革命仇滿為追求的學生組織與刊物陸續出現，不過，
梁啟超的政治理想與文化文學理想依然因為其啟蒙首功而

在留日學界中發揮了主要的影響。從 1905 年中國同盟會成立到 1911 年的辛亥革命，這一段歷史又可以說是由「革命」來展開的，十分明顯，隨著中國同盟會的成立，革命黨在國內施展各種規模的革命行動，從 1905 年開始的中國大事記中，開始記載了越來越多的起義、刺殺與犧牲，上面列舉的 1906 到 1908 三年「大事」，革命與起義已經成為了其中十分重要的內容，包括像徐錫麟、秋瑾的壯烈犧牲更是給留日知識份子（如魯迅兄弟）以深刻的衝擊。我們看到，特別是從 1908 年以後，這種革命事件更是此伏彼起，一直到 1911 年辛亥革命爆發，清政府在連續的攢擊中轟然倒塌，在這一時期，《民報》與《新民叢報》的公開對壘則清楚地表明，梁啟超在留日中國知識份子特別是青年知識份子中的影響大為消解了，更多留日中國人開始以另外的方式思考和尋找著中國的未來。的確，中國近代歷史在 1907 年前後出現了一個重要的分叉，它標誌的是人們思想觀念上的重要轉化：其表層便是對於康、梁的君主立憲理想的失望與離棄，其裏層又包括了對於康、梁（主要是梁啟超）的一系列文化觀念——如文化啟蒙的本質與文學的現實價值的質疑與再問。在前文我們列舉的「大事記」中，我們可以清楚地發現 1907 年前後中國國內與留日學界中所湧動著的這一文學再認識的潮流。

近年來海內外學界都比較重視當時出現在國內的一些為梁啟超諸界「革命」所不能囊括的文學思潮，如王國維推重文學的「純美」本質與「遊戲精神」，抨擊工具主義，吳沃堯用他的「記憶力說」與「知識說」來補充梁啟超的「群治

說」，糾正梁啟超關於「中土小說」「誨淫誨盜」的判斷，[1]徐念慈、黃摩西關於小說「美學」的意見等等明顯是基於對梁啟超小說觀的某種懷疑，黃摩西云：「以昔之視小說也太輕，而今之視小說又太重也。」這裏的「今」當然是梁啟超發表「群治說」的「今」。[2]中國國內的這類懷疑的確為突破政治小說壓倒一切的文學格局創造了可能。《月月小說》與《小說林》是這一時期出現的重要文學雜誌。1906 年 11 月創刊的《月月小說》大量刊登言情小說、偵探小說與滑稽小說，「趣味」是它新創的藝術尺度，《小說林》創刊於 1907 年 2 月，理論與翻譯是它的特色。據說，這些「新潮」頗具「現代性」，屬於被五四文學所「壓抑的現代性」。為了辨析它們與我所強調的日本域外體驗的關係，我以為，在繼續追蹤我們留日中國作家的動向之前，還是有必要作些分析比較。

平心而論，我以為，今天被一些海外學者譽為「被壓抑的現代性」的國內晚清文學其實並沒有在「回到文學自身」的道路上走多遠，它們為我們提供的文學文本實際上並沒有多少可以流傳歷史的豐富內容，除王國維外，其所闡述的文學「新論」也嫌單薄，且多與中國古代的類同用語相互糾纏，以至新意模糊。例如，一批言情小說的出現，對社會政治主題一統天下的小說格局是一大突破。但追究其中有別於傳統的新意卻少而又少，就連當時的讀者也頗為不滿：「近年來，吾國小說之進步，亦可謂發達矣。雖然，亦徒有虛聲而已。

---

[1] 吳趼人：《說小說・雜說》，《月月小說》1906 年 11 月創刊號。
[2] 黃摩西：《〈小說林〉發刊詞》，《小說林》1 期。

試一按其實，未有不令人廢然悵悶者。別出心裁，自著之書，市上殆難其選，除我佛山人，與南亭學生數人外，欲求理想稍新，有博人一粲之價值者，幾如鳳毛麟角，不可多得。」[3]但是，即便是我佛山人吳趼人又如何呢？這位小說家一方面意識到了「情」的意義：「上自碧落之下，下自黃泉之上，無非一個大傀儡場，這牽動傀儡的總線索，便是一個『情』字。」但他同時卻又將青年男女的愛情與「輕佻」相連，以示自己理解的不同：「自從世風不古以來，一般輕佻少年，只知道男女相悅謂之情，非獨把『情』字的範圍弄得狹隘了，並且把『情』字也污蔑了，也算得是『情』字的劫運。」[4]在《雜說》裏，他又為自己「未脫道德範圍」的「寫情」而頗感慶幸：「所幸全書雖是寫情，猶未脫道德範圍，或不致為大（雅）君子所唾棄耳。」[5]這樣的「言情」方式一直延續到民初，影響了徐枕亞、李定夷那樣「發乎情止乎禮」的鴛鴦蝴蝶派小說，其實，這些作品以道德說教來掩飾作者複雜的心理活動，以「言情之正」來挽救讀者的個人化情欲傾向的「自我分裂」式的處理恰恰就是中國古代白話通俗小說的慣有套路。

　　所謂「開拓中國情欲主體想像」的狹邪小說，其實中國人在情欲方面想像力自來就發達：「一見短袖子，立刻想到白臂膊，立刻想到全裸體，立刻想到生殖器，立刻想到性交，

---

[3]　新庵：《〈海底漫遊記〉》，《月月小說》第 1 年 7 號。

[4]　我佛山人：《〈劫餘灰〉第一回》，《月月小說》第 1 年 10 號（1907年）。

[5]　吳趼人：《雜說》，《月月小說》第 1 年 8 號（1907 年）。

立刻想到雜交，立刻想到私生子。」「中國人的想像惟在這一層能夠如此躍進。」[6]只要讀一讀明清話本小說，我們就可以知道，無論是單純的「言情」還是雜糅的「狹邪」基本上都還是中國市民情趣在一個變幻時代的繼續。至於「虛無」而「有道德顛覆力」的譴責小說，固然表達了對傳統社會生態的懷疑，但問題卻在於，中國文人其實從來都不缺乏這種「虛無」、「玩世」的遊戲精神，只不過，當這樣的遊戲並沒有更高的信仰為後盾，那麼它其實也就包含了某種不負責任的味道，「不負責任的，不能照辦的教訓多，則相信的人少；利己損人的教訓多，則相信的人更少。『不相信』就是『愚民』的遠害的塹壕，也是使他們成為散沙的毒素。然而有這脾氣的也不但是『愚民』，雖是說教的士大夫，相信自己和別人的，現在也未必有多少。例如既尊孔子，又拜活佛者，也就是恰如將他的錢試買各種股票，分存許多銀行一樣，其實是那一面都不相信的。」[7]這便是中國歷史上那些「聰明」人留給民族精神的損傷。

　　晚清國內文學觀念的這種變異中的局限一方面當然與文學家思想深處的傳統束縛有關，但從另外一方面來看，也可以說是受制於當時國內的有限的視野，有限的視野使得他們無從獲得更豐富的思想文化的資源，結果，其最終的實踐選擇還是只有求助於他們過去所熟悉的傳統文化認知模式。我們注意到，以小說為例，當時國內的文學家用以闡述

---

[6]　魯迅：《而已集·小雜感》，《魯迅全集》3 卷 533 頁。
[7]　魯迅：《且介亭雜文·難行和不信》，《魯迅全集》6 卷 51 頁。

他們小說觀念的材料一多半都還是中國古代的小說作品，雖然當時小說「譯者居十之九，著者居十之一」[8]但真正被引作近代文論例證的，卻依然以中國古代小說為主，「小說感應社會之效果，殆莫過於《三國演義》一書矣」之類的評述在當時可謂比比皆是；[9]雖然中國的文學家也掌握了一些新的理論術語，但他們似乎還是更願意在舊有的文學現象中去尋找這些術語的體現，例如「謂《水滸傳》，則社會主義之小說也；《金瓶梅》，則極端厭世觀之小說也；《紅樓夢》，則社會小說也，種族小說也，哀情小說也。」[10]這裏的關鍵恐怕還是一個心理結構的問題，借用系統論的觀點，就是說「構功能」決定了事物的基本性質，如果「構功能」沒有本質的改變，那麼僅僅是「元功能」（內部各部分的特徵及作用）與「原功能」（內部各部分的總體特徵及作用）的調整也無濟於事。換句話說，當國內長期的生存方式與思維方式所形成的「結構性」心理尚未有根本的改變之時，其他新輸入的組合性因素也不足以徹底刷新人們對於小說與文學的一些固有的認識。何況近代中國的文學翻譯本身就多以「意譯」的形式損害甚至改變了原著的真實面貌，並未能為我們作家的創作提供一個完整的異域魅力豐富的範本——當這種真正的新異我們一時間還難以感悟和領會的時候，出現在筆端的所謂新的趣味其實就往往還是舊的，近代文學中有過「舊瓶

---

8 蠻：《小說小話》，《小說林》第 7 期。
9 蠻：《小說小話》，《小說林》第 8、9 期。
10 天戮生：《論小說與改良社會之關係》，《月月小說》第 1 年 9 號（1907 年）。

新酒」的說法，其實，只要「瓶」這一「結構」方式沒有真
正的變化，再「新」的組成也是「舊」的。王國維文論的前
瞻性、獨創性及對西方現代哲學資源的汲取都可以說是十分
特出的，可惜這樣的理論又沒有直接匯入當下文學運動的大
潮中，所以對於中國文學實踐的現代轉換依然影響寥寥。

　　總之，在 1907 年開始的中國國內，的確湧動著一種變
異的追求，一股言情的文學之潮，但是，它們都有些「言不
由衷」、「似是而非」的味道，中國文學要真正走上理直氣
壯的言情之路、自我表現之路，大約也還需要有更豐富的異
域體驗資源，更強有力的文學典範的支持。這一切，似乎更
有可能在異域文化的「結構」體式中完成。一如魯迅所說：
「國民精神之發揚，與世界識見之廣博有所屬。」[11]只是，
歷史也為中國作家的異域體驗提出了更高的要求，既然梁啟
超一代人因為執著於民族國家的建設的宏大目標而相對忽
略了文學自身的建設，那麼，新一代的留日知識份子是不是
應該在新的人生目標下重構文學發展的意義，並讓自己的人
生與藝術的體驗抵達一個前所未有的深度呢？

　　在這個背景上，魯迅、周作人等留日學生在同一時期的
異域體驗，也就有了一種特別的意味。他們不僅區別於國內
的文學「識見」，而且也與當時許多的留日學生不同。我以
為是以魯迅、周作人為代表的留日中國學生的「深度體驗」
進一步推進了中國文學的自我嬗變，並最終催生了作為 20
世紀中國文學「新宗」的中國現代文學。

---

[11]　魯迅：《墳・摩羅詩力說》，《魯迅全集》1 卷 65 頁。

二、魯迅：從體驗日本到「入於自識」

那麼，魯迅、周作人兄弟究竟是怎樣在日本深入到生存內核，發見人生與文學的深度體驗的呢？

要解答這個問題，就必須首先弄清楚，對一般的留日學生而言，日本的生存體驗包含了什麼基本的內容？如果說魯迅兄弟在這一方面體驗有所不同，那麼這樣的差異又體現在什麼地方？

從王韜的遊記、黃遵憲的詩歌到散見於留學生雜誌的小說創作，還有 20 世紀初刊行於國內的留學題材的文學作品，我們可以發現，除了初期對日本異域風物的那些驚羨與欣賞之外，其中普遍存在的還是一種有關民族生存困頓現實的焦慮體驗。履冰的《東京夢》寫到日本動物園中的鸚鵡，這只鸚鵡竟然也將中國留學生罵作「豚尾奴」，這真是一代中國學子最屈辱的民族記憶。日本學者實藤惠秀寫道：「千多年來，日本在思想、文化、制度，以及衣、食、住等日常生活上，都深受中國影響。日本人因而對中國敬仰有加，直到德川時代（1600-1867）末年，崇尚中華文物的風尚依然熱烈。」「踏入明治時代（1868-1912），日本急劇地吸取西洋文化，對中國文化的關心漸趨淡漠，但對中國尚未採取輕視態度。不過，從明治初年起，日本步西洋列強後塵，開始在亞洲大陸蠢蠢欲動。在中日甲午戰爭（1894-1895）中，日本賭以國運，誠惶誠恐地悉力以赴，結果大獲全勝。從此，日本人對中國的態度為之一變，不論在政治上、經濟上或文化上都輕視中國，並侮辱中國人為『清國奴』（chankoro）。」

「從甲午戰爭到 1945 年日本戰敗投降的五十年，是中日關係最惡劣的時代。」[12]不幸的在於，恰恰就是在這一「最惡劣的時代」，中國人取法日本的願望卻強烈起來，負笈東渡的人數也達到了歷史的高點。據統計，在 1906、1914、1936年，近代以來的中國留日運動呈現出了三次高潮，人數創下了歷史高峰。[13]等待這一批批紛至逕來的中國學子的是什麼呢？在令人羨慕的近代文明之中也許就還夾雜著「豚尾奴」的侮蔑。據說，1896 年首批 13 名留學生抵日兩三個星期後就有 4 人歸國，其中原因之一就是他們常常受到日本小孩「附尾纏繞，呼喊『豬尾巴』之聲」。[14]而且，「日本當政者的國家優越感及其對中國的輕蔑態度，影響著一般的日本國民，使人人都懷著對中國和中國人輕蔑的態度。直到投降前，日本小孩嘲弄別人時，常常愛說：「笨蛋笨蛋，你的老子是個支那人！」[15]《東京夢》將這樣的蔑稱從人轉移到了本來不諳世事的動物，其中的辛酸是何其深重！

　　從這一角度出發我們也似乎不難理解下述的事實：雖然日本儼然已經成為了近代中國文學（特別是小說）最常見的異域題材，但認真讀來，其中卻很少有關於日本生活的更豐富的描寫（《留東外史》那樣的「單方面」的風流史也遠遠談不上什麼「豐富」），中國作家將各色人物都送到日本去

---

[12]　實藤惠秀：《中國人留學日本史》原序，11 頁，三聯書店 1983 年版。
[13]　見沈殿成：《中國人留學日本百年史》，遼寧教育出版社 1997 年版。
[14]　《日華學堂日記》明治 31 年（1898）10 月 7 日條，轉引自實藤惠秀《中國人留學日本史》19 頁。
[15]　實藤惠秀：《中國人留學日本史》182 頁。

體驗新文明，甚至豬八戒、姜子牙[16]和賈寶玉、林黛玉[17]等著名的「牛鬼蛇神」與「才子佳人」也不例外，但越是這樣，我們也就越不會去計較他們真實的生活故事了。日本生存的細節總被作這樣近於漫不經心的處理，除了文學經驗的欠缺外，這裏是不是也存在某種迴避痛楚的可能？至少我們可以發現，留日學生創作或者涉及日本留學題材的近代小說常常是將視野越過了具體的生活環境，直接連接上近代中國的普遍主題，即民族壓迫的整體危機與困境。留學早稻田大學的張肇桐創作《自由結婚》，留學東京宏文學院師範科的陳天華創作《獅子吼》，這兩部著名的留學生文學都沒有以他們生活的日本為題材，而是抽象地概括了中國當時的民族憂患。張肇桐筆下的「無鬼城」，陳天華筆下的「民權村」以及黃禍、黃人傑、狄必攘、文明種之類的人名都不指向現實的生存而屬於意念的抽象，這些明顯的虛無縹緲的人物與環境的設計最終都被歸結到表現民族主義的需要當中。正如《自由結婚》的主人公黃禍所說：「我的宗旨，就是現在世界上第一要緊的，同我們愛國頂頂頂要緊的是民族主義，爽爽快快說來，就是自愛本族，抗拒外族。」發表在留日中國學界刊物上的文學作品，也同樣完成了這樣的超越，它們同樣喜歡表現更具有整體意義的民族救亡的主題。例如，不題撰人《英雄國》描述的是「珊瑚島國」反抗殖民統治的故事，[18]《黃人世界》講的是《水滸》人物吳用後裔幻覺中征服俄羅

---

[16]　大陸：《新封神傳》，原載《月月小報》1、2、3、4、7、10 號。
[17]　南武野蠻：《新石頭記》，小說進步社 1909 年刊行。
[18]　原載《遊學譯編》1903 年 7 冊。

斯、維新改革的故事，[19]卓呆《分割後之吾人》幻遊中國各地，親歷列強瓜分、山河破碎之慘狀，雲飛的《黍離痛》「廣搜輯朝鮮歷史材料事實，自開國至近世」，以期「警告國內，為政府之霜鐘，作國民之明鑒。」惡惡的《成都血》[20]係一成都貪官的素描，蕊卿《血痕花》則遠涉重洋，講起了法國大革命的故事，[21]不題撰人《破裂不全的小說》、[22]日中露《棲溟嘯園》[23]雖然描繪了留日學生，但也幾乎就是當時政治事件（拒俄運動、與中國公使館的衝突等等）的截取，作為留學生的個體生存體驗依然不見記錄。

其實，在某種意義上說，題材選擇還不是問題的根本，更重要的在於，這大體上反映出一代中國學人的普遍性的思路，即傾向於在整體的群類生存而非個人生存角度來感受問題，或者說個人生存的遭遇（例如「豚尾奴」的辱蔑）也被他們抽象成了民族整體的境遇。這種跨越個體的群類的關注造就了描述的概略、籠統與抽象，而抽象的意念又常常便於形成寓言般的故事形式，這似乎正好印證了美國當代學者詹姆遜關於「第三世界文學」的著名理論：「所有第三世界的文本均帶有寓言性和特殊性：我們應該把這些文本當作民族寓言來閱讀。」「第三世界的文本，甚至那些看起來好像是個人和利比多趨力的文本，總是以民族寓言的形式來投射一

---

19 原載《遊學譯編》1903 年 11 冊。

20 以上分別原載《四川》1908 年 2、3 號。

21 原載《浙江潮》1903 年 4 期。

22 原載《江蘇》1903 年 1-2 期。

23 原載《湖北學生界》1903 年 1-3 期。

種政治：關於個人命運的故事包含著第三世界的大眾文化和社會受到衝擊的寓言。」[24]寓言是一種道德意味明確的文學文體，「寓言作家認為文學的感化力量可以加以引導和利用，作品本身是服務於某種目的的手段」，「在這裏所有的問題都被概念化了」。[25]也就是說，在這種關於「群類生存」的文學寓言之中，中國留學生作家自然就會選擇明確的道德立場，即從自我族群出發來劃分世界格局與人際關係，文學的目的就是在道德上肯定「己類」同時懷疑和對抗「他類」，落實到具體的人生態度上，也就是對本民族與本民族同胞的接受要大於對它的排斥與否定，對族群內部的共同性的認可要多於對其差異性的體驗。

的確，這樣的「第三世界文學」的態度影響了包括留日中國學界在內的整個近代文壇，左右著幾乎所有的中國作家的基本思路，魯迅是在南京同學「舊城江山幾破碎」、「回天責任在君流」的民族主義期許中遠遊東瀛的，[26]在日本，「赴會館，跑書店，往集會，聽講演」構成了魯迅生活的重要內容，[27]而激動於這一新生活的魯迅又通過連續不斷的書

---

[24] 詹姆遜：《跨國資本主義時代的第三世界文學》，《當代電影》1984年6期。

[25] （英）羅傑·福勒編：《現代西方文學批評術語辭典》345、344頁，春風文藝出版社1988年版。

[26] 據周作人日記手稿記載，1902年3月，魯迅離開南京轉道上海赴日，其水師學堂同學好友胡韻仙賦詩三首送別，中有「極目中原深暮色，回天責任在君流」、「舊城江山幾破碎，勸君更展濟時才」等語，代表了當時人們對於留洋學生的普遍期許。見李何林主編《魯迅年譜》增訂本1卷88、80頁，人民文學出版社1981年版，2000年印刷。

[27] 魯迅：《且介亭雜文末編·因太炎先生而想起的二三事》，《魯迅全

信將激動傳達給了周作人：新的社會，新的出版物，新的感
受，還有那風起雲湧的學潮——紛至遝來，一會兒「述宏文
散學事」，一會兒又是「斷髮照片」，周作人也熱血沸騰了：
「嗚呼！支那危亡之現象既已如此，而頑固之老大猶沈沈大
醉，三年之內支那不亡吾不信也。」「嗟乎！大丈夫生不得
志，乃為奴隸，受壓制之苦乎！我誓必脫此羈絆。倘事可成，
則亦已耳；不然，必與之反對。」[28]四年以後，周作人終於
也踏上了這塊「熱土」。當魯迅、周作人兄弟嘗試著以文字
來表達自己的時候，也自然而然地浸潤於這樣的氛圍之中
了。「我以我血薦軒轅」的豪情成為了「自題小像」的自勉，
排滿、革命、民族也是魯迅在日本著述的基本主題與關鍵語
彙。1903 年 6 月，在留學生拒俄運動的熱潮中，魯迅發表
了反映斯巴達人英勇抗暴的《斯巴達之魂》，「便是借了異
國士女的義勇來喚起中華垂死的國魂」。[29]同年 10 月，在浙
江留學生抗議腐敗官府出賣本省礦產的運動中，魯迅又發表
了《中國地質略論》，大聲疾呼：「中國者，中國人之中國。
可容外族之研究，不容外族之探險；可容外族之讚歎，不容
外族之覬覦。」[30]後來（1906 年 5 月）又與顧琅合編出版了
《中國礦物志》，「羅列全國礦產之所在」「以為後日開採
之計，不致將藏貨寶為他人所攘奪，用心至深，積慮至切」，

集》6 卷 558 頁。

[28]　周作人 1903 年 3 月 21 日日記，見《魯迅研究資料》12 輯。

[29]　許壽裳：《我所認識的魯迅》1 頁，人民文學出版社 1978 年版。

[30]　魯迅：《集外集拾遺補編‧中國地質略論》，《魯迅全集》8 卷 4 頁。

「深有裨於祖國」。[31]在魯迅的影響下，周作人也融入或受哺於這樣的民族革命空氣中了，不時有慷慨激昂的同鄉或志士前來聚談，不時有秘密的革命活動在左右發生，於是，他「讀了《新民叢報》、《民報》、《革命軍》、《新廣東》之類，一變而為排滿（以及復古），堅持民族主義者計十年之久」。[32]

然而，細讀周氏兄弟的這些民族主義感興，我們卻分明可以聽到一些異樣的聲音。

魯迅對於民族問題的認識並不像當時一般的留日知識份子那樣的籠統和概括，他似乎更習慣於將民族的問題與普通個人的人生遭遇結合起來，從中留心人在具體生活環境中的狀態和表現。許壽裳的回憶告訴我們，在東京宏文學院念書的時候，魯迅與他一邊感歎中華民族的屈辱，一邊卻在反思：「怎樣才是理想的人性」、「中國民族中最缺乏的是什麼」、「它的病根何在」，這種反思與當時梁啟超、章太炎等維新派、革命派人士從掃除國家政治障礙的角度批判國民性頗有不同。如果說遭遇了高層政治挫折的梁啟超決心解決民族的政治問題，出身於書香門第、自覺承襲漢民族國學傳統的章太炎關注的是中華民族在整體上的政治革命與文化復興，他們在當時影響了留日中國知識份子的主流，那麼魯迅這位因家道中落而深味了「世人真面目」的青年則主要關

---

[31]　馬良：《中國礦物志·序》，見《魯迅佚文全集》上冊 28、29 頁，群言出版社 2001 年版。

[32]　周作人《元旦試筆》，見《雨天的書》127 頁，河北教育出版社 2002 年版。

心一位普通中國人的基本的生存處境與生存原則。魯迅與許壽裳議論得最多的「理想的人性」不是「欲其國之安富尊榮」，而是作為人自身的生存原則：「當時我們覺得我們民族最缺乏的東西是誠和愛，──換句話說：便是深中了詐偽無恥和猜疑的毛病。」[33]「理想人性」的問題自然也屬於民族，但更準確地講卻應當屬於「民族性」生存中的人自身的問題。

我們會發現，前文所說的日本體驗與本土需要的契合層面在魯迅這裏已經發生了重要的變化。如果說前述大多數的知識份子都是在民族國家建設的層面上開掘自己的「體驗」，那麼魯迅則是將他們那宏闊抽象的「國家」潛沈到了具體的人、具體的自我，用他在《文化偏至論》中的話來說就是「入於自識」，即返回到人的自我意識。

魯迅的立場是普通人的生存。正是從這一立場出發，魯迅就不再對自己的族群抱有無條件的認同，他總是冷靜地關注著身邊的人群，從未因為群體的裹挾而輕易放棄自己的人生態度，這幾乎貫穿了魯迅的整個留日時期。「他在遊學時期，養成了冷靜而又冷靜的頭腦，惟其愛國家愛民族的心愈熱烈，所以觀察的愈冷靜。」[34]在一系列的社會活動與人際交往之中，他都在周遭的熱鬧中獨守了一份自我的寧靜，是寧靜給了他一雙特別的眼睛。在東京留學生熱烈的革命集會

---

[33]　許壽裳：《回憶魯迅》，見《我所認識的魯迅》59 頁，人民文學出版社 1978 年版。

[34]　許壽裳：《魯迅的生活》，見《我所認識的魯迅》23 頁，人民文學出版社 1978 年版。

上，他一邊聽著吳稚暉的慷慨陳詞，一邊卻掩飾不住自己內心的某種失望：「講演固然不妨夾著笑罵，但無聊的打諢，是非徒無益，而且有害的。」[35]在日本的列車上，幾位新來的浙江同鄉因為相互讓座而忙得不亦樂乎，魯迅不僅對這樣的禮儀頗不以為然，而且還想得很深：「我那時也很不滿，暗地裏想：連火車上的座位，他們也要分出尊卑來⋯⋯」[36]魯迅參加了「浙學會」，一度奉命回國暗殺滿清大員，對如此激進的革命行動，他還是直言不諱地表達了自己的保留態度。在魯迅看來，其他的中國留學生同學並不能僅僅因為他們的「同胞」身份就足以獲得必然的認同，相反，聽聞了中國留學生會館樓上那「咚咚咚」的跳舞聲，魯迅實在不能克制自己的反感，甚至他們不願剪辮又要符合時世的打扮也實在滑稽：「頭頂上盤著大辮子，頂得學生制帽的頂上高高聳起，形成一座富士山。也有解散辮子，盤得平的，除下帽來，油光可鑒，宛如小姑娘的髮髻一般，還要將脖子扭幾扭。實在標致極了。」[37]還有，他們關起門來燉牛肉，「燉牛肉吃，在中國就可以，何必路遠迢迢，跑到外國來呢？」[38]

　　魯迅也體驗過了來自日本人的歧視與侮辱，仙台醫專的考試與幻燈片故事就是我們早已熟悉的令人扼腕的典型事件，但讀一讀魯迅後來對當時心境的追述，我們就可以知

[35]　魯迅：《且介亭雜文末編・因太炎先生而想起的二三事》，《魯迅全集》6 卷 558 頁。

[36]　魯迅：《朝花夕拾・范愛農》，《魯迅全集》2 卷 313 頁。

[37]　魯迅：《朝花夕拾・藤野先生》，《魯迅全集》2 卷 302 頁。

[38]　魯迅：《華蓋集續編・雜論管閒事・做學問・灰色等》，《魯迅全集》3 卷 187 頁。

道，魯迅的情緒並沒有如他的許多同胞一樣簡單地沿著民族
主義的方向一味推進，而是筆鋒一停一轉，接著便將這一中
日民族的衝突故事引向了對中國人性的自我反照上：

> 中國是弱國，所以中國人當然是低能兒，分數在六十
> 分以上，便不是自己的能力了：也無怪他們疑惑。但
> 我接著便有參觀槍斃中國人的命運了。第二年添教黴
> 菌學，細菌的形狀是全用電影來顯示的，一段落已完
> 而還沒有到下課的時候，便影幾片時事的片子，自然
> 都是日本戰勝俄國的情形。但偏有中國人夾在裏邊：
> 給俄國人做偵探，被日軍捕獲，要槍斃了，圍著看的
> 也是一群中國人；在講堂裏的還有一個我。[39]

　　這裏，魯迅為我們展示了一種微妙而複雜的感受與思想的
運動——在過去簡單的愛國主義的解讀中，我們常常會忽略掉
這一「微妙與複雜」——先是日本人的偏見與侮辱，讓人氣悶，
但語氣卻盡可能的平靜，顯示著魯迅的思想傾向：較之於這些
司空見慣的屈辱，他已經發現了更加值得思考的內容，一個
「但」字就將我們的注意力從簡單的民族矛盾引入了自我精神
的觀照當中。最令他難以忍受的不僅僅是關於考試作弊的偏
見，甚至也不是日本學堂放映時事片本身，而是中國人自己在
這一事件中麻木不仁的生存態度，還有，就是像「我」這樣在
無可奈何下也被迫充當沈默看客的事實！（這不也讓人平添了
一份麻木的印象麼？）這是一個更為深刻也更為複雜的命題，

---

[39]　魯迅：《朝花夕拾·藤野先生》，《魯迅全集》2 卷 306 頁。

但顯然，這才是從根本上解決衝突，贏得平等的選擇。在魯迅看來，對民族矛盾的揭示似乎並不能成為迴避人自身生存問題的一種理由，事實上，在更多的國人很可能在國家民族的關懷中掩蓋中國人生存真相的時候，檢討人具體的生存原則比籠統地重複民族壓迫的現實更重要。

　　拒絕簡單歸順於群體的認知而堅持自己的思想方式，從體驗日本落實到「入於自識」，魯迅這一獨特的「體驗」充分顯示了他對人的個體性重視。他格外倚重的是作為個體的人的獨特感受，他格外尊重的也是個人的權利和自由，顯然，在所謂「自由云者，團體之自由，非個人之自由也」[40]影響下成長的一代政治民族主義知識份子那裏，如此明確的個人本位立場是相當特出的，與當時一般的留日知識份子不同，魯迅是自覺地在個體意義的立場上建立起了自己的「立人」思想體系，並為未來一生的思想發展奠定了堅實的基礎。

　　魯迅不僅以自己返回「個體」的方式帶來了拓進日本體驗的「深度」，而且也形成了較他人更為複雜的心理認識「結構」。前文我們已經談到，當時的留日知識份子大多具有「本土需要/異域體驗這樣的雙重心理結構，在民族國家建設的立場上，這一結構中的每一項都相互呼應，共同支撐起了文學革新的目標。然而，在魯迅這裏，在留日中國作家固有的本土/異域結構之外，又引人注目地匯入了個人/群體、自我/民族這樣的思考和選擇。「個人」與「自我」的進入便使得先前固有的結構變得複雜了起來。因為，雖然個體與自我的

---

[40]　梁啟超：《新民說》，《梁啟超全集》2 冊 678 頁。

感受終歸是本土或異域體驗的基礎，但是在民族國家建設的立場上，本土或異域體驗作為一個抽象整體的合理性並不能代替個體生存的具體感受。魯迅既不能拒絕民族國家建設的使命，也不能迴避個體生存的真實感覺，這便在他自己的心理結構中形成了一系列既統一又矛盾的關係項。既統一又矛盾的精神世界不斷為魯迅創造出自我運動的「張力」，從而比一般的留日中國作家看得更遠，悟得更深。魯迅超凡脫俗的深度體驗打破思想的沈寂，啟動我們生命的創造力，在一個需要文化新生的時代，真正地「別立新宗」，開創了中國現代文明的新境界。

我以為，魯迅早期的六篇論文及其他文學創作，正是他提煉自己獨特的「日本體驗」的重要結晶，這些論文從最早的《說鈤》開始就體現了作者對於社會文化發展的獨特見識，到 1908 年最後的一篇文言論文《破惡聲論》，完全是在自我思想的不斷的完善和充實當中建構起了一個關於中國文化建設的全新計劃。從 1903、1907 到 1908，在這幾個「日本體驗」的時間點上，魯迅都提出了這一計劃的幾個方面的基本內容——個性、意志、科學、進化、人文、宗教，而它們在總體上又都指向個人的生存體驗與生命體驗。

魯迅的這六篇論文從內容上看，大致可以分作科學與人文兩大主題。1903 年的《說鈤》、1907 年的《人間之歷史》（後改為《人之歷史》）與 1908 年的《科學史教篇》都是關於自然科學知識的介紹，它們有兩個共同的特點：其一，無論其介紹的知識有多少的差異，但都不是嚴格的學術論文，而主要是對相關的基本知識作通俗性的介紹。也就是

說，魯迅的寫作是為了將學科領域裏的知識向更廣大的社會領域推廣與傳播，學科建設不是魯迅的任務，他為的是一種社會文化的建設，因此，我們也必須從社會文化的意義來加以解讀。其二，在所有這些關於具體的學科知識的介紹當中，魯迅不斷強調和發掘的是人的進取精神與文化創造力。魯迅所有的論述都沒有拘泥於某一個學科的範圍之內，而是盡可能地引發開去，努力將讀者帶入更寬大也更有現實意義的社會文化之思中。或者是西方的學科發展史與中國的社會文化史相互參照，或者是從學科專門史向著普遍意義的文化精神提升。《說鈤》作為我國最早評述鐳的發現的論文之一，是將鐳的發現與人類對物質世界的認知革命相聯繫，在鐳這一元素的「生成」中啟動了一種不畏禁區，永遠探求的科學精神，魯迅自己顯然就是為這一發現歷程中的進取精神與創造精神所感動，所啟發。整整一個世紀過去了，今天，我們回顧魯迅對於中國現代文學的創造性貢獻，不正像是他當年所描述的那樣麼：「昔之學者曰：『太陽而外，宇宙間殆無所有。』曆紀以來，翕然從之；懷疑之徒，竟不可得。乃不謂忽有一不可思議之原質，自發光熱，煌煌焉出現於世界，輝新世紀之曙光，破舊學者之迷夢。」「由是而關於物質之觀念，倏一震動，生大變象。最人涅伏，吐故納新，敗果既落，新葩欲吐。」[41]《人間之歷史》在介紹西方人類種族發生學這一基本主題之外，實際上為我們勾勒了一個宏大的生命進化乃至宇宙發生學的認識框架，也不時將西方科學史上

---

[41]　魯迅：《集外集・說鈤》，《魯迅全集》7 卷 20、25 頁。

的教訓與中國的現狀相互聯繫（如所謂「中國抱殘守闕之輩，耳新聲而疾走」的情形），重要的還在於，魯迅並不以西方進化論的膜拜者的姿態出現：「中國邇日，進化之語，幾成常言，喜新者憑以麗其辭，而篤故者則病儕人類於獼猴，輒沮遏以全力。」魯迅當然要抨擊那些「篤故」者，但他顯然也決不願成為那種「憑以麗其辭」的「喜新者」。在所有這些西方學說的輸入與新觀念的引進中，魯迅都保持了一種與眾不同的姿態，他其實並不特別看重外來的知識體系本身，更引起他興趣的是西方人在建構這些知識體系過程中所體現出來的創造精神，他要竭力發掘的不是作為概念與詞語的西方知識，而是蘊涵於這些概念與詞語生長過程中的人類的創造潛力。這在 1908 年的《科學史教篇》中有集中的表現。

　　在魯迅「日本體驗」與文學文化經驗的發展過程中，1907、1908 年是兩個特別重要的年份。自仙台醫專退學後一直在東京從事思想文化活動的魯迅就是在這個時候寫作和發表了自己的標誌性作品，《科學史教篇》就是其中之一。在這篇自然科學發展史的簡述中，魯迅遠遠超越了自然科學的學科領域，他反覆評述的其實是整個人類的精神現象史——自然科學與人文科學，甚至宗教現象的相互運動的歷史及其不同的價值。值得注意的是，魯迅並沒有將「科學」作為至高無上的法則，他充分注意到了所有這些精神現象都有著不可替代的意義，所謂「人間教育諸科，每不即於中道，甲張則乙弛，乙盛則甲衰，疊代往來，無有紀極。」「中世紀宗教暴起，壓抑科學，事或足以震驚，而社會精神，乃於此不

無洗滌，熏染陶冶，亦胎嘉葩。」「此其成果，以償沮遏科學之失，綽然有餘也。蓋無間教宗學術美藝文章，均人間曼衍之要旨，定其孰要，今茲未能。惟若眩至顯之實利，摹至膚之方術，則準史實所垂，當反本心而獲惡果，可決論而已。」在近代民族對抗的相繼失敗之後，中國知識份子普遍篤信科學救國的時候，魯迅卻以「至顯之實利」與「至膚之方術」提醒人們注意科學的有限性，並由此強調了人的精神信仰的迫切性。這再次表明，魯迅特別提倡的不是具體的知識而是一種中華民族所急需的精神氣質：「蓋使舉世惟知識之崇，人生必大歸於枯寂，如是既久，則美上之感情漓，明敏之思想失，所謂科學，亦同趣於無有矣。」魯迅指出，就是科學發展的真正動力，其實也來自「非科學」的精神力量，這樣的論述就是在今天看來也是振聾發聵的：

> 蓋科學發見，常受超科學之力，易語以釋之，亦可曰非科學的理想之感動，古今知名之士，概如是矣。闃咯曰，孰輔相人，而使得至真之知識乎？不為真者，不為可知者，蓋理想耳。此足據為鐵證者也。英之赫胥黎，則謂發見本於聖覺，不與人之能力相關；如是聖覺，即名曰真理發見者。有此覺而中才亦成宏功，如無此覺，則雖天縱之才，事亦終於不集。[42]

理想是人性的光輝，只有理想的激發才能產生創造的願望與創造的靈感，就此，魯迅提出了一個由理想啟動靈感最

---

[42]　魯迅：《科學史教篇》，《魯迅全集》1 卷 29、30 頁。

終完成創造的創生機制，表明他對民族創造力的呼喚又進入了一個更深的層次。

如果說 1908 年的《科學史教篇》是魯迅從人類科學發展史的角度探討文化創造的問題，那麼同一年發表的《文化偏至論》、《摩羅詩力說》、《破惡聲論》（未完稿）等則是魯迅直接針對文化發展的現實所展開的思考。

現在的研究者一般都注意到了《文化偏至論》作為魯迅倡揚精神文明與個性主義的標誌性意義，「掊物質而張靈明，任個人而排眾數」這一奠定了魯迅思想基礎的理論宣言正是由它發出的。不過，在今天看來，簡單地認定魯迅對「精神文明」與「個性主義」的標舉而沒有進一步分析說明也具有某種危險性，因為，所謂「精神文明」與「個性主義」在 20 世紀以來的語言系統中本身就是充滿含混、歧義和太多粘著的概念，單單用它們來歸結魯迅的思想恐怕也還需要有更為具體的解釋，何況已經有學者由此而得出了另外的結論：像魯迅等五四新文學作家這樣的選擇屬於「借思想、文化以解決問題的途徑」，這「是受根深蒂固的、其形態為一元論和唯智思想模式的中國傳統文化傾向的影響。它並沒有受任何西方思想源流的直接影響。」[43]

的確，當魯迅在《科學史教篇》中提醒人們注意「非科學的理想」的價值之時，實際上也給我們暫時留下了一個問題：傳統中國就沒有自己的「非科學的理想」麼？從孔子「殺身以成仁」、孟子「富貴不能淫，貧賤不能移，威武不能屈」

---

[43]　參見林毓生：《中國意識的危機》48 頁，貴州人民出版社 1988 年版。

到朱熹的「存天理去私欲」，甚至歷代士人「大濟蒼生」與「擊壤自歡」的兼任，「兼濟天下」與「獨善其身」的並舉不都是中國人理想的表述？為什麼在這些「理想」與「精神」支持下的中國文化會在近代走向衰微，為什麼中國人往往又會淪入粗鄙物欲而喪失創造的活力？如果說魯迅也重視「理想」與「精神」的力量，那麼這些以西方文明為例證的概念與我們的傳統有無本質的區別呢？難道它真是還沒有擺脫「自先秦之後儒家的思想模式」嗎？我認為，《科學史教篇》中尚未深入展開的問題，被接下來推出的《文化偏至論》以豐富的語義形式作了較好的回答。

《文化偏至論》沿著前文發現的「甲張則乙弛，乙盛則甲衰，疊代往來，無有紀極」的「偏至」規律作了豐富的論述。在這裏，我們必須注意到，「偏至」是魯迅立論的基礎，面對 19 世紀物質文明發展所造成的「偏至」，魯迅感到有必要以「精神」的「偏至」救正之，但這樣的救正，是以對救正形式本身的「偏至」前提予以確認之後的選擇，所謂「蓋今所成就，無一不繩前時之遺迹，則文明必日有遷流，又或抗往代之大潮，則文明亦不能不無偏至。」也就是說，從總體上看，這裏並沒有因為此刻「偏至」的迫切性就輕率地否定既往「偏至」的實際意義——物質文明發展本身的意義並沒有被魯迅所否認而是納入到物質/精神的互動模式中重新加以確認。這說明，魯迅在側重倡導「靈明」（精神）目標的同時對這一概念的文化意義的理解也大為深入了，並且也因此與傳統中國的精神理想有了質的不同。在傳統中國，「精神文化自行組合成了一個龐大的、獨立的系統，並且越來越

具有了淩駕於物質文化之上的至高無上的地位。似乎精神文化是預成的，物質文化只應作為它的附屬品和輔佐物。」[44]「天理」之存在，就必須以「去私欲」為前提。魯迅在物質/精神的互動模式中（既「繩前時之遺迹」又「抗往代之大潮」）提出自己新的精神目標，這與其說是接近中國的傳統毋寧說是接近西方文化的舉措，「當西方文化以古希臘羅馬文化為旗幟對中世紀神學實行了歷史的否定之後，物質文化和精神文化這兩個子系統便以對等的地位、以彼此獨立的意義共同發展著。」[45]

　　同樣，當魯迅以「個人」來救正「眾數」專制的偏至之時，這裏的「個人」也不能混同於傳統狹隘的利己主義。魯迅的「個人」是強化自我意識、反抗世俗專制、勉力於文化創造的旺盛生命，而不是放棄社會責任，自我滿足，「個人一語，入中國未三四年，號稱識時之士，多引以為大詬，苟被其諡，與民賊同。意者未遑深知明察，而迷誤為害人利己主義也歟？夷考其實，至不然矣。」在魯迅「任個人而排眾數」的選擇中，尼采、施蒂納、叔本華、契開迦爾、易卜生等西方思想文化大家的觀念都給予了他有力的支持，但魯迅對於這些西方思想資源的調用卻是有意省略了他們的差異甚至在西方文化語境中的其他意味，例如，尼采的「超人」學說是魯迅闡述「個人」精神的重要資源，《文化偏至論》

<hr />

44　王富仁：《從「興業」到「立人」》，見《靈魂的掙扎》139頁，時代文藝出版社 1993 年版。
45　王富仁：《從「興業」到「立人」》，見《靈魂的掙扎》140頁，時代文藝出版社 1993 年版。

中四次提到尼采及其「超人」學說，超人被認為是「大士天才」，是「意力絕世，幾近神明」之人，也是不與「庸眾」同流合污且對抗「眾數」的個性主義者，「力抗時俗」、「示主觀傾向之極致」的主觀主義者。顯然，魯迅賦予「超人」更多的社會學、政治學意義，而非純粹的個人主義者，其反物質的具體內涵當然也不是尼采的資本主義文明與基督教倫理，而是中國固有的「尚物質」的傳統與近代以來單純物質文明的現代化追求。[46]

　　換句話說，進入魯迅文本中的西方思想資源已經從屬於魯迅了，已經成為了魯迅自己的思想體系的一部分──這樣的處理方式其實也十分明確地昭示我們：魯迅的思想既非對古代中國文化的簡單「繼承」，也不能說就是西方思想的「翻版」，而應當說是針對中國文化當時的發展現狀的一種個人的「姿態」，它不是更具有理論的傳承性而是更具有現實的實踐性，魯迅不必也沒有在或中古或西方的「傳統」中二選其一，（為什麼我們必須接受這樣對立的「二元」並且作非此即彼的挑選呢？）他更應該也更願意解決的是現實世界的問題，所以一篇《文化偏至論》，不斷引出西方思想史的例證，但所有的例證又處處指向了作者耳聞目睹的中國現實，文章以中國「近世」實情開端：「中國既以自尊大昭聞天下，善訾謑者，或謂之頑固；且將抱殘守闕，以底於滅亡。近世人士，稍稍耳新學之語，則亦引以為愧，翻然思變，言非同

---

[46]　參見黃懷軍《淺析青年魯迅對尼采「超人」說的誤讀》，《中國文學研究》2000 年 1 期。

西方之理弗道，事非合西方之術弗行。」在魯迅看來，這樣
的「西化」言論不過是「拾塵芥」的粗淺之說，正與他對中
國新文化的設想大相徑庭。文章的結尾，魯迅再次回到對於
「近世」危機的憂慮之中，體現了他一以貫之的現實關懷：
「往者為本體自發之偏枯，今則獲以交通傳來之新疫，二患
交伐，而中國之沈淪遂以益速矣。嗚呼，眷念方來，亦已焉
哉！」魯迅標舉「個人」也不是為了傳播現代西方的新潮，
正如許壽裳在評述魯迅留日時期的論文時所說：「一九○七
年他二十七歲所作的《文化偏至論》、《摩羅詩力說》等
（《墳》），都是忱於當時一般新黨思想的淺薄，不知道個
性之當尊，天才之可貴，於是大聲疾呼地來醫救。」[47]相反，
對於那些「近不知中國之情，遠復不察歐美之實，以所拾塵
芥，羅列人前」的西方新潮的膜拜者，對於那些不顧當今實
際而「橫取而施之於中國」者，魯迅同樣持嚴厲的批評態度。

　　如果說《文化偏至論》是從「思想」的角度為中國新文
化的創造尋找可能，那麼《摩羅詩力說》則將可能性的尋找
探入到了幽微的心靈深層，這就是魯迅所謂的「心聲」，即
以詩歌為顯著代表的文學藝術。「蓋人文之留遺後世者，最
有力莫如心聲。」魯迅就是要從這一「詩力」中尋覓新文化
與新文學創造的內在能量。而「立意在反抗，指歸在動作」
的摩羅詩派就是催人奮勉的偉大精神啟示，「人得是力，乃
以發生，乃以曼衍，乃以上徵，乃至於人所能至之極點。」
與《文化偏至論》一樣，《摩羅詩力說》引證的是西方詩歌

---

[47]　許壽裳：《我所認識的魯迅》1頁，人民文學出版社1978年版。

史，但卻處處與中國自己的詩歌歷史與社會文化相比照，處處都回到對當前中國人精神現實與未來可能的揭示上，用魯迅的話來說，就是「意者欲揚宗邦之真大，首在審己，亦必知人，比較既周，爰生自覺。」就是對今日中國的健康生命（「精神界戰士」）的激勵與呼喚：「今索諸中國，為精神界之戰士者安在？有作至誠之聲，致吾人於善美剛健者乎？有作溫煦之聲，援吾人出於荒寒者乎？」

在上述魯迅對現代中國人精神創造的探討中，有一個概念得到了反覆的使用，其精神內涵也被一再表述與闡發，這就是「意志」（亦云「意力」）。我以為，「意志」其實是魯迅論及「理想」、「精神」、「個人」、「自由」諸問題的重心，且較之於任何其他的概念都更有一種文化更新意：事實上，正如前文已經論述到的那樣，在中國文化的傳統中，作為人的自我精神性因素的部分——如理想，如個人都可以有自己存在的方式，儒家有「大濟蒼生」的鴻鵠之志，道家有「乘天地之正，御六氣之辯」的個體逍遙，從某種意義上看，這就是我們自己的「靈明」與「個人」傳統。當然，隨著中國文化在近代的衰微，這樣的一些傳統也晦暗不明了，而且與現代文化建設所需要的新的品格也有著很大的距離，但作為一種文化的積澱，它們都還有可能對我們的新文化產生不容忽視的影響，甚至有可能在一種含混不清的狀態中為中國文化新因素的生長形成某種的困擾，而愈是這樣，我們也就愈需要貫注某些前所未有的新的成分，新的成分的進入或許有助於改變中國固有文化的結構，從而為新的文化的生長提供新的空間。在這個意義上，我們會看到，作為中國文化的固有傳統，我們有的是飄渺的性靈，

有的是不負責任的「清談」，有的是空洞虛偽的道德說教，但就是缺少一種貫徹自己理想信念的堅忍不拔的實踐精神——意志品質。魯迅後來有言：「中國一向就少有失敗的英雄，少有韌性的反抗，少有敢單身鏖戰的武人，少有敢撫哭叛徒的弔客；見勝兆則紛紛聚集，見敗兆則紛紛逃亡。戰具比我們精利的歐美人，戰具未必比我們精利的匈奴蒙古滿洲人，都如入無人之境。『土崩瓦解』這四個字，真是形容得有自知之明。」[48]

從探討文化的「偏至」意義到呼喚自由反抗的「摩羅詩派」，「意志」在魯迅這裏主要不是一種哲學的概念並僅僅與尼采、叔本華等人的學說相聯繫，進入魯迅視野的可歌可泣之人都是「意力絕世」的典型，《文化偏至論》認為：「惟有意力軼眾，所當希求，能於情意一端，處現實之世，而有勇猛奮鬥之才，雖屢蹶屢僵，終得現其理想：其為人格，如是焉耳。」按照魯迅的這一定義，尼采、叔本華、易卜生等等都是意志主義的代表，在《摩羅詩力說》中，魯迅又繼續列舉了拜倫和他筆下的康拉德、萊拉、曼弗雷德、盧息弗以及雪萊、密茨凱維支等等「剛健不撓」的摩羅詩人。「意志」是整個人類前進的動力，《摩羅詩力說》回顧人類成長的歷史，「特生民之始，既以武健勇烈，抗拒戰鬥，漸進於文明矣。」激發「意志」也成了文學的價值所在，在魯迅眼中，文學的「無用之用」就如同大海給予泳者的生存意志：「而彼之大海，實僅波飛濤起，絕無情愫，未始以一教訓一格言相授。顧遊者之元氣體力，則為之陡增也。」而鄂謨（荷馬）

---

[48] 魯迅：《華蓋集‧這個與那個》，見《魯迅全集》3 卷 142 頁。

「以降大文」也能令人「勇猛發揚精進」，如此觀之，「意志」其實是魯迅自己從人類精神史上發掘出來的品格，他清晰地標明了魯迅文化與文學思考的重心：新世紀中國文化的建設，僅僅有絢爛多采的「理想」是不夠的，僅僅激動人心地突出「個人」也還不夠，更重要的還在於我們推進和完成這些目標的內在力量與勇氣。魯迅相信：「內部之生活強，則人生之意義亦愈邃，個人尊嚴之旨趣亦愈明，二十世紀之新精神，殆將立狂風怒浪之間，恃意力以闢生路者也。」[49]

　　在魯迅留日時期的文化思考的幾篇論文中，最後一篇尚未完稿的《破惡聲論》具有特別明確的現實針對性。如果說《文化偏至論》、《摩羅詩力說》是魯迅在中外歷史的追述中引發現實的問題，《破惡聲論》則是直接面對現實文化事件的發言。它批評了某些科學主義者（「奉科學為圭臬之輩」）對於民間信仰的嘲笑，抨擊了「崇強國」、「侮勝民」式的愛國主義，高呼「偽士當除，迷信可存，今日急也。」慨歎「獸性其上也，最有奴子性」。值得注意的是，成為魯迅質疑對象的很可能在一個「走向現代」的知識份子那裏恰恰是理所當然的行為，例如他們要破除迷信、倡導科學，又因為信奉「進化學說」而崇拜強國、睥睨弱小，——但在魯迅看來，這些冠冕堂皇的主張卻正是中國現代文化發展中的「惡聲」，是需要給予批駁的東西。

　　魯迅用「白心」與「神思」為遠古神話與民間信仰正名，這裏當然不是在一般的意義上為迷信現象辯護，而是對於

---

[49]　魯迅：《文化偏至論》，《魯迅全集》1卷 55、56 頁。

「古民」、「農人」最可寶貴的生命活力——真誠與想像力、創造力的打撈和保護，正如日本學者伊藤虎丸所分析的那樣，魯迅「所關心的總是精神的態度而不是思想的內容。對於迷信與神話，從內容上講，『雖信之失當』，然而對創造這些的古人的『神思』而無動於衷『則大惑也』。——這就是魯迅的論理。『偽士』之所以『偽』，不在其說之舊，恰恰相反，在其新。其論調之內容雖然是『科學』的、『進化論』的，然而正因為其精神是非『科學』的，所以是『偽』的。如不怕誤解，可以說，魯迅不問思想之新舊和左右，唯問精神態度之真偽，有無自己能創造新事物的精神。」[50]那些「奉科學為圭臬之輩」的「偽士」「以眾虐獨」，他們擁有了多數，卻喪失了自我與個性，他們增長了學問，卻泯滅了想像與創造，他們炫示著文明的「岸然」，卻從根本上背棄了人類的真誠與坦白，他們傳播著「進化留良之言」，卻終究不過是「獸性愛國之士」。無論哪一種「惡聲」，「其滅裂個性也大同」，「皆滅人之自我，使之混然不敢自別異，泯於大群，如掩諸色以晦黑。」魯迅繼續立足於他的「個人」、「靈明」（精神理想）與「神思」（想像力與創造力）的立場抨擊時弊，對現實文明事件的批判和對遠古「樸素之民」的某種緬懷與激賞都來自於一個目的：啟動現代中國文化的創造力。魯迅最關心的還是中國人對於現代文化的真正的創造精神與創造能力。

---

[50]　伊藤虎丸：《魯迅、創造社與日本文學》120 頁，北京大學出版社 1995 年版。

　　一些中外學者注意到了魯迅留日時期論文的日本資源問題，重要的如日本學者北岡正子《〈摩羅詩力說〉材源考箋記》（北京師範大學出版社 1983 年版）、中國學者張釗貽的《早期魯迅的尼采考——兼論魯迅有沒有讀過勃蘭兌斯〈尼采導論〉》[51]、潘世聖的《魯迅的思想構築與明治日本思想文化界流行走向的結構關係》[52]與《關於魯迅早期論文及改造國民性思想》[53]、方長安《魯迅立人思想與日本文化》[54]等等，這些研究為我們尋找魯迅早期思想的日本文化淵源提供了十分寶貴的材料，但我以為，辨析魯迅在這一日本文化氛圍中所進行的哪怕是細微的篩選恐怕有著更加重要的價值，例如，人們已經陸續發現，對於當時日本思想界將尼采讀解為「本能主義」的傾向在魯迅這裏無影無蹤，同時，「魯迅理解尼采個人主義時，他的態度不像當時日本思想界那樣，要考慮選擇叔本華、尼采還是克爾凱郭爾，而是把易卜生、克爾凱郭爾、叔本華等人的思想一塊兒納入 19 世紀末葉的『主觀主義』、『意志主義』（他所說的『新神思宗』）的範疇。」[55]至於將尼采與進化論相聯繫更不見於日本。

　　重要的是，在這些由語言文字材料所顯示的魯迅「日本體驗」的背後，我們更應當發現由自我生存的經驗所構成的魯迅的「日本體驗」。因為，任何文化的與文字的認同與接

---

[51]　《魯迅研究月刊》1997 年 6 期。
[52]　《魯迅研究月刊》2002 年 4 期。
[53]　《魯迅研究月刊》2002 年 9 期。
[54]　《魯迅研究月刊》2002 年 4、5 期。
[55]　伊藤虎丸：《魯迅、創造社與日本文學》64 頁，北京大學出版社 1995 年版。

受的背後，都反映了一種人生經驗的呼應、對話與融合，也就是說，魯迅的文字中對日本資源的使用這一事實本身並不足以提高或者降低魯迅思想的意義，重要的不是單純的單詞、概念以及句子的表述，而是居於這些單詞、概念以及句子表述背後的更大的語境，同樣的單詞、概念以及句子在不同的語境中其意義也就有了不同，而構成語境的就是我們更廣大的人生，就是我們特定人生經驗所形成的意義場與彼此對話的基點。作為西方文化資源的「集散地」，流傳在當時日本的各種思想文化可謂是豐富多彩、令人眼花繚亂的，但魯迅為什麼單單選擇了這些而不是那些？其背後自然就有個生存體驗的問題，有個由特定生存體驗所構成的「場」與「基點」的問題，甚至這樣的「場」與「基點」也不僅僅是在日本一地形成的，先前的經驗對後來的經驗的發生有著重要的影響，日本體驗的實質內容也理所當然地包含了中國過去的人生體驗，在魯迅從日本當時的文學文化讀物所選擇認可的語彙中，我們看到的不是一個簡單的文化觀念的師承問題，而是魯迅在什麼樣的人生經驗下認可了這一類的語彙與概念。如果我們是在這個更廣大的人生語境中加以追問，那麼我們就能穿過這些辭彙與句子，發現魯迅從日本所借用過來的諸多觀念──個性、意志、創造力正好是切中了中國文化千年衰微的致命之處，這樣，無論魯迅的語言表述與當時的日本學界有多少的類似，也都不是簡單的中外文化交流的意義，當然也不是魯迅在簡單介紹他人的思想，它證明的是魯迅對中國歷史與現實的洞見，證明的是魯迅「日本體驗」的深度。王富仁指出，魯迅在留日時期的「一些基礎的觀念，

在他後半生的文化活動中得到了進一步的豐富和發展，但作
為一個基本的思想框架，終其一生是沒有發生變化的。」[56]這
也說明，魯迅當時的思想決非粗淺的模仿習作，而是已經包
含著對中國文化事實的深刻體悟和思考，不然，又何以會成
為他未來一生的思想的框架？

　　這種關於日本的深度體驗在本質上應當說是一種視野
的調整，是豐富的異域因素進入主體視野所引起的精神與心
理的根本嬗變，它最終將有別於一般意義的對「文學」的空
洞的回歸，沒有豐富的異域文學資源，我們再清新的「美」
的設想，再動人的「情」的呼喚都會在陳舊的歷史材料中褪
卻了神光，如當時中國國內的小說潮流一樣。一種「入於自
識」之後的結構性的嬗變所啟動的卻是我們心靈深處的創造
欲望與創造能力。魯迅留日階段的整個文學活動都與他這一
時期的文論一樣，始終鍾情於創造力的表達與發揚：當更多
的中國學人致力於西方政治小說的譯介之時，魯迅卻格外關
注科幻作品，他 1903 年 10 月翻譯出版了儒勒‧凡爾納的《月
界旅行》（東京進化書社），同年譯儒勒‧凡爾納的《地底
旅行》發表於《浙江潮》第 10 期，1905 年春又翻譯美國作
家路易斯《造人術》發表於《女子世界》第 4、5 期合刊。
後來還翻譯過一部《北極探險記》，可惜稿子在輾轉投寄中
丟失了。當時的留日中國學人熱中於譯介日本與西方的政治
小說，歐美「先進」文明與日本「次先進」文明的革新大事
與風雲人物是他們關注的基本內容，「先進」文明的「旭日

---

[56]　王富仁：《魯迅哲學思想芻議》，《中國文化研究》1999 年春之卷。

瞳瞳」令人神往，而出現在這類作品中的弱小民族卻多是「遜懦無能」之輩，如當時影響頗大的《累卵東洋》（大橋乙羽著，憂亞子譯）就是這樣，這類政治小說的選擇顯然是因為尚未充分意識到本民族也同樣弱小的事實，它們的「崇強國」與「侮勝民」都是以忽略或迴避自我為前提的，也就是說，是以抽象的「先進崇拜」意念代替具體的自我生存實感的產物。如果說政治小說支援了人們當時對中國政治問題的熱切關注，它因為目標的過分功利化而難免流於乾枯的說教，科幻小說則是在一個西方科技思維不斷傳入的時代替代傳統的神話志怪，滿足了人們對於未知世界的好奇，它更能啟動我們的想像與「靈明」。同樣，如果說「崇強國」與「侮勝民」式的民族意識並不能引導我們真正潛入中國自己的民族遭遇與民族情感，那麼對於其他弱小民族的認同與發掘則無疑更能推動我們的自我意識，對於魯迅的這一獨立姿態，日本學者也深有體會：「（魯迅）在明治末年留學日本，學會日語又學會德語，吸收了歐洲的近代文學。這種吸收方法頗有特性，比如他學會了德語，但除了尼采之外，不怎麼引進德國的文學（只是到了晚年才注意海涅，說是準備讀海涅全集）。他引進的不是德國文學，而是用德語翻譯的弱小民族的文學，以及斯拉夫系統的反抗詩人的文學。這些東西在他看來是切實的，因此他才引進了的吧。」「日本文學為了引進歐洲的近代文學，沒有用這種方法。而是馬上就撲向第一流的東西。接連不斷地獵取歐洲當作近代文學主流的東西。首先是第一流的，然後第二流，這就是日本文學的做法。不單是文學，在一般文化方面也是這樣。日本文化是用接近更

接近歐洲文化的態度來使自己近代化的。」「從日本文學
方面怎樣來看魯迅這種引進外國文學的方法呢？認為這是
落後。從歐洲近代文學的主流看來，魯迅所引進的是二流或
三流的。不是主流而是支流。拋開主流、第一流的東西而特
意去翻譯那些，是不懂時勢。」[57]這些與中國有著類似經歷
的民族，他們的遭遇更便於我們在生存體驗中奮發抗爭，更
能激發我們不屈奮鬥的勇氣。周氏兄弟 1909 年合作翻譯出
版的《域外小說集》一、二冊在東京正式出版，收入俄國的
契訶夫、迦爾洵、安德來夫，波蘭的顯克微支，芬蘭的哀禾，
英國的淮爾特，波斯尼亞的穆拉淑微支等人的多篇作品。正
如周作人所說：「那時我的志趣乃在所謂大陸文學，或是弱
小民族文學，不過借英文做個居中傳話的媒婆而已。」「俄
國不算弱小，其時正是專制與革命對抗的時候，中國人自然
就引為同病的朋友，弱小民族蓋是後起的名稱，實在我們所
喜歡的乃被壓迫的民族之文學耳。」[58]

　　翻譯其實也是一種充分反映著個人情趣與意圖的創作形
式。從梁啟超一代留日知識份子驚喜於異域文化的宏富而開
始有計劃大規模的翻譯之後，留日中國學生翻譯日本文學或
通過日本翻譯其他西方文學已經蔚然成風，雖然中國留學生
的翻譯興趣與翻譯對象多半都受制於當時日本的動向——如
在當時的日本，政治小說與科學小說就是兩大翻譯與創作的

---

[57]　竹內好：《魯迅與日本文學》，《魯迅與中日文化交流》297-298，湖
　　　南人民出版社 1981 年版。
[58]　周作人：《東京的書店》，見《瓜豆集》71 頁，河北教育出版社 2002
　　　年版。

主流，比如對儒勒·凡爾納等作家的廣泛興趣，比如在翻譯中借助「改」、「編」的方式表達個人主觀思想的「意譯」策略都在明治初年的日本風行一時。中國留日知識份子的翻譯文學活動並非是憑空而來的隨意選擇，但是，在這一普遍存在的翻譯熱潮中，中國翻譯家選擇什麼不選擇什麼，或者說突出什麼和淡化什麼，都體現了彼此的生存體驗的差異和文化理想的差異。我們注意到，梁啟超一代知識份子出於「政治」的目的，最為關注的是日本和西方的政治小說，自梁啟超、羅普 1899 年譯出《佳人奇遇》以後，留日中國學人與國內譯家又陸續推出了多部類似作品，並且從翻譯走向了新的創作。但是，與當時的不少知識份子尤其是前一代知識份子不同的是，魯迅從開始著手翻譯的那一天起，就對科學小說和東歐弱小民族小說表現出了特別的興趣，這裏所標明的差異仍然在於功利與精神、政治啟蒙與靈魂重建以及借用異域與自我創造之間。此外，魯迅兄弟不僅在翻譯對象的選擇上有自己的獨到之處，而且很快就改變了當時日本曾經出現的也為許多同胞所效法的「意譯」，大膽走向了「直譯」之路。

在中國近現代翻譯觀念從「意譯」到「直譯」的轉變過程中，魯迅兄弟是一個關鍵性的環節。「意譯」的求同性思維反映了中國文人尚沒有充分容忍其他民族文化經驗並賦予中國語言新機的思想準備，周作人說過，求同而不是存異曾經是中國近代翻譯的一個大問題，「所以司各特小說之可譯者可讀者，就因為他像《史》、《漢》的緣故；正與赫胥黎《天演論》比周秦諸子，同一道理。大家都存著這樣一個

心思，所以凡事都改革不完成，不肯去學別人，只顧別人來像我。即使勉強去學，也仍是打定主意，以『中學為體，西學為用』。」「我們想要救這弊病，須得擺脫歷史的因襲思想，真心的先去模仿別人。隨後自能從模仿中，蛻化出獨特的文學來。」[59] 從「直譯」中悟出「獨特」，這就是魯迅兄弟在當時的遠見，在此前很長一段時間裏，即便是在翻譯觀念上多有突破的梁啟超，也依然對「直譯」的意義缺乏深遠的體悟，「新本日出，玉石混淆。於是求真之念驟熾，而尊尚直譯之論起。然而矯枉太過，詰屈為病。」[60] 梁啟超這裏的「詰屈」標準顯然是傳統的文體的雅訓，他似乎還沒有在克服不習慣中接受一種新文體的思想準備。其實任何新的文化和新的語言形式一樣，都是在「陌生」的雛形中發展自己的，沒有對於陌生的容忍和對自己固有習慣的調整，新的文化形式也就很難生長了，無論今天成熟的翻譯模式與魯迅他們當年的嘗試有多少的距離，我們都應該充分肯定魯迅兄弟這樣的思路及其深遠的文化建設價值。歷史證明，周氏兄弟1909 年合作翻譯出版的《域外小說集》，他們是以「直譯」的方法開五四新譯風之先河。

不僅有文論與翻譯，稍後幾年魯迅的文學創作也有了新的探求，這就是 1913 年 4 月發表於《小說月報》4 卷 1 號上的文言小說《懷舊》。《懷舊》勾勒了上自金耀宗、何墟三大人、禿先生，下至王翁、李媼、吳媼、趙五叔等等「蟻

59　周作人：《日本近三十年小說之發達》，《藝術與生活》147、148 頁，河北教育出版社 2002 年版。
60　梁啟超：《翻譯文學與佛典》，《梁啟超全集》7 冊 3797 頁。

陣」般的蕪市居民在社會變亂年代的各種表現。《懷舊》關注的是亂世中人的精神與行為，但與十年前的譯述小說《斯巴達之魂》有異，它不再注情於對民族精神的抽象激發，轉而以冷峻的筆觸描繪具體人生世相的荒謬與昏亂；《懷舊》是一個對現實中國的辛辣的諷刺，與國內的譴責小說不同，魯迅所展開的並不是一個狹窄的道德命題，他決不會認同吳趼人「急圖恢復我國固有之道德」的主張，進入魯迅視野的是人的內在靈魂，是他們總體的精神結構的問題，在這樣的結構中，怯弱（如金耀宗之流）固然可以成為「無信仰、無特操」的根據，而「以身殉義」的英勇（如趙五叔）卻同樣屬於盲目愚昧的產物，當精神的問題在於「結構」，也就與其中的「部件」沒有了必然的關係，無論是聰明還是憨癡，無論是懦弱還是勇毅，無論是道德還是不道德，也無論是富有還是貧窮，所有的形式都反映著扭曲與錯位的本質——這就是國人靈魂深處的疾病！魯迅寫作此文時已經回國供職於教育部，但我以為，其關注於人的「靈明」有無的動機，其「立人」的思想立場，依然可以追溯到日本時期的眼界與探索中去，正是有賴於他當年在日本所形成的新的思維「結構」才發現了國民精神「結構」的問題，而試圖破除這些固有「結構」的努力讓魯迅超越了晚清文學，也完成了自己的文學立場，接通了走向《狂人日記》、《藥》、《阿Q正傳》、《風波》的道路。在這個時候，魯迅日本體驗的「深度」便有效地轉化成了小說創作的「深度」，從而在一個前所未有的體驗層次上完成了從異域重返本土進行內在開掘的歷程。

在回國以後的人生歲月中，魯迅對自己的日本生活與所

見聞的日本文學並不像周作人一般的津津樂道，但是，凡他所發現的有價值的文化與文學現象，都會繼續設法引進介紹，以期對我們自己的文化文學建設有所助益，例如 1918年他從「可以醫治中國舊思想的痼疾」出發翻譯了日本白樺派作家武者小路實篤的劇本《一個青年的夢》，後來又接受夏目漱石的文學「餘裕」說，廚川白村的「苦悶的象徵」說等等。這說明魯迅一直重視採擷日本異域的信息，以豐富、調整自我的認識。

三、周作人：體驗與日本的「協和」

　　今天，學術界已經普遍認識到了周作人留日期間在文論與文學翻譯活動方面與魯迅的一致性。例如他們共同選擇的東歐弱小民族文學，他們共同開始的「直譯」的轉折，周作人留日期間寫作發表的一系列文論都可以看作是對魯迅文論的呼應與配合。一系列文論的主題都是相互關聯的，如《讀書雜拾（二）》與魯迅《文化偏至論》對於精神力量的呼喚，[61]《論文章之意義暨其使命因及中國近時論文之失》、《哀弦篇》與魯迅《摩羅詩力說》對於文藝價值的認識等等，[62]甚至一系列的關鍵詞也是相同、相通或相似的，如「寂漠」、「華國」、「心聲」、「內曜」、「靈明」，如「獸性愛國」的命題，在很大的程度上，周作人與魯迅有著共同的思想趨向，較之於當時一般的留日中國學生，周作人回歸個體精神

---

[61]　原載《天義報》1907 年 8、9、10 合刊。
[62]　分別見《河南》1908 年 4、5 期，9 期。

的體驗同樣具有一種前所未有的「深度」。

　　然而，正如我們已經反覆論及的那樣，現代中國作家的留日體驗從本質上講是一個綜合性的感受，它並不僅僅就等於留日這一特定時期的文化學習，而屬於既往的所有人生經驗與個人身份體驗在此刻與其他複雜環境因素的綜合性交融。在這方面，周作人身為幼弟與長兄魯迅所承受的遭遇與責任的差異也直接影響了他對日本的感覺，決定了他在不斷接受兄長引領過程之中的細微但卻重要的個體差別。周作人說過：「老實說，我在東京的這幾年的留學生活，是過得頗為愉快的，既然沒有遇見公寓老闆或是警察的欺侮，或是更大的國際事件，如魯迅所碰到的日俄戰爭中殺中國偵探的刺激，而且向初的幾年差不多對外交涉都由魯迅替我代辦的，所以更是平穩無事。這是我對於日本生活所以印象很好的理由了。」[63]我以為，正是這種在魯迅支撐和維持下的相對「平穩無事」的生活讓周作人常常在一種近於閑靜的環境中讀書、寫作和觀看人生世事，他沒有了魯迅作為兄長那樣的焦慮和無處不在的生存壓力，倒是獲得了更多的「進入文化典籍」的心境與條件，也更有機會對此刻的日本作獨特的審美的觀照，並不乏深刻的文化見識。在超越現實的民族衝突與生存屈辱之後，日本的確能夠呈現出其作為「文明古國」那質樸動人的魅力。在周作人開始於此時的異域體驗中，日本純粹作為客觀的文化的內在細節尤其是那些獨具魅力的細節獲得了比魯迅更豐富的體察和展示。胡適讚歎道：「像周

63　周作人：《知堂回想錄》上冊220頁，河北教育出版社2002年版。

作人先生那樣能賞識日本的真正文化的，可有幾人嗎？」[64]因為文化的呼應，留日時期的周作人對日本文學的內在情致的興趣與攝取也比魯迅更為顯著，眾所周知，魯迅除了對夏目漱石「輕快灑脫、富於機智」的文學風格較為欣賞外，其實並沒有直接地盡情投入日本文學世界。用周作人的話來說就是魯迅「對於日本文學當時殊不注意」。[65]周作人一生所選擇的主要文體——小品文卻與日本有著深厚的淵源，「美文」這一概念是周作人 1921 年 6 月 8 日首次在《晨報副刊》上使用的，其出處就是日本。大約在明治二十年（1888）的時候，日本文壇出現了一種對歐化文體的反動之作，浪漫唯美，大量使用典雅的文言，時人稱之為「美文」，有學者考證，周作人在《美文》中對於這一文體的界定與他所推崇的日本作家阪本文泉子的相關論述「非常一致」，[66]對於繼美文之後發展起來的藝術散文——寫生文，他也多有讚賞，「在散文理論上，他多受西洋的影響，舉出英國散文作表率；而在散文創作、特別是小品文創作上，他的情感方式和內在氣質更多地和日本散文，特別是寫生文相通相似，這就形成了周作人的小品文和日本寫生文諸多共同的文體特徵。」[67]

就是日本體驗中這樣一種近於忘情的文化投入與文化

---

[64] 轉引自錢理群：《周作人論》326 頁，上海人民出版社 1992 年版。

[65] 周作人：《關於魯迅之二》，《魯迅的青年時代》130 頁，河北教育出版社 2002 年版。

[66] 參見王向遠：《文體 材料 趣味 個性—— 以周作人為代表的中國現代小品文與日本近代寫生文比較觀》，《魯迅研究月刊》1996 年 4 期。

[67] 王向遠：《文體 材料 趣味 個性—— 以周作人為代表的中國現代小品文與日本近代寫生文比較觀》，《魯迅研究月刊》1996 年 4 期。

認同，似乎是更多地鼓勵了周作人的文化「求同」的思維。與前文所述的表現於文學「直譯」中的求異思維不同，到30 年代中期，周作人承認了自己早年的這種文化求同趨向，他認為當年就是「不把日本當作一個特異的國看，要努力去求出他特別與別人不同的地方來，我只徑直的看去，就自己所能理解的加以注意，結果是找著許多與別人近同的事物。」「我們前此觀察日本文化，往往取其與自己近似者加以鑒賞，不知此特為日本文化中東洋共有之成分，本非其固有精神所在。今因其與自己近似，易於理解而遂取之，以為已瞭解得日本文化之要點，此正是極大的幻覺。」[68]這裏的幻覺就是異域文化與中國古典文化的相通性，周作人當時對日本的親切感受就在於他自以為從中發現了中國古典文化的遺韻。「協和」就是周作人日本體驗的關鍵詞，他說：「我們去留學的時候，一句話都不懂，單身走入外國的都會去，當然會要感到孤獨困苦，我卻並不如此，對於那地方與時代的空氣不久便感到協和，而且也覺得可喜。」[69]

在異域並無孤獨，反而「感到協和」，這是周作人從個體精神狀態出發的體驗「深度」，也是他區別於其他留日中國知識份子的所在。民族壓迫危機的緊張決定梁啟超一代人對於日本的「外部觀察」方式，也決定了魯迅更願意返回自我與內心，「入於自識」的本土深度觀照方式，只有周作人

---

[68]　周作人：《日本之再認識》，《知堂乙酉文編》134、136 頁，河北教育出版社 2002 年版。

[69]　周作人：《日本之再認識》，《藥味集》117 頁，河北教育出版社 2002 年版。

如此「協和」地進入了日本：一方面，他獲得了由無限豐富的異域文化所構成的寬敞的景觀，寬敞的異域景觀帶給了他關於人類文化「共同性」的亦真亦幻的感受，其積極的意義正如錢理群先生所說：「周作人於是開始擺脫從一家一鄉一國一民的角度考察文化的局限，而獲得了一定程度的超越，這一超越，對於現代知識份子是不可或缺的。」[70]另一方面，沒有差別的民族性又混同於沒有差別的「新」與「舊」，影響了他對於文化發展與文學發展的時代個性的體認，這便是迷戀「協和」的他與魯迅的根本差異。

　　作為中國現代文化與文學奠基性建設的一部分，周作人留日時期的文論一方面努力表達著他的新的見地，但這些新鮮的意見也不時與中國歷史文化中既有的意念與概念相互連結，互為說明，而且中國文化與文學的古今溝通也可能與日中文化的認同直接聯繫。相對而言，魯迅則似乎多了一份自己的疑慮，也更傾向於在種種文化的清晰分野與辨析中明確自己的觀念。在這個問題上，周作人的《哀弦篇》與魯迅的《摩羅詩力說》就是一個有意思的對照。一方面，周作人的《哀弦篇》與魯迅的《摩羅詩力說》都屬於開啟中國文藝新時代的重要論著，顯然也具有前文所述的一系列共同指向。但與此同時，我以為它們在細節上的差別也同樣的耐人尋味。比如，周作人是將悲哀意識與人對於生存狀態的自覺相聯繫，從而為人類的「哀音」正名，因為，「蕭條唯何？

70　錢理群：《周作人傳》154、155 頁，北京十月文藝出版社 1990 年版。

無覺悟是。曷無覺悟？無悲哀故。」[71]這裏民族啟蒙之意是顯而易見的，但是，如果我們細細品味，卻又能在「悲哀」這一關鍵詞裏找到其中所包含的對於古老文學傳統的某些認同，例如他軹悼了「哀音」的歷史：「中國文章，自昔本少歡虞之音。試讀古代歌辭，豔耀深華，極其美矣，而隱隱有哀色。靈均孤憤，發為《離騷》，終至放迹彭咸，懷沙逝世。而後世詩人，亦多怨歎人生，不能自已。」這樣的追述自然是不錯的，但是它卻給我們帶來了一個難以解決的困惑：為什麼如此富有「哀音」傳統的中國人卻在近代照樣失去了生存的覺悟？甚至以「瞞」和「騙」的方式來掩蓋生存真相的行為也可以從歷代王朝的「末世」中發現？這是不是意味著「哀音」這一概括本身的某些含混呢？相反，魯迅在《摩羅詩力說》中發掘出來的關鍵性概念「詩力」卻分明是傳統中國所乏而多見於西方意志主義的追求，從西方意志主義的角度來強化我們的民族韌性與抗爭由此成為了魯迅一生的目標。於是，面對傳統的中國文學，魯迅常常「挑剔」地發現其內在的不足，以期不斷激勵起我們創造的責任，至於像周作人所發現的「哀音」，魯迅自然也會有不同的見地。例如，對於屈原，他就特意指出，其創作雖「放言無憚，為前人所不敢言。然中亦多芳菲悽惻之音，而反抗挑戰，則終其篇末能見，感動後世，為力非強。」[72]

「平穩無事」的生活也是周作人廣泛閱讀古今中外的眾

---

[71]　陳子善、張鐵榮編《周作人集外文》上集 61 頁，海南國際新聞出版中心 1995 年版。

[72]　魯迅：《摩羅詩力說》，《魯迅全集》1 卷 69 頁。

多文化典籍的條件。周作人的思想常常就是在閱讀中產生的，他首先是對這些文字與知識的世界發生了濃厚的興趣，而後才「聯繫」到了生存的現實，從留日時期一開始周作人就願意成為學者的周作人，成為學者的周作人開始鍾情於知識的吸取與完善，逐漸對人生世事保持了一種相對的冷靜。魯迅留日時期的閱讀是他尋找人生苦悶印徵的一部分，所以《文化偏至論》與《摩羅詩力說》等作品給人留下深刻印象的並非其中的知識性的梳理與介紹，而是那種不可遏止的生存突進的激動，知識在魯迅文本中更像是浮動於生命之流上的帆船，是那奔湧向前的生命洪流飄送著知識的運行。進入周作人的留日文本，首先映入眼簾的卻常常是作者的閱讀姿態，這裏到處分佈著從中外典籍中拈來的書名、人名與引言，周作人所掌握的知識已經開始形成一個穩定的規範的理性世界，他的現實人生評論是通過這一理性的世界的徐徐展開而傳達的。在這一過程中，作為青年與留日學生的情感「偏至」被不斷克服著。

　　無論魯迅、周作人兄弟的日本體驗有多大的差別，在當時都較一般的留日中國學生更深刻更有遠見，因此這些出現於 1907、1908 年的思考實際上便奠定了他們之於中國文學現代轉換的重大意義：魯迅對於浪漫主義文學、個人意志主義哲學的興趣，對於民族主義的體認與接受，發展起來的是個體的生命意識、感性體驗的形式以及自我與群體與民族的複雜關係的建構，這可以說構成了未來中國新文學生命體驗的基礎之一，代表了中國新文學建設最具有生命活力的創造之源。從魯迅這裏，我們看到了中國文學堅韌的自我掘進的

可能，當然，也會透過生命體驗繁複形式發現其中所包含的深刻的矛盾性主體結構，從某種意義上講，也正是一個飽有了感性生命體驗的魯迅的出現，正是以魯迅為代表的個體生命意識的生長和複雜化的發展最終撐破了梁啟超一代知識份子的國家主義的文化與文學理想，在當時人們所習見的抽象政治意念之外開墾著真正屬於文學的人生與生命的體驗，這便在整體上逐漸形成了中國新文學的寬大的格局。同樣，一個沈醉於現代知識文化接受中的周作人的出現也十分的引人注目，周作人向來對於知識性的書籍興趣更大，性心理學、民俗學、人類文化學、兒童文學、醫學史、妖術史等等代表了中國新文學在理智化、知識份子化、情趣化方向的發展。這樣一個立足於世界文化意義上的知識結構也有效地支持了我們未來的五四新文學運動，在知識的擴充與完善尚沒有到達它脫離人生現實的時候，其積極的價值無疑是十分重要的，五四新文學運動中的周作人正是充分展示了這樣的價值。幾年後，在經過了一段時間的苦悶與壓抑之後，魯迅的文學激情破繭而出，化為了激情的《狂人日記》，而周作人也找到了表達自己新文化信念的理性形式——著名的論文《人的文學》與《平民文學》敲響了中國新文學發展的思想之鐘。在匯入五四中國新文化運動的潮流之後，魯迅兄弟的體驗和思想終於發揮了更大的社會影響，真正開創了中國文學發展的全新的空間。

四、《新生》：孤獨的「深度」

不過，在留日的當時，魯迅兄弟的深度體驗卻並沒有立即轉化成中國文學「別立新宗」的強大動力，這不是因為他們缺乏文學推動的自覺，而是其有意為之的推動竟無法獲得中國同胞的普遍應和，《新生》雜誌的努力及失敗就是這樣。

魯迅兄弟 1907、1908 年的異域思想探求在當時的留日學友中尚不乏某些知音與同道，比如許壽裳。許壽裳是魯迅剛到日本不久就結識的好友。在日本，他們保持了密切的精神交流，彼此有著許多的共識，「神思」、「內曜」曾經是他與魯迅共同的詞語，用以描述他理解中的「興國」理想。在許壽裳看來，個人精神的「自覺」才是「興國」的基礎，所謂自覺，也就是在人生的憂患煩悶中增加自我意識，「覺我之為我也」。他引法國革命為例，指出「佛朗西革命之精神，一言蔽之曰：重視我之一字，張我之權能於無限爾。易言之曰：個人之自覺爾。」[73]這顯然與魯迅「掊物質而張靈明，任個人而排眾數」的思路相通。正是這種小圈子內部的精神共鳴鼓勵他們試圖將自己的思想成果在更大的範圍內傳播，除了借助《河南》、《天義報》這樣的留學界雜誌外，更令人激動的設想便是創辦自己的雜誌，擁有自己的陣地，更自由地發表自己的意見，於是就有了魯迅兄弟和許壽裳、袁文藪等五人共同策劃《新生》雜誌的著名「故事」。我以為，在追蹤魯迅兄弟「深度體驗」的意義上，《新生》雜誌的策劃和最終的失敗都是意味深長的。

---

[73]　許壽裳：《興國精神之史曜》，《河南》4 期。

在一方面，《新生》雜誌的創意充分體現了魯迅等人在日本這個現代民族國家中生成的自覺的「現代文學意識」。在古代中國，詩文創作首先是一種科舉制度的需要，也就是說，中國知識份子確定自身價值的依據首先只能是科舉制度。到了近代，隨著科舉制度的廢除，中國知識份子的思想與寫作才有了直接面向社會的可能，並且這也是重新估量其價值的唯一姿態。如果說，現代大學制度的建立為中國知識份子的思想創造與傳播奠定了基礎，那麼各種民營報刊與出版機構的出現則成為他們自由寫作與自由表達的另一種重要形式。中國的「現代文學意識」理當包含著對於自身自由寫作與思想傳播方式的某種清醒認識。在這個意義上，我以為魯迅等人積極策劃同人雜誌的舉措是大有深意的，它標誌著像魯迅、周作人這樣未來的新文學大家已經有了對於作為一位現代作家的生存與言說姿態的明確體認。

《新生》雜誌最終是流產了。或許我們會這樣猜想：如果《新生》成功了，以魯迅兄弟的探索為核心內容的新思想、新體驗以及圍繞雜誌所形成的文學運動會不會將中國文學全面現代化啟動的時間提前？當然，歷史是很難「猜想」的，透過歷史的遺憾，我們又只能感到魯迅兄弟體驗「深度」的個體性與孤獨性。魯迅、周作人等少數的個體尚不足以完全發起一個有聲有勢的文學運動，中國現代文學時代的真正到來仍然有待於全社會範圍內更普遍的「深度」認同。至少在1907 年前後，中國新文學運動大規模出現的可能性尚未到來，這不僅表現在魯迅他們當時的孤獨處境上，甚至也體現在包括魯迅兄弟開展文學活動的方式中。

作為一個能夠影響全民族的精神運動，除了少數先驅的特立獨行之外，也還需要更大圈子乃至更大的社會範圍內的應和。從這個意義上講，「偏於東瀛」的純粹的域外活動本身也有它一定的局限性[74]，何況就是在當時的日本留學界主要充斥著的是功利主義的空氣[75]，「在東京的留學生很有學法政理化以至警察工業的，但沒有人治文學和美術。」他們的認同圈子是多麼的狹窄，在如此「冷淡的空氣中」，魯迅、周作人能夠「尋到幾個同志」策劃一種純文學的雜誌，這本身就是一件艱難的事情。[76]普遍存在的認知深度上的不協調也為魯迅他們「操作」文學的方式提出了苛刻的要求。應該看到，文學雜誌的創辦與文學活動的開展本身也是一個需要有若干的客觀條件與機遇的事情，所謂「客觀條件」主要是指一個民營雜誌運行所必須的經濟基礎、作者隊伍與讀者群體的團結等等，「機遇」則是能夠對以上諸多條件構成直接與間接支持的其他社會因素出現的時機，在《新生》策劃之前，出現在留日中國學界的對我們的文學轉換影響甚深的幾大雜誌——《清議報》、《新民叢報》、《民報》與《新小說》等基本上都是成功經營的典範，它們在一定的階段中尋

74　在近代思想文化史中，我們看到，所有立足於海外又能夠對中國國內發生重要影響的言論與學說都通過在國內的某一出版或發行機構為中介，如梁啟超的新民說是通過《新民叢報》在日本和國內同時傳播的，章太炎與保皇派的論戰是通過《民報》在海內外傳播的，而《新小說》自第二卷開始就乾脆遷往上海，由廣智書局發行。

75　魯迅：《吶喊‧自序》，《魯迅全集》1卷417頁。

76　魯迅：《吶喊‧自序》，《魯迅全集》1卷417頁。

找到了可靠的資金來源，[77]其他堅持時間不等的留日學生刊
物如《湖北學生界》、《浙江潮》、《河南》、《四川》等
等也都往往是以各省同鄉會為依託，充分利用留學同鄉這一
「天然」的聯繫確立自己的作者與讀者隊伍，融集資金。例
如《浙江潮》由許壽裳主編後，立即便約定了魯迅的述譯《斯
巴達之魂》；而據周作人的回憶，「說河南有一位富家寡婦，
帶著一個獨生兒子過活，本家的人覬覦她的財產，陰謀侵
略，她覺得不能安居，只能叫兒子來東京留學，自己也跟了
出來。她把一筆款捐給同鄉會，舉辦公益事情，一面也求點
保護，這樣便是《河南》月刊的緣由。」[78]相比之下，魯迅
他們所策劃的《新生》則明顯屬於同人雜誌，沒有穩定可靠
的資本，沒有實力雄厚的發行機構，也沒有聯繫廣泛的社團
組織——這都是現代市場形式中文學賴以生存發展的重要
條件——只有激動人心的文藝理想，似乎還是不夠的。新
生，「名目是取『新的生命』的意思」，[79]據許壽裳回憶說，
當時「有人就在背地取笑了，說這會是新進學的秀才呢」。[80]
雖然是取笑，卻也依然反映了魯迅他們的寂寞與尷尬：在當
時的留日學人中，大約還很少有人能夠獨立於博大悠久的中
國傳統與朝氣蓬勃的西方文化之外，以全新生命創造為自己

---

[77] 旅日華僑和保皇黨經營的譯書局曾經是梁啟超報刊運作的主要資金來
源，《新小說》後來則有上海廣智書局介入，《民報》依託中國同盟
會在海內外的廣泛影響，讀者眾多，幾乎每一期都有再版。

[78] 周作人：《知堂回憶錄·河南——新生甲編》，《知堂回憶錄》255
頁，河北教育出版社2002年版。

[79] 魯迅：《吶喊·自序》，《魯迅全集》1卷417頁。

[80] 許壽裳：《亡友魯迅印象記》21頁，人民文學出版社1977年版。

的現實目標，人們很容易理解「清議」、「鵑聲」、「漢幟」、「遊學譯編」之類的稱謂，而這「新生」，對絕大多數人而言都仿佛是一個陌生的名目，能夠進入其認知範圍的恐怕也就是「新進學的秀才」之類了！不僅知音寥寥，就是在參與者這裏，現實生存與文學理想之間的對立也依然存在，於是，後來的流產也算不得有多麼奇怪了。在現代複雜而廣闊的生存環境中，個體的沈思冥想與自言自語畢竟影響有限，市場形式與出版媒介之於文學的發生發展是必不可少的。於是，新文化與新文學的產生也的確需要我們文學家們的適當形式的推動、傳播與組織。《新生》的失敗似乎告訴我們，在不能直接滿足世俗需要的時候，現代中國知識份子推行自己的文學新理想還需要一定的經驗積累，而歷史的現實運動也不僅僅就是個別人「深度」體驗的結果，更廣泛的「深度」認同仍然需要時間的耐性。

所幸的是，魯迅他們賦予中國文學以「新的生命」的意願本身並沒有就此放棄，因為「所想要翻譯介紹的小說，第一批差不多都在《域外小說集》第一、二冊上發表了，這是1908 至 1909 年的事，1908 年裏給《河南》雜誌寫了幾篇文章，這些意思原來也就是想在《新生》上發表的。假使把這兩部分配搭一下，也可以出兩三本雜誌。」[81]也就是說，作為雜誌形式的《新生》儘管未能問世，但魯迅兄弟（也包括許壽裳在內）為這份雜誌所準備的思想與藝術——關於未來中國文學與中國文化發展的種種思考，關於未來中國新文學

---

[81] 周作人：《魯迅的故家》307 頁，河北教育出版社 2002 年版。

發展所需要的異域資源──卻已經相當的可觀了，這些思想與藝術的資源在經過了七八年的潛伏之後，終於匯入了五四新文學運動的大潮，成為中國文學「別立新宗」的重要淵源。

第四章

立場與格局的嬗變

——從《甲寅雜誌》到《新青年》的思想經驗

　　在質疑了以政治宣傳為中心的文學啟蒙之後，中國國內的文學新潮卻並不那麼的理直氣壯，在超越了早期留日知識界的群體民族主義思潮之後，魯迅等少數留日學生的中國文學的「新生」追求卻又未能造成更大範圍內的普遍自覺，形成有效的社會性的文學運動與文學思潮。中國本土新的文化資源的匱乏和異域體驗的普遍深度的欠缺都拖延著中國文學全面自新的步伐，中國新文學的全面開創還有待時代的機遇與文學先覺者們多方面的才華。順著這樣的背景我們意識到，歷史賜予中國文學新生的真正時機還是「五四」，是五四《青年雜誌》（《新青年》）同人在中國本土開闢了文學發展所需要的廣闊的思想空間，也是五四為新的文學思潮的出現、新的文學運動的發起、新的文學作品的誕生提供了良好的文學媒介形式、成功的市場化經驗。而五四思想開拓的歷史，其實又可以追溯到日本的《甲寅雜誌》，是以《甲寅雜誌》為起點，以《新青年》為高潮的思想與文學的全面拓進最大範圍地帶動了一切新文學的資源，揭開了中國文學的

嶄新的一頁。從《甲寅雜誌》到《新青年》，又延續著一段重要的日本經驗。

那麼，這一切的轉換究竟是怎樣發生的呢？

一、《甲寅》月刊與現代民族國家體驗的嬗變

即使是魯迅兄弟出現以後，留日中國知識份子普遍的日本體驗還固守在民族國家建設的層次上，儘管這樣的民族國家意識也出現了從「維新」到「革命」的發展演變。從這個意義上看，要根本改變這一頑固的國家主義的「體驗」方式，還得重新返回到民族國家建設所依據的社會政治思想本身，只有在這一層次上發生了思想的裂變，只有新的社會政治觀念得以進入，才能從根本上改變人們思想認知的方式，最終形成中國文學現代轉換所需要的「立場」與「格局」。

於是，我們看到，進一步的嬗變還是首先出現在社會政治的觀念上。回顧近現代中國的歷史，儘管政治給文學的損害十分明顯，但也必須注意到，在從封建專制主義向現代社會的轉化過程中，如果沒有社會政治觀念的變遷，沒有文化專制主義思想的進一步削弱，一個普遍的廣泛的文學革新運動是不可能發生的。

1911 年辛亥革命發生之前，影響中國學界日本體驗的主流政治理念來自維新派與革命派，他們雖然也各有不同，但卻常常又有一個共同的立場，即是從族群的社會的與國家的角度來思考現實，他們相信現代中國民族國家的建設根本就是一個整體利益的問題，而整體目標的解決也就是個人的

現實要求的達成。我們說過，正是這樣一個排斥了個人的立場導致了文學創作中濃厚的政治功利性，又是這樣的政治功利性妨礙著中國文學在通達個體精神的道路上完成根本性的歷史轉折。但是，這樣的社會政治觀念在辛亥革命之後發生了引人注目的變化。

在推翻封建王朝、完成民族國家的「整體」革命以後，一個自由平等、保障人權的新中國並沒有降臨，袁世凱倒行逆施的專制政治擊碎了中國知識份子理想中的自由與幸福，「自從1912年袁世凱取得政權，一直到1919年『五四』運動以前，短短7年的時間裏，一切內憂外患都集中表現出來，比起過去70年的憂患的總和，只有過之而無不及。」[1]面對這樣的政治亂局，一批遭遇了變亂又敏於思考的知識份子不得不承認，那種將個人幸福寄託於國家政治整體追求的理想無疑是失敗了，現代中國文化的發展決非是一個民族與群體的籠統問題，它必須要切實地返回到對個人權利、地位與民主自由的實現中去。同當年康有為、梁啟超作為百日維新的失敗者而流亡日本一樣，一批因為政治失敗而流亡日本的知識份子又在民國初年出現了：因為政治理想的不同他們成了新專制主義的反對派，又因為國內專制統治的殘酷而不得不充當亡日人士，像戊戌變法失敗後的康有為、梁啟超那樣避禍東瀛，暫借日本的自由空間來反思過去、設計未來。只是，在歷經了近代政治的風雲變幻之後，他們已經不再如康有為、梁啟超一樣將個人的命運簡單交付給空洞的國家主

---

[1]　范文瀾：《中國近代史的分期問題》，《社會科學戰線》1979年1期。

義理想，現實的深刻教訓迫使他們必須對個人與國家的關係作重新的思考和定義，這批知識份子中最引人注目的是民國初年的政治流亡者章士釗與陳獨秀。

章士釗先後留學日本與英國，系統考察學習了西方特別是英國的政治體制與政治學說，受辛亥革命感召歸國，1912年在上海任同盟會機關報《民立報》主編，宣傳以英國為典範的政黨模式與政治制度。早在 1902 年春，當時尚在南京陸師學堂求學的章士釗就結識了從日本回國演講的陳獨秀。1903 年，上海《蘇報》被封，章、陳等人創辦《國民日日報》，以承接其批評時政之理想，由此而友誼篤深。辛亥革命以後，兩人都投入了反對袁世凱的「二次革命」，革命失敗，他們先後又都流亡日本。此時的日本，又如同百日維新失敗之後一樣，再次成了中國政治家的流亡之所與反思之地。逐漸地，在原本就聲威卓著的章士釗、陳獨秀周圍，匯集了一大批的思想者，他們或者是流亡的知識份子，或者就是留日或曾經留日的學生與學者，前者如易白沙、劉文典，後者如李大釗、高一涵、吳虞、吳稚暉、楊昌濟、張東蓀等等，因為章士釗 1914 年 4 月主編《甲寅》雜誌的關係，他們都有了思考與表達的機會。陳獨秀、易白沙、高一涵等應邀參加編輯工作，李大釗也在後來一度參加了上海《甲寅》月刊的編輯。

在一般的文學史論著裏，章士釗、《甲寅》雜誌與五四新文學運動的關係是逆向意義的，即章士釗是反對新文學運動的保守主義的代表，《甲寅》雜誌就是保守主義的大本營。這些結論顯然主要是根據章士釗後來在北洋政府任職、《甲

寅》以周刊形式在京復刊以後的種種表現，它基本上忽略了章士釗這樣的流亡知識份子在日本的實際的體驗、表現與影響，畢竟，此時此刻的章士釗並不是反對文學變革的守舊形象，當然更不是後來壓制學生運動的「老虎總長」。《甲寅》月刊雜誌刊登的文學作品雖然屬於舊體，但當時也不存在與新文學對抗的問題，何況文學並非它討論的重點，政治文化才是它檢討的目標，而就是在對近代至民國初年的政治思想的反思當中，章士釗和《甲寅》月刊同人實際上重新調整了個人與國家的基本關係架構，從而為確立未來五四新文學的基礎立場──個人主體立場從現實政治思想的意義上打開了通道。

　　章士釗一度也是國權論的闡述者，他以邊沁的法定民權說為根據，質疑盧梭的天賦人權論，對民權的「幼稚叫囂」擔心不已，以為國人因此而「篤為玄想，習為放縱」。[2]然而，正是民國以後的專制復辟給了他深刻的教訓，《甲寅》月刊時期的章士釗完成了從早年倡導國權到倡導民權的重要轉變。

　　因為與同盟會政治主張的分歧，章士釗最初是在國內自辦《獨立周報》，表達了他對當時政治的失望，「人心不革，則無論何種政治，不能救我中華」。反袁革命失敗，章士釗流亡日本，於 1914 年 5 月主編出版了《甲寅》雜誌，成為《新青年》雜誌問世以前西方文化思想在中國的一個主要傳播陣地。民主政治是章士釗這一時期探討的基本內容。值得

---

[2]　行嚴：《平民政治之真詮》，《民立報》1912 年 3 月 12 日。

注意的是，章士釗此刻對於國家與個人關係的認識已經與一般的革命人士大有不同，「同盟會─國民黨在民初號稱『民權黨』，但它所指的『民權』實際是人民的公權，即人民的參政權，並且將參政權簡化為議會的權力；而人民的私權，實際並未納入其視野。」[3]章士釗一度也曾經是「國權高於民權」的國權主義者，但就是經過這個時期對國內亂局的反省，他認識到在中國，恰恰是「行私者每得託為公名以相號召，抹殺民意以行己奸，毀棄民益以崇己利」，[4]「中國之大患在不識國家為何物，以為國家神聖不可瀆」。[5]於是他一改前議而成為了個人權利與自由的積極倡導者，「凡關於權利欲望之種種主張，直主張之，無所容其囁嚅，無所容其消阻。」[6]《國家與責任》、《復辟評議》、《愛國儲金》、《國民心理之反常》是他圍繞這一問題所發表的重要論著。在這裏，頗有象徵意味的是章士釗一出手就將嚴復選作了自己的理論對手。《民立報》時期的章士釗對盧梭的「天賦人權」說還頗有疑慮，而現在，當他讀到嚴復對盧梭人權思想的指責時，卻挺身而出予以辯駁，這就是他發表在《甲寅》創刊號上那篇著名的《讀嚴幾道民約平議》。嚴復的原文《民

[3]　鄒小站：《章士釗〈甲寅〉時期自由主義政治思想評析》，《近代史研究》2000 年 1 期。

[4]　章士釗：《自覺》，《甲寅雜誌存稿》卷上，313 頁，商務印書館 1922 年版。

[5]　章士釗：《國家與我》，《甲寅雜誌存稿》卷上，340 頁，商務印書館 1922 年版。

[6]　章士釗：《自覺》，《甲寅雜誌存稿》卷上，320 頁，商務印書館 1922 年版。

約平議》發表在梁啟超新辦的雜誌《庸言》上，嚴復、梁啟超是中國知識份子中極具影響的啟蒙前驅，章士釗《甲寅》創刊號上的這一公開的辯駁可以說就是一種標誌：新一代的中國知識份子已經從自己的現實體驗出發劃開了與前一代思想家的距離，由此，中國近現代的思想文化進入到了一個新的層面。如果說關於「個人」本位的思考能夠在六七年前出現在魯迅等人那裏畢竟還是鳳毛麟角的話，那麼，今天，在現實政治的教訓之下則成為了眾多知識份子的共識，這就是推動中國現代文化形成、灌注於現代文學內核的理性精神，也是六七年前試圖超越政治小說而起的中國本土的文學創作所欠缺的新的思想能量。

　　章士釗和他的《甲寅》雜誌就是在這一思想層面上將許多中國知識份子團結起來的。例如李大釗曾經以熱切的目光關注著章士釗和他的雜誌，在 1914 年致章士釗的信中，他寫道：「僕向者喜讀《獨立周報》，因於足下及所率群先生，敬慕之情，兼乎師友。」「得《甲寅》出版之告，知為足下所作，則更喜，喜今後有質疑匡謬之所也。」[7]李大釗後來成了《甲寅》月刊的重要作者。據《甲寅》月刊發行人、亞東圖書館老闆孟東鄒日記記載，《甲寅》雜誌的單行本與合刊在上海購者甚眾，供不應求。[8]《吳虞日記》告訴我們，即便是當時成都這樣的內陸城市也有許多讀者爭相閱讀《甲寅》月刊，吳虞也成了雜誌的作者，[9]一時間，《甲寅》月

---

[7]　李大釗：《物價與貨幣購買力》，《甲寅》月刊 1 卷 3 號。
[8]　參見汪原放：《回憶亞東圖書館》29 頁，學林出版社 1983 年版。
[9]　吳虞：《吳虞日記》，四川人民出版社 1984 年版。

刊竟成為了中國知識份子檢討近代以來政治革命與民族革命目標，重新判定個人與國家、民族相互關係的思想策源地。

雜誌每期的重頭戲由論著、時評、評論之評論、論壇、通信等幾個部分組成，既有個人的政治立論，又有對當前國家政治形勢與方針政策的評價，也有對西方政治制度、政治理論的介紹，在所有這些內容之中，都貫穿了一代中國知識份子對民主、憲政與人權的呼喚。高一涵提出「國家者建築於人民權利之上」[10]，張東蓀將「人民獨立自強」作為「第一問題」[11]，吳虞反孔非儒的詩歌《辛亥雜詩九十六首》發表在《甲寅》月刊1卷8號。其他作者的代表作如白沙《廣尚同》、漸生《愛蘭國民黨》（1卷3號）、汪馥炎《輿論與社會》（1卷4號）、勞勉《論國家與國民性之關係》、CCY生《改良家族制度箚記》（1卷6號）、運甓《人患》（1卷8、9期）、無涯《道德進化論》（1卷10期）等。

章士釗當時主張政治應當「有容」，「有容」的政治思想也形成了他「有容」的辦刊宗旨，這在當時也的確鼓勵了像陳獨秀等人比較激進的捍衛個人自由權利的思想主張。與當時的許多知識份子一樣，陳獨秀也曾是梁啟超學說的受惠者：「讀康先生及其徒梁任公之文章，始恍然於域外之政教學術，粲然可觀，茅塞頓開，覺昨非而今是。」[12]但在日本留學又流亡的經歷、繼而輔佐章士釗編輯《甲寅》的他卻終於有了新的思想認識，《甲寅》1卷4期推出了陳獨秀著名

---

[10]　高一涵：《民福》，《甲寅》月刊1卷4號，1914年11月。

[11]　張東蓀：《行政與政治》，《甲寅》月刊1卷6號，1915年6月。

[12]　陳獨秀：《駁康有為致總理書》，《新青年》2卷2號。

的《愛國心與自覺心》，文章激進地高舉個人的權利，與曾
經盛行一時的國家主義思想形成尖銳的對抗：「人民何故必
建設國家，其目的在保障權利，共謀幸福，斯為成立國家之
精神。」「愛國者何？愛其為保障吾人權利謀益吾人幸福之
團體也。」甚至認為：「國家者，保障人民之權利，謀益人
民之幸福者也。不此之務，其國也存之無所榮，亡之無所惜。」
就是這篇論文在當時的中國學界引起了軒然大波，決定著五
四思想主潮的論說實際上是借著日本這一言論自由的空間
在完成著與傳統思想的一次至關重要的交鋒。當許多讀者紛
紛給編輯部來信斥責陳獨秀的言論時，作為主編的章士釗親
自撰文予以辯護，他發表《國家與我》一文將陳獨秀的合理
性歸結為「解散國家」、「重建國家」的愛國意識，是對於
「偽國家主義」的自覺，同時主張發揚人格獨立精神，「顛
覆本族之僭暴者」，建立可愛的新國家。[13]李大釗在《厭世
心與愛國心》中雖然不同意陳獨秀「惡國家不如無國家」的
消極情緒，但也表示：「我需國家，必有其的，苟中其的，
則國家者，方為可愛。」李大釗還根據柏格森的「創造進化
論」提出，人生主要的價值在於一種創造力，這種創造力也
是他作為宇宙主宰的獨立的人所必備的品格。「國家之成，
由人創造，宇宙之大，自我主宰。」

　　五四前夕，中國知識份子借助日本這一言論空間，展開
了關於個人與國家、民族發展的新的考察和論戰。考察與論
戰的成果完善了以個人獨立自由為核心的現代性的思想方

---

[13]　秋桐：《國家與我》，《甲寅》月刊 1 卷 8 號。

案，正是這些方案成為了五四新文化與新文學的基本思想資源，也正是這樣的考察與論戰催生了像陳獨秀、李大釗、高一涵這樣的新文化大將。《青年雜誌》評述《甲寅雜誌》是「輸入政治之常識，闡明正確之原理，且說理精闢。」[14]

陳獨秀是在反袁革命失敗後不得不流寓域外的，據說他一度「窮得只有件汗衫，其中有無數蝨子」。[15]我以為，恐怕也就是這樣的體驗提醒著人的「個體」生存的事實，從而為陳獨秀和他的流亡同志重新定位個人的權利與價值以真切的啟示。於是，我們這裏特意提醒大家留心一下《甲寅》月刊的文學動向，儘管在此時文學並非雜誌關注的要點。但是，新的思想理當為文學的感悟場域開闢新的空間，何況此刻的新思想並不是邏輯演繹的結果，它本身就是現實人生的經驗小結。我們有必要注意到，就是從《甲寅》月刊時期開始，陳獨秀對蘇曼殊的愛情小說大加褒獎。《甲寅》1卷7期發表蘇曼殊的新作《絳紗記》，1卷8期又發表了《焚劍記》，在同時發表的評論文字之中，陳獨秀著重突出的是文學的人生況味，從而於前一代知識份子的政治功利主義文學觀劃開了界限。例如他對蘇曼殊的小說愛與死的主題有相當深入而細緻的感悟：「知人生之真，使不即得，不死何待？」這番語言大約能證明他就是蘇曼殊的知音，「人生最難解之問題有二，曰死，曰愛。」他還引王爾德的劇本《薩爾美》為例，表達了對以死為結局這一愛情至上觀念的讚賞。[16]面

---

[14]　《通訊》，《新青年》1916 年 10 月 2 卷 2 號。

[15]　傅斯年：《陳獨秀案》，《獨立評論》第 24 號。

[16]　陳獨秀：《〈絳紗記〉序》，《甲寅》1 卷 7 期。

對近代中國文學政治壓倒私情的傳統，面對梁啟超一代人「勿為情欲之奴隸」的諄諄教誨，陳獨秀的這番感慨已經透露出了基於個人主體立場的新的文學意識，他對於蘇曼殊文學價值的發現也是頗有遠見的。

　　過去我們往往將善於「言情」的蘇曼殊作品歸入鴛鴦蝴蝶派，近些年來又注意到了他所揭示的「全球化時代個人身份認證的困惑體驗」[17]，其實，如果放在我們這裏所追述的中國新文學的發生史角度，蘇曼殊作品的獨特意義同樣十分的顯赫：顯然，蘇曼殊在亦革命家亦僧人亦多情才子「多重身份」間矛盾徘徊的事實，實際上也就意味著他很難再將自己定位於某一既有的角色與傳統之中了——「言情」是他飄零人生的歡息而非生命的質地，鴛鴦蝴蝶派「言情之正」的「正」對於蘇曼殊而言完全是不倫不類，在革命家慷慨激昂的吶喊與佛家的離塵出世之間，是一個苦苦追問「自我」存在秘密的生命，就像近代中國的革命志士所體現的是一種不屈掙扎的現實關懷，近代中國的佛學思潮流瀉著一種自我再認的「反傳統」追求一樣，這樣的生命的自覺也正是掙脫傳統主流人生哲學，渡向現代文明的重要表現。留日學界、佛門高僧、南社同人、異域親友與風塵女子，蘇曼殊穿梭於各種階層各種角色之間卻又傲然獨立；言情、漂流與迷惑，蘇曼殊作品包含著傳統中國文學所沒有的「個人本位」立場，體現了一個充滿自我意識的個體對現實人生意義的探詢和

---

[17]　參見王一川：《中國現代性體驗的發生》第八章，北京師範大學出版社 2001 年版。

求證。後來錢玄同也認為：「曼殊上人思想高潔，所為小說，描寫人生真處，足為新文學之始基乎。」[18]

　　章士釗也在《甲寅》上發表了小說《雙秤記》，用作者的說法就是「今所得刺取入吾書者，僅於身歷耳聞而止。」強調「身歷耳聞」的人生體驗，這當然就與空洞的政治小說不同了，作者接下來還進一步表示：「然小說者，人生之鏡也，使其鏡忠於寫照，則留人間一片影。此片影要有真價，吾書所記，直吾國婚制新舊之交接之一片影耳。至得為忠實之鏡與否，一任讀者評之。」[19]

　　探討中國文學的新路並非《甲寅》雜誌的主旨，但由思想的更新而帶來文學趣味的變遷似乎又是順理成章的事情，前述陳獨秀、章士釗對於蘇曼殊的推崇以及他們本人的文學片論都是證明。有意思的是，1915 年 10 月，《甲寅》雜誌的停刊號上登載了《申報》駐京記者黃遠庸致編者章士釗的信，似乎正是洞見了《甲寅》雜誌以「政論」為主體的思想文化過渡，預言了《新青年》在未來的選擇，在信中，黃遠庸提出：「愚以為居今論政，實不知從何說起。」「至根本救濟，遠意當從提倡新文學入手。」[20]

二、《新青年》的思想立場與中國新文學的開端

　　中國現代思想文化的再一次推進與《甲寅》雜誌的編輯

---

[18] 見戴水如編《陳獨秀書信集》97 頁，新華出版社 1987 年版。
[19] 見《甲寅雜誌》1 卷 4 期。
[20] 黃遠庸：《釋言》，《甲寅雜誌》1 卷 10 號。

陳獨秀密切相關。從某種意義上說，《青年雜誌》的創辦就是陳獨秀對《甲寅》雜誌業已形成的思想資源與作者資源的再組織與再優化，《青年雜誌》的誕生和發展在很大的程度上得益於由《甲寅》月刊而來的日本因緣。除陳獨秀外，《甲寅》月刊幾位編輯——高一涵、易白沙也都重新聚集到了《青年雜誌》，這都得力於陳獨秀的人緣與盛情，例如高一涵，他本來是日本明治大學政治科的學生，受章士釗吸引而成了《甲寅》月刊編輯，由此與陳獨秀相識。1915 年陳獨秀回上海創辦《青年雜誌》，首先就向他約稿。為此，高一涵回憶說：「余時已到日本三年餘，為窮所迫，常斷炊。獨秀約余投稿，月得十數元稿費以糊口。」[21]高一涵於是成了《青年雜誌》最積極的撰稿人，後來更成為《新青年》著名的六編委之一。就這樣，眾多《甲寅》作者也都開始滙聚到了《青年雜誌》，如劉文典（叔雅）、李大釗、吳虞、吳稚暉、蘇曼殊、楊昌濟、程演生等等。其中高一涵、易白沙、劉文典加上高語罕和謝無量可以說就是《青年雜誌》初創時期的第一批骨幹作者。後兩位一是陳獨秀《安徽白話報》的編輯，一是陳獨秀《國民日日報》的編輯，而他們又都先後留學過日本，也就是說，陳獨秀首先是匯聚了以《甲寅》月刊為主體、輔以自己的其他文化通道的作者隊伍，而且他們都有著共同的留日出身。以後，隨著刊物的發展特別是陳獨秀社會關係與社會職業的變化，其作者隊伍也隨之而不斷壯大，特

---

[21]　高一涵：《李大釗同志略傳》，《中央副刊》（武漢），1927 年 5 月23 日。

別是 1917 年 1 月，陳獨秀受蔡元培之請，擔任北京大學文
科學長，《青年雜誌》（從第 2 卷起已經改名為《新青年》）
的作者骨幹轉換為以北京大學教員與學生為主體，如胡適、
劉半農、蔡元培、錢玄同、沈尹默、沈兼士、陳大齊、周作
人、魯迅（1920 年 8 月起）、朱希祖、杜國庠等，值得一
提的是，這裏提及的北大教員除胡適、劉半農、蔡元培外多
半也都有過留學日本的背景，加上既是《甲寅》舊友又任職
於北大的高語罕、李大釗、楊昌濟、章士釗，以及其他留日
知識份子如潘贊化、謝無量、汪叔潛、馬君武、陶履恭（孟
和）、光升等，《青年雜誌》中流淌的「日本因緣」十分明
顯。這裏一方面自然與當時中國知識份子的留日比例有關，
但從另一方面看，恐怕也正是留日群體對當下中國社會政治
的切近體悟與思考與《青年雜誌》的批判性目標有了更自然
的契合。

　　陳獨秀離日返滬創辦《青年雜誌》，就是要按照自己的
理解推進和調整《甲寅》月刊的文化追求。他稱雜誌「批評
時政，非其旨也。」其實就是將《甲寅》月刊時期的政治中
心轉換為以思想文化為中心，基點則是抱定要「改造青年之
思想，輔導青年之修養」，「蓋欲與青年諸君商榷將來所以
修身治國之道」。[22]特別是在《青年雜誌》更名為《新青年》
之後，這一追求就更加明顯了。《青年雜誌》自 1916 年 2
卷 1 期開始更名為《新青年》，當期就有陳獨秀的《新青年》、
李大釗的《青春》兩文激揚新生的生命。另據筆者統計，從

---

[22]　《青年雜誌・社告》，《青年雜誌》1915 年 9 月 1 卷 1 期。

1915 年 9 月《青年雜誌》創刊到 1926 年 7 月《新青年》終刊，該雜誌發表的以「青年」為標題的論說、文學創作、翻譯、讀者論壇等文字就有 34 篇，尤其是處於初創階段的前三卷雜誌（1915 年 9 月到 1917 年 8 月），幾乎每期都有關於「青年」意義的闡釋，有時一期還多達三四篇，如 1 卷 1 期有三篇：陳獨秀《敬告青年》、高一涵《共和國家與青年之自覺》、譯作《青年論》；2 卷 2 期有四篇：吳稚暉《青年與工具》、劉叔雅《歐洲戰爭與青年之覺悟》、謝鴻《法國青年團》、李平《新青年之家庭》等等。這說明，《新青年》雜誌是決心將新的文化觀念傳播到新一代的中國人當中，《新青年》同人決心通過青年一代的思想認同為中國的未來建立一種新的思想與文化。

那麼，這種新的思想文化的基礎何在，或者說新一代中國人的新的思想認同的基點是什麼呢？在《青年雜誌》創刊之初，陳獨秀開宗明義有《敬告青年》六條，作為基礎的第一條便是「自主的而非奴隸的」，他提出：「獨立自主之人格以上，一切操行，一切權利，一切信仰，唯有聽命各自固有之智慧，斷無盲從隸屬他人之理。」[23]這其實就是陳獨秀《甲寅》月刊時期所確定的個人立場。

不僅是作為主編的陳獨秀將「個人」的「主義」帶入了新的刊物，其他深受《甲寅》月刊「人權」、「個體」、「自由」思想浸潤的作者也一同闡發著以「個人」為基礎的新文化追求。與《甲寅》月刊不同的是，《青年雜誌》（特別是

---

[23]　陳獨秀：《敬告青年》，《新青年》1 卷 1 號。

成為《新青年》以後）將思考從政治意義的「權利」轉向了文化意義的「人生」與「信仰」。人的道德重建與精神重建問題成為了這一時期的中心話語。

《新青年》同人以各自的方式闡述著新一代中國人（新青年）所應當具有的「個人」主體立場，努力建構以「個體」、以「自我」為出發點的「新文化」思想系統。《甲寅》月刊的老作者如陳獨秀、高一涵、易白沙在《青年雜誌》（多在第1卷）尚有不少關於政治民主的文章發表，但與《甲寅》月刊時期比較，他們的議論更像是在觀念的層次上進行：「試看陳獨秀、高一涵等人在《新青年》（包括其前身《青年雜誌》）上刊載的推崇西方激進民主的文章，便會發現，他們議論的重點並不在共和國體、議會政治等民主的結構性、操作性層面，而在『民權平等』、『主權屬於人民』之類高調民主理念。」[24]在這裏，政治民主的意義主要不再是一個「國體」、「政體」的問題，而是與個人人生意義的尋找、與自我的自由追求相聯繫，倡導個人的權利也主要不是批判「偽國家主義」，而是要將個人的人生價值從宏大的「國家」目標中剝離出來，例如高一涵提出：「人民、國家有相互對立之資格」，「國家者，非人生之歸宿，乃求得歸宿之途徑也。」「今吾國之主張國家主義者，多宗數千年前之古義而以損己利國家為主，以為苟利於國，雖盡損其權利以至於零而不惜。」[25]在另一篇《共和國家與青年之自覺》裏，他又為個

---

[24] 馮天瑜：《〈新青年〉民主訴求之特色》，《北京大學學報》1999年4期。

[25] 高一涵：《國家非人生之歸宿論》，《青年雜誌》1卷4號。

人的自由與「小己主義」正名:「道德之根據在天性,天性之發展恃自由,自由之表現為輿論。」「社會集多數小己而成者也。小己為社會之一員,社會為小己所群集,故不謀一己之利益,即無由致社會之發達。」[26]易白沙專題討論了「我」的意義及其與「國家」、「世界」之關係:「有世界矣,有國家矣,斯不能無我以為之主人。」「西方哲人所以能造化世界、造化國家者,無他,各自尊重起其我而已矣。」[27]此外,吳虞抨擊傳統禮教對於人的損害,高呼:「到了如今,我們應該覺悟:我們不是為君主而生的!不是為聖賢而生的!也不是為綱常禮教而生的!」[28]李亦民《人生唯一之目的》為「為我主義」正名,提出「以我身為中心,不為外界所驅使。」[29]李大釗以《青春》、《「今」》、《新的!舊的!》等激情四溢的文章激揚新的創造精神[30],此外,「個人主義」的易卜生、尼采、柏格森的生命哲學、叔本華自我意識學說以及所謂「美國人的自由精神」、「歐洲戰爭與青年覺悟」等等也作為西方個人與自我思想的重要內容在雜誌上獲得了相當的介紹。

　　人的道德重建與精神重建問題成為了《新青年》的中心話語,這就為包括文學在內的其他精神創造開闢了一個自由寬闊的基地。在《甲寅雜誌》上就已經出現過的蘇曼殊此時

---

[26] 高一涵:《共和國與青年之自覺》,《青年雜誌》1卷1號。

[27] 易白沙:《我》,《青年雜誌》1卷5號。

[28] 吳虞:《吃人與禮教》,《新青年》6卷6號。

[29] 李亦民:《人生唯一之目的》,《青年雜誌》1卷2號。

[30] 分別見《新青年》2卷1號、4卷4號、4卷5號。

又被陳獨秀引入了《新青年》，其小說《破簪記》在 2 卷 3 號、4 號上連載，陳獨秀繼續從表現人生與自我人性真實的角度對它大加肯定。自 1917 年 1 月出版的《新青年》2 卷 5 號開始，更公開打出新文學革命的大旗，連續發表了早已為我們的文學史所一再引述的諸多言論與作品，至於一年以後的 4 卷 1 號開始使用白話和新式標點，接著又是全面的白話的實現——這已經是新文化與新文學的充分自信的標誌了。在這裏，我以為有必要注意一點，即無論這些言論的理性自覺有多少的差異，也無論這些文學作品的實際成就還有怎樣的參差，它們那或顯或隱的「個體」本位立場卻是前所未有的。陳獨秀的《文學革命論》等著名的五四戰鬥檄文，都一再將因襲、復古這些喪失個性化創造的現象作為文學革命的對象，也認定「貴族文學」之弊就在「藻飾依他，失獨立自尊之氣象」。周作人《人的文學》作為五四新文學運動的理論旗幟　，他所謂的「人」就是個體的人，用他的話來說，就是「一種個人主義的人間本位主義」，「要森林盛，卻仍非靠各樹各自茂盛不可。」「人愛人類，就只為人類中有了我，與我相關的緣故。」有了個人，有了「我」，也才有了人生的各自不同的意義，而我們也才有了以記錄人生為目的（而非宣傳政治理想為目的）的新的文學。周作人說：「用這人道主義為本，對於人生諸問題，加以記錄研究的文字，便謂之人的文學。」——在五四文學白話的「新鮮」形式的背後，是整個思想基點的根本改變。其他，如初期白話

新詩一反中國古典消泯意志的意境追求，開始將個人的「主觀意志」作為表述的對象，[31]「問題小說」的出現表明一個有理想有個性的人的生存形態成為了小說家關注的主體，《新青年》「隨感錄」欄目對現代散文的拓新是以強化作家批判社會與傳統的個性來實現的。正如郁達夫所說：「五四運動的最大的成功，第一要算是『個人』的發現。從前的人，是為君而存在，為道而存在，為父母而存在的，現在的人才曉得為自我而存在了。我若無何有乎君，道之不適於我者還算什麼道，父母是我父母；若沒有我，則社會、國家、宗族等哪裡會有？」[32]

在個體與個體之間，在不同的「自我」之間，差異性的存在是絕對的，這實際上帶來了五四新文學的多種可能性。我們注意到，無論是過去對「五四」的無條件謳歌還是近年來連續不斷的質疑都有一個共同的特點，即都是將五四新文學（乃至此前的整個現代文學的「發生期」）視作一個彼此沒有分別的現象，一毀俱毀，一榮俱榮。其實，從晚清到「五四」，從「五四」的理論到創作，從這位作家到那位作家，恰恰是一段相當複雜的存在，其間輾轉變遷、氣象萬千，已足以讓我們目不暇接了。

例如，我們固然可以將晚清到「五四」的文學發展統一到「現代民族國家建設」的宏大目標中來，然而，問題在於，

---

[31]　參見拙作《中國現代新詩與古典詩歌傳統》，西南師範大學出版社 1994 年版。

[32]　郁達夫：《〈中國新文學大系〉散文二集導言》，良友圖書公司 1935 年版。

單純的民族國家理想已經不能解釋從梁啟超到陳獨秀、魯迅的思想立場的變遷了。歷史的事實是，《新青年》一代人的思想立場恰恰是對晚清一代的否定，正是因為《新青年》一代人對早期國家主義立場的質疑和批判，才使得「五四」時期對日本體驗的發掘有了普遍的深度，並且從體驗異域的深刻演化為體驗中國的深刻，中國現代文學至此而獲得了一個新的起點。再如，近年來我們又將五四新文學概括為「激進的反傳統主義」與「文學的功利主義追求」等等，其實，在「五四」這樣一個如此強調自我與個性的時代，其文學差異性的一面其實本身就是十分豐富的，同為《新青年》同人，其思想的相似並不能成為其文學一致的理由，甚至也不能用作家自己的理論宣言的明晰性去取代其創作的實際複雜性，例如從陳獨秀「決不容反對者有討論之餘地」的激進中推導整個新文學創作的「數典忘祖」；[33] 或者認定魯迅的《狂人日記》就是以「吃人」的寓言偏激地概括了民族傳統，我認為《狂人日記》的「吃人」寓言固然是五四新文化的經典，但是，若只是將魯迅小說中混同於「五四」一般意義的「反封建」，將「吃人」視作其他思想家政治家一樣的針對封建文化的知識性總結，這就忽略了魯迅滲透於其中的豐富複雜的與眾多作家都不相同的心靈之聲，特別是提出這一「偏激」

---

[33] 劉納在她的《嬗變》中已經令人信服地證明，在五四，「與年輕一些的創作者相比，發難者們與傳統文化的精神聯繫更為緊密，然而，『斷裂』的願望卻更多地表現在發難者的宣言裏，而在年輕的創作者們的創作追求中，我們既能夠看到告別傳統的努力，卻也容易感受到現代意識與古代意識的糅合。」（《嬗變》384、385頁，中國社會科學出版社1998年版）

判斷的個體體驗邏輯，最後，我們也將遠離了中國新文學真正的「新」的本質。

這裏就涉及到一個如何理解思想變遷所形成的文學「立場」與「格局」的問題。「立場」就是創作主體在社會人生中的立足點，「格局」就是新文學創作在整個社會生活中的價值和意義。「立場」與「格局」不是文學創作本身的內容，不是作家「進入」創作後的實際感受，它們是為文學事業的開展勾畫出了一個活動的範圍。《新青年》知識份子沿襲民國初年的日本體驗為五四新文學所勾畫的範圍較前人已經有了不同，這種不同主要體現在他們是借助思想的力量擊碎了過去關於人的社會定位，釋放了獨立個性的價值魅力，建立了中國作家重新解讀人生的「姿態」，這就是由思想變遷所形成的「立場」與「格局」之於中國現代文學發展的重要意義。不過這畢竟都不等於五四新文學文本的具體內涵──理性的學說不能代替文學的感性抒發，知識性研究也不就是解讀人生的結果。在具體的創作實踐中，「思想」往往只是賦予作家寫作的願望的模糊的遠景，或者提醒作家注意人生「意義」的一種尺度，文學創作自有其自我運動的感性形式。我們看到，不僅「思想」在「五四」以後的許多作家那裏依然作為一種「學說」而浮動，出現了「思想」與「文學」相脫離的實際情形，出現了作家所公開的「思想」不等於其內在思緒與體驗的尷尬。在像魯迅這樣並不依附於任何一種外在「思想」的作家那裏，同時代思想者的很多思想形式與知識概念都不足以說明其內在的幽微，魯迅的「思想」是真正與他的藝術體驗的思緒相互融合的東西。理解了這一層，

我們才不會將魯迅作為「五四」思想的簡單的代言人，也不會用其他人關於傳統文化的知識性歸納來簡單解釋《狂人日記》的「吃人」：

> 我翻開歷史一查，這歷史沒有年代，歪歪斜斜的每葉上都寫著「仁義道德」幾個字。我橫豎睡不著，仔細看了半夜，才從字縫裏看出字來，滿本都寫著兩個字是「吃人」！

中國文化「吃人」，這是魯迅最驚世駭俗的宣判！其淋漓痛快，其摧枯拉朽，其無畏無懼，都曾經令多少衛道士忿忿不平，多少的學者蹙眉歎息，今天，又成了多少「現代性質疑」者的眾矢之的！然而，所有貌似公正的辯解其實都來源於他們所掌握的「歷史文化知識」，但問題在於，《狂人日記》本身就不是他們所熟悉的那種「知識的考證」，也不是他們在理智狀態下所宣講的「思想」。《狂人日記》是文學，文學是人生命的體驗，它不是我們在日常社會慣性控制下瞻前顧後的「公平」之論，它是魯迅在經歷了日本這一現代文明洗禮後對中國人生的「洞見」。在日本經驗的參照下，魯迅的人生體驗只能是遵從一個準則，這就是人的生命的價值。如果說中國文化在魯迅的體察中的確是以各種各樣的形式扼殺著人的基本權利，人的存在和發展並沒有能夠無條件地成為「天賦」，那麼，在以自我感受為最大真實的文學創作中，「吃人」便無疑成為了一個顛撲不破的真理。這毋庸討論，因為它根本就不服從學院派學術的規則，也不是歷史知識歸納的對象。很顯然，「狂人」深夜讀史並不是為了成

為學院派學者，而是現實人生的憂患令他夜不能寐；他也不是在學術研究中歸納著中國文化的結構與性質，而是狼子村人的「青面獠牙」讓他的實際體驗與歷史感觸兩相融合，最終昇華為一種精神意義的「整體象徵」，象徵世界裏的「世人真面目」是文學的「真」，是情緒的「真」。可以說，這種近似於西方現代主義思維的「真」正是魯迅超乎常人的尖銳和深刻，是比知識性的歷史更真的「歷史」，也是比經驗性的現實判斷更準確的「現實」，但卻又並不等同於關於歷史與現實的任何學問性的知識歸納。「吃人」對於狂人而言不是「知識考古學」的結論（儘管這並不妨礙今天的研究者就「吃人」作中國文化上的「知識考古」），而是活脫脫的生存虐殺的體驗。魯迅創作的是文學作品的《狂人日記》而非通俗版的「中國傳統文化論」，這就是說，這部作品的意義是由它全部的文字、全部的生動豐富的人生圖景所組成的。魯迅與其說就是為了假借一個生動的形式來傳達出一個驚人的知識，毋寧說就是為了揭示一個現實中人的重要人生體味——生存遭遇的全過程與精神煉獄的全過程：一個原本「正常」的人生被猛然間揭開偽飾、洞見真相的種種後果。洞見了真相的人是如何成了「另類」，他又該如何來承受這彌天的恐懼？當然，人生總歸還得回到他自我遮蔽的狀態，人也只能在默認這一遮蔽之後繼續求生，世界繼續包裹著自己似是而非的「真相」運行——包括這人生的歧義、含混、矛盾和解讀的艱難，包括我們對它的反抗和依賴，拒絕和認同，憤懣與無奈。當許多《新青年》的作者主要還是在知識概括與經驗總結的意義上營造他們的思想立場之時，魯迅卻

自由地表達了自己的感性直覺，創造了他精神體驗的形式。後來的人們已經習慣於將知識性經驗性的現象統計作為歷史與現實的認識「標準」，這就很難理解《狂人日記》的「體驗之真」了，而學院派知識份子也常常將知識積累中的某一學說稱作自己的「思想」，這便更與藝術的思維判斷有了很大的距離。今天的理論家似乎找到了許多認定魯迅「偏激」的理由，但不幸的是，他們卻由此喪失了進入一部偉大作品的獨特體驗的機會。今天，已經有學者提醒我們留意「思想史取替文學史」的不良後果[34]，我以為這在客觀上起碼有兩重指義，一是指那種以時代思想的分析「代替」作家個體的感性體驗的現實，二是將作為認知對象的「思想」認作文學藝術內在思維的現實。

　　當然，這並不是說「思想」本身就沒有了意義。實際上，近代以來的中國文化轉換首先便是一個思想信念的崩潰與重建問題，能夠重新支撐和統攝全民族行為的新的思想信念將滲透到其他一切的精神文化活動當中，成為其他精神現象變遷發展的動力性因素。所以我們今天的中國現代文學常常需要結合「思想史」的考辨來加以說明，[35]但必須注意的是，開闢了體驗空間的新思想立場並不能代替體驗本身，甚至作家自詡的社會思想觀念也不一定就是他真實的內部思緒，更

---

[34]　溫儒敏：《思想取替文學史？》，見南京大學中國現代文學研究中心編《中國現代文學傳統》，人民文學出版社 2002 年版。

[35]　關於「思想」之於中國現代文學的重要意義，何錫章有過較好的概括，見何錫章《論「思想」在中國現代文學價值生成與存在中的意義》，《文學評論》2002 年 5 期。

何況近現代思想並非是混沌的一體，從梁啟超的「新民說」到《甲寅》月刊對「偽國家主義」的批判再到《青年雜誌》對個人獨立自尊的闡發，這些帶動了中國文學現代變遷的「思想」都各有不同。隨著中國近現代社會的歷史發展，中國知識份子的「思想」探求明顯呈現為幾個層面，每一個層面的實質意義與作用都不相同，對文學發展實際的開拓方向與深度也大相徑庭，我們必須充分意識到中國近現代思想發展從梁啟超到《青年雜誌》的這種「多層次」性。思想的發展歸根結柢是自我認知系統的一種調整，又與個體的感悟相互糾纏，其意義最終在於「開闢」，即對於文學感悟通道的疏浚、啟動與推進，我們依靠新思想的力量擊破舊的理性認知框架，為自由的感悟開闢寬敞的空間，最後創造文學的還是心靈的感悟；思想的開闢與疏浚也不是一次性完成的，不同層面的認知障礙需要不同階段的多次疏通，每一次疏通之後都應給自由感悟留下生長的時間。梁啟超的「新民說」展開的主要是近代政治小說的生長空間，《青年雜誌》對個人獨立自尊的闡發則打開了文學通達個人人生世界的可能。在這一過程中，任何外來的「現代性」思想方案都不可能完整地在中國呈現和流傳，它只能以啟迪心智的意義被中國人「創造性」地讀取其中的某一側面，然後中國作家又按照自己的「思想」建構來發現和表現自己的人生體驗。日本的體驗中亦混合了中國先前的體驗，在「思想」與「文學」之間，在「外來的思想」與「中國的文學」之間，也存在著若干複雜微妙的關係。

三、新的「格局」與新的體驗

　　一個時代「思想」變遷的顯著表現還在它對文學活動「格局」的影響中。對於人生現實的新的理性認識將直接改變一代人展開文學運動的形式。當《青年雜誌》自覺地演變為了《新青年》，這裏體現出來的是一種把定歷史運動方向的自信。在對國家民族問題的思考已經取得了更多社會認同的時期，凝聚同道、調用資源的可能都非魯迅兄弟的《新生》所能比擬的了。

　　從《甲寅》月刊到《新青年》，這些思想文化雜誌之所以能夠對社會形成巨大的思想衝擊，就在於它們在凝聚作者、爭取讀者和造成廣泛的社會傳播效應方面獲得了較大的成功。《甲寅》月刊的創辦依託了國民黨背景。它原為胡漢民所發起，請「資格頗老」的章士釗出任主編也是為了協調當時黨派的矛盾，最大程度地利用好黨派資源[36]，自 1 卷 5 期起，印刷與發行改由上海亞東圖書館代理（至 1915 年 10 月 1 卷 10 號再由雜誌社自辦）。陳獨秀 1915 年 6 月自日本歸來積極籌辦《青年雜誌》，他與群益書社商定，由書社出資承擔雜誌出版，負責印刷發行工作，每月提供編輯費、稿費 200 元[37]，最初每期大約只有 1000 份左右，1917 年以後，銷路驟增到 16000 份，許多期都重印過多次。[38]當年的青年

---

[36]　參見章士釗：《歐事研究會拾遺》，《文史資料選輯》第 24 輯。

[37]　葉再生：《中國近現代出版通史》第 2 卷 107 頁，華文出版社 2002 年版。

[38]　張靜廬編《中國近代出版史料二編》，315 頁，北京群聯出版社 1954 年版。

讀者對於《新青年》雜誌的反應是這樣的熱烈：

> 「未幾大志出版，僕已望眼欲穿，急購而讀之，不禁喜躍如得至寶。」「深恨不能化白千萬身，為大志介紹。」[39]

> 「我們素來的生活，是在混沌的裏面，自從看了《新青年》漸漸的醒悟過來，真是在黑暗的地方見到了曙光一樣。」[40]

> 「它的出現像是一聲雷鳴，把我們由騷擾不寧的夢中震醒了。」[41]

《新青年》編輯的組織能力組織實效尤其值得我們注意，隨著作者隊伍從《甲寅》月刊擴大到北京大學，《新青年》實際上已經充分地為它自己尋找到了穩定可靠的作者與讀者隊伍，這與魯迅當年僅僅依靠幾位同人的赤誠創辦《新生》的情形大不一樣了。在這方面，著名的「金心異」遊說事件大約可以反映他們思想組織的力度與成效。當魯迅一度因為理想的挫折而用「鈔古碑」的方法打發寂寞與無聊時，是昔日的日本同學、今天的《新青年》編輯錢玄同踏進了 S 會館，以《新青年》式的決絕姿態說服了魯迅，也請到了周作人的加盟，於是我們的新文學才有了其標誌性的作品——小說《狂人日記》與文論《人的文學》、《平民文學》，有

---

[39] 畢雲程：《通信》，《新青年》1916 年 9 月 2 卷 1 號。
[40] 惲代英：《新青年》1919 年 6 卷 3 期。
[41] 轉引自周策縱：《五四運動史》100 頁，嶽麓書社 1999 年版。

了屬於現代散文新創造的小品文與雜文。魯迅兄弟在日本產生的人生體驗在經過了寂寞痛苦的蟄伏之後，終於獲得了一次新的爆發，他們的體驗構成了五四新文學初期最生動和最深刻的感性內容。

「然而幾個人既然起來，你不能說決沒有毀壞這鐵屋的希望。」錢玄同在 S 會館發表了有力的論斷。這裏的決絕與陳獨秀另一番斬釘截鐵的宣判相得益彰：

> 決不容反對者有討論之餘地，必以吾輩所主張者為絕對之是。

今天有人對五四新文學運動的先驅提出了「語言暴力」的質疑，其實，沒有與政治經濟權力相結合，「語言」何來壓榨他人的能力！既然無緣對他人形成實際的壓榨，那麼這裏讓人感覺到的「力」也就只剩下了決絕判斷的語言力量——而這卻屬於人類正常的語言現象與言論權利了！何況，在「一盤散沙」的中國，如果沒有如此淩厲的思想斷喝，沒有如此富有裹挾效果的人員組織，但憑幾位文學愛好者的生存體驗與赤誠，《新青年》會不會也如魯迅他們的《新生》一樣的夭折？這也很讓人懷疑。

《青年雜誌》的經營與傳播很好地「盤活」了以北京大學為中心的新文化與新文學資源，依賴這些資源，又出現了《新潮》、《少年中國》等其他新文學群體。一個巨大的讀者與作者群體的出現為中國新文學的持續發展帶來了切實的保證。《青年雜誌》宏大的公開吶喊的聲音營造了五四文學新的思想場境，這些思想的吶喊與魯迅等人文學創作的體

驗世界交相輝映，五四新文學的發生便是魯迅、周作人式的人生體驗，與陳獨秀等人從民國以後發展起來的現代思想理論，還有《新青年》式的知識份子的文學運動方式的恰當的結合，其中，應該說是魯迅、周作人的人生與藝術體驗集中代表了這一歷史現象的高度與深度。而所有的這幾個方面都與日本有著密切的關係，或者是在日本形成的獨特的人生藝術體驗，或者是在日本獲得了自由的思想空間與言論空間，或者就是在日本結下了寶貴的人倫因緣。

　　自此，日本體驗可以說是基本上完成了對沈滯的中國心靈的啟動，現代中國的全新體驗開始為人們所發掘、所傳達。這種新的前所未有的體驗便是中國現代文化，而這一體驗的藝術表現形式就是我們的中國現代文學。在這個時候，我們又回到了前文多次闡發的日本體驗/本土需要的結構關係當中。我們知道，這一結構關係中的每一單項並不是在任何時候都具有同等的價值。晚清時代的中國文化與中國文學，其本土體驗已經鈍化，這個時候，對本土的單純的堅守就是自我的封閉和保守，因為鈍化的感覺已經無法為中國文學的發展帶來創造的契機了。相反，我們有必要通過對以日本為代表的異域世界的體驗擊碎我們業已形成的封閉，恢復我們感覺的能力，啟動我們創造的欲望。經過艱苦的歷程，到了「五四」，日本體驗已經啟動了我們自身的感覺，自此以後，中國作家的首要使命轉為了對現代中國的深入體驗與表達。對日本和其他異域的體驗當然還會對我們產生積極的啟示作用，但體驗日本已經不再是我們的基本任務了，體驗自己，體驗本土是這個時候文學活動的中心。

當然，隨著中國留日活動的繼續進行，中國作家的日本體驗並沒有就此終結，如從「五四」前後的創造社同人一直到 30 年代的抗戰爆發，都不斷有中國作家前往日本，他們繼續從日本帶回他們各自的「體驗」，並試圖借助這些體驗匯入中國文學發展的洪流，傳達他們獨特的聲音。然而，在這個時候，異域體驗與本土需要的結構關係卻發生了一個根本性的變化。即是說當梁啟超、陳獨秀、魯迅他們在發掘各自的體驗之時，中國本土作家的文學體驗已陷入困頓淤塞，在這種情況下，異域的體驗也往往就是留日中國作家「打開」自我心靈的一種方式。異域啟動了本土，異域的體驗也直接轉化成了本土的、自我的人生意識，異域體驗與本土需要不僅沒有過程上的矛盾，也往往沒有精神上的阻隔。然而，當創造社同人汲取日本體驗又試圖以此介入中國文學之時，情況卻發生了變化。這個時候，在中國本土，新的文學體驗方式已經形成並沿著自己的軌道發展著，他們關於本土與自我的「深度體驗」無疑更具有影響人心、左右文壇的力量，這對初出茅廬又與本土相對隔膜的創造社青年來說就是一種無形的壓力。於是，為了努力排開這「大局已定」的文壇壓力，他們為自己選擇了一個方向──繼續強化和倚重自己的異域資源，更不斷以異域文化的「新異」與「先進」對抗本土既有的文學思潮。這樣的選擇無疑將為我們的中國現代文學繼續輸入異域文化的信息，但同時卻也將創造社作家自己置於了一個相當微妙的境地：為了「對抗」而輸入的異域思潮究竟在多大的程度上反映了他們各自的真實心靈，又在多大的程度上契合了中國現代文學本土發展的需要？

　　從異域體驗的自我冥合到所謂先進思潮的不斷輸入，中國現代作家的日本體驗方式開始發生了某種重要的變化，這一變化最終造成了中國現代文學的複雜格局。

主要參考文獻

《梁啟超全集》，北京出版社，1997 年。

《康有為政論集》，中華書局，1981 年。

《章太炎政論選集》，中華書局，1977 年。

《章太炎全集》，上海人民出版社，1982 年。

鄭海麟、張偉雄編校：《黃遵憲文集》，日本，中文出版社，1991
　　年。

錢仲聯：《人境廬詩草箋注》，上海古籍出版社，1981 年。

《王國維文集》，中國文史出版社，1997 年。

嚴復：《天演論》，商務印書館，1981 年。

《龔自珍全集》，上海人民出版社，1975 年。

《譚嗣同全集》，中華書局，1981 年。

《馬君武集》，華中師範大學出版社，1991 年。

《辛亥革命前十年間時論選集》，三聯書店，1960 年。

《辛亥革命時期期刊介紹》，人民出版社，1987 年。

鍾叔河編：《甲午以前日本遊記五種》，嶽麓書社，1985 年。

《中國近代文學大系》，上海書店，1992 年。

《中國近代珍稀本小說》，春風文藝出版社，1997 年。

錢仲聯編：《近代詩鈔》，江蘇古籍出版社，2001 年。

《中國新文學大系》，上海良友圖書公司，1935 年。

《李大釗選集》，人民出版社，1959 年。

《陳獨秀文章選編》，三聯書店，1984 年。

戴水如編：《陳獨秀書信集》，新華出版社，1987 年。

《甲寅雜誌存稿》，商務印書館，1922 年。

《章士釗全集》，文匯出版社，2000年。

《魯迅全集》，人民文學出版社，1981年。

《魯迅佚文全集》，群言出版社，2001年。

《周作人自編文集》，河北教育出版社，2002年。

《周作人集外文》，海南國際新聞出版中心，1995年。

《中國留學生文學大系》，上海文藝出版社，2000年。

《郭沫若全集》，人民文學出版社，1982-1992年陸續出版。

《郁達夫文集》，花城出版社、三聯書店香港分店，1982年。

《胡適文集》，人民文學出版社，1998年。

《吳虞日記》，四川人民出版社，1984年。

《蘇曼殊全集》，上海北新書局，1928年。

《歐陽予倩文集》，中國戲劇出版社，1980年。

《田漢文集》，中國戲劇出版社，1983年起陸續出版。

不肖生：《留東外史》，上海世界書局，1925年。

舒新城：《近代中國留學史》，中華書局，1928年。

實藤惠秀：《中國人留學日本史》，三聯書店，1983年。

沈殿成主編：《中國人留學日本百年史》，遼寧教育出版社，1997
　　年。

吳霓：《中國人留學史話》，商務印書館，1997年。

田正平：《留學生與中國教育近代化》，廣東教育出版社，1996
　　年。

梁若容：《中日文化交流史論》，商務印書館，1985年。

王曉平：《近代中日文學交流史稿》，湖南文藝出版社，1987年。

安宇、周棉：《留學生與中外文化交流》，南京大學出版社，2000
　　年。

《康橋中國晚清史》，中國社會科學出版社，1992年。

郭延禮：《中國近代文學史》，山東教育出版社，1991年。

錢理群、溫儒敏、吳福輝：《中國現代文學三十年》（修訂版），

北京大學出版社，1998 年。

陳平原：《二十世紀中國小說史》第一卷，北京大學出版社，1989
年。

陳平原、夏曉虹編《二十世紀中國小說理論資料》第一卷，北京
大學出版社，1989 年。

夏志清：《中國現代小說史》，臺北，傳記文學社，1979 年。

黃會林：《中國現代話劇文學史略》，安徽教育出版社，1990 年。

王富仁：《靈魂的掙扎》，時代文藝出版社，1993 年。

王富仁：《中國文化的守夜人——魯迅》，人民文學出版社，2002
年。

王富仁、趙卓：《突破盲點——世紀末社會思潮與魯迅》，中國
文聯出版社，2001 年。

劉納：《嬗變》，中國社會科學出版社，1998 年。

錢理群：《周作人論》，上海人民出版社，1992 年。

錢理群：《周作人傳》，北京十月文藝出版社，1990 年。

陳平原：《中國現代學術之建立——以章太炎、胡適之為中心》，
北京大學出版社，1998 年。

南京大學中國現代文學研究中心編：《中國現代文學傳統》，人
民文學出版社，2002 年。

陳萬雄：《五四新文化的源流》，三聯書店，1997 年。

曾小逸主編：《走向世界文學》，湖南文藝出版社，1986 年。

王錦厚：《五四新文學與外國文學》，四川大學出版社，1996 年
第二版

范伯群、朱棟霖主編：《1898-1949：中外文學比較史》，江蘇教
育出版社，1993 年。

王一川：《中國現代性體驗的發生》，北京師範大學出版社，2001
年。

陳建華：《「革命」的現代性——中國革命話語考論》，上海古

籍出版社，2000 年。

林毓生：《中國意識的危機》，貴州人民出版社，1988 年。

林毓生：《中國傳統的創造性轉化》，三聯書店，1988 年。

李歐梵：《現代性追求》，三聯書店，2000 年。

王德威：《想像中國的方法》，三聯書店，1998 年。

劉禾：《跨語際實踐》，三聯書店，2002 年。

鄭家建：《中國文學現代性的起源語境》，上海三聯書店，2002 年。

夏曉虹：《晚清社會與文化》，湖北教育出版社，2001 年。

熊月之：《西學東漸與晚清社會》，上海人民出版社，1994 年。

何德功：《中日啟蒙文學論》，東方出版社，1995 年。

王向遠：《中日現代文學比較論》，湖南教育出版社，1998 年。

王向遠：《二十世紀中國的日本翻譯文學史》，北京師範大學出版社，2001 年。

周曉明：《多源與多元：從中國留學族到新月派》，華中師範大學出版社，2001 年。

陳玉剛主編：《中國翻譯文學史稿》，中國對外翻譯出版公司，1989 年。

黃愛華：《中國早期話劇與日本》，嶽麓書社，2001 年。

馬春林：《中國晚清文學革命史》，遼寧大學出版社，2000 年。

靳明全：《攻玉論——關於二十世紀初期中國文人赴日留學的研究》，貴州人民出版社，1995 年。

靳明全：《攻玉論——關於二十世紀初期中國政界留日生的研究》，重慶出版社，1999 年。

伊藤虎丸：《魯迅、創造社與日本文學》，北京大學出版社，1995 年。

竹內好：《魯迅與中日文化交流》，湖南人民出版社，1981 年。

程麻：《溝通與更新——魯迅與日本文學關係發微》，中國社會

科學出版社，1990 年。

孫郁：《魯迅與周作人》，河北人民出版社，1997 年。

孫郁：《魯迅與胡適》，遼寧人民出版社，2000 年。

黃開發：《人在旅途──周作人的思想與文體》，人民文學出版社，1999 年。

許壽裳：《亡友魯迅印象記》，人民文學出版社，1977 年。

許壽裳：《我所認識的魯迅》，人民文學出版社，1978 年。

魯迅博物館魯迅研究室：《魯迅年譜》，人民文學出版社，2000 年增訂版。

張菊香、張鐵榮：《周作人年譜》（1885-1967），天津人民出版社，2000 年。

湯志鈞：《章太炎年譜長編》（1868-1918），中華書局，1979 年。

袁英光、劉寅生：《王國維年譜長編》（1877-1927），天津人民出版社，1996 年。

《創造社資料》，福建人民出版社，1983 年。

羅平漢：《風塵逸士──吳稚暉別傳》，人民文學出版社，2002 年。

陳書良：《寂寞秋桐──章士釗別傳》，中國戲劇出版社，1999 年。

金梅：《悲欣交集──弘一法師傳》，上海文藝出版社，1997 年。

張顥：《梁啟超與中國思想的過渡》（1890-1907），江蘇人民出版社，1997 年。

郭預衡：《中國散文史》，上海古籍出版社，2000 年。

馮自由：《革命逸史》，初集，商務印書館，1939 年。

唐文權：《覺醒與迷誤》，上海人民出版社，1993 年。

鄭師渠：《晚清國粹派文化思想研究》，北京師範大學出版社，1997 年。

嚴昌洪、許小青：《癸卯年萬歲──1903 年的革命思潮與革命運

動》，華中師範大學出版社，2001 年。

徐迅：《民族主義》，中國社會科學出版社，1998 年。

鄒振環：《晚清西方地理學在中國》，上海古籍出版社，2000 年。

郭雙林：《西潮激蕩下的晚清地理學》，北京大學出版社，2000 年。

葉再生：《中國近現代出版通史》，華文出版社，2002 年。

宋原放主編：《中國出版史料》第一卷，山東教育出版社，2001 年。

中國史學會：《戊戌變法》，上海人民出版社，1957 年。

中國史學會：《辛亥革命》，上海人民出版社，1957 年。

周策縱：《五四運動史》，嶽麓書社，1999 年。

費孝通：《鄉土中國》，三聯書店，1985 年。

伽達默爾：《真理與方法》，中譯本，遼寧人民出版社，1987 年。

《舍勒選集》，上海三聯書店，1999 年。

R‧G‧柯林武德：《歷史的觀念》，中國社會科學出版社，1986 年。

西奧多‧M‧米爾斯：《小群體社會學》，雲南人民出版社，1988 年。

雅克‧馬利坦：《藝術與詩中的直覺》，三聯書店，1991 年。

《美國作家論文學》，三聯書店，1984 年。

井上清：《日本歷史》，三聯書店，1957 年。

近代日本思想史研究會：《近代日本思想史》（第一輯），商務印書館，1983 年。

本尼迪可特：《菊花與刀——日本文化的諸模式》，浙江人民出版社，1987 年。

鶴見和子：《好奇心與日本人》，西安交通大學出版社，1986 年。

葉渭渠：《日本文學思潮史》，經濟日報出版社，1997 年。

另有中國留日學生刊物及近現代期刊如《直說》、《浙江潮》、《江蘇》、《豫報》、《雲南》、《四川》、《河南》、《清議報》、《新民叢報》、《國粹學報》、《民報》、《月月小說》、《小說林》、《甲寅》、《安徽俗話報》、《新青年》（《青年雜誌》）、《教育世界》、《東方雜誌》等多種。

後　記

　　從留學生文化的角度研究中國近現代之交的文學狀況，這對我既有的知識結構是一個考驗，無論是在留學生文化這方面還是在近現代之交的中國文學這方面，都如此。論文的選題是接受了王富仁老師的建議，其中遭遇的困難竟好幾次讓我躊躇不前。

　　但現在終於還是大體上告了一個段落。

　　在經過了一段時間的「補課」和寫作初期的「煎熬」之後，我似乎漸漸地進入了角色，觸及到了這一問題在解決當下文學史問題中的特殊意義。感謝王富仁師，沒有他的智慧與遠見，我肯定會與這一段重要的體驗擦肩而過！

　　十八年前的一個秋天的夜裏，在北京師範大學圖書館裏，一篇論文打開了我走向文學研究的道路，那就是王富仁師的《〈吶喊〉〈彷徨〉綜論》。從此以後，我一直受惠於這樣的智慧，當然更受惠於老師、師母真摯的情懷。包括小磊，上世紀 80 年代的最後一個七月，在我畢業離開師大的時候，小磊扛起行李，一直送我到北京站，而且還整整送了兩次！在那個不平凡的夏天，到處都是塌方與泥石流，北京與重慶間的鐵路竟然就被忽然沖斷。

　　又到了該離開北京的時候。說實在的，我十分懷戀這裏的一切，那些智慧而真誠的「王門師兄師妹」，廖四平、唐

利群、李煒東、沈慶利、孫曉婭……尤其是同級的彭志恒、梁鴻，還有我的老朋友魏崇武，你們都是我北京記憶的最溫暖的一部分！

　　論文寫作過程之中，朱金順、劉勇、王泉根、楊聯芬、黃開發、錢振剛等師大中文系的老師都給了我種種幫助，在此一併致謝！

　　在我寫下這篇「後記」的時候，北京城正在經受一次「沙士」瘟疫的嚴峻考驗，據說有許多的人們已經「突圍」而去了。不知為什麼，我忽然聯想起了我的論文選題，在 20 世紀之交的那個時候，一批又一批的中國人也在離開，他們不也是一種「突圍」麼？生存的突圍總能給中國帶來一點新的希望吧？！

李　怡

2003 年 5 月 9 日

在重慶遙想師大

　　論文答辯完成以後，我陸陸續續整理了其中的一些章節作為論文發表，先後獲得了《中國社會科學》、《文學評論》、《中國現代文學研究叢刊》、《社會科學研究》、《西南師範大學學報》、《徐州師範大學學報》、《中山大學學報》、《貴州社會科學》、《理論與創作》等雜誌的支持。今天又蒙宋如珊教授不棄，收入她主持的「大陸學者叢書」當中，在此，我謹表示衷心的感謝！

李　怡　補記於 2005 年 3 月 15 日

國家圖書館出版品預行編目資料

日本體驗與中國現代文學的發生 / 李怡著. --
　一版. -- 臺北市：秀威資訊科技, 2005[民 94]
　　面；　公分. --（大陸學者叢書；CG0008）
參考書目：面
ISBN 978-986-7263-74-2（精裝）

1. 中國文學 – 現代 (1900-　　　) – 評論 2
日本 – 文化

820.908　　　　　　　　　　　94019126

日本體驗與中國現代文學的發生

作　　者 / 李　怡
發 行 人 / 宋政坤
執行主編 / 宋如珊
執行編輯 / 李坤城
圖文排版 / 黃永達
封面設計 / 莊芯媚
數位轉譯 / 徐真玉　沈裕閔
圖書銷售 / 林怡君
網路服務 / 徐國晉
出版印製 / 秀威資訊科技股份有限公司
　　　　　台北市內湖區瑞光路 583 巷 25 號 1 樓
　　　　　電話：02-2657-9211　　傳真：02-2657-9106
　　　　　E-mail：service@showwe.com.tw
經 銷 商 / 紅螞蟻圖書有限公司
　　　　　台北市內湖區舊宗路二段 121 巷 28、32 號 4 樓
　　　　　電話：02-2795-3656　　傳真：02-2795-4100
　　　　　http://www.e-redant.com

2006 年 7 月　BOD 再刷
定價：280 元

讀 者 回 函 卡

感謝您購買本書,為提升服務品質,請填妥以下資料,將讀者回函卡直接寄回或傳真本公司,收到您的寶貴意見後,我們會收藏記錄及檢討,謝謝!
如您需要了解本公司最新出版書目、購書優惠或企劃活動,歡迎您上網查詢或下載相關資料:http:// www.showwe.com.tw

您購買的書名:＿＿＿＿＿＿＿＿＿＿＿＿＿＿＿＿＿＿＿＿＿＿

出生日期:＿＿＿＿＿＿年＿＿＿＿＿＿月＿＿＿＿＿＿日

學歷:□高中 (含) 以下　　□大專　　□研究所 (含) 以上

職業:□製造業　□金融業　□資訊業　□軍警　□傳播業　□自由業
　　　□服務業　□公務員　□教職　　□學生　□家管　　□其它＿＿＿

購書地點:□網路書店　□實體書店　□書展　□郵購　□贈閱　□其他

您從何得知本書的消息?

　　□網路書店　□實體書店　□網路搜尋　□電子報　□書訊　□雜誌
　　□傳播媒體　□親友推薦　□網站推薦　□部落格　□其他＿＿＿＿＿

您對本書的評價:(請填代號　1.非常滿意　2.滿意　3.尚可　4.再改進)

　　封面設計＿＿＿　版面編排＿＿＿　內容＿＿＿　文／譯筆＿＿＿　價格＿＿＿

讀完書後您覺得:

　　□很有收穫　□有收穫　□收穫不多　□沒收穫

對我們的建議:＿＿＿＿＿＿＿＿＿＿＿＿＿＿＿＿＿＿＿＿＿＿

11466

台北市內湖區瑞光路 76 巷 65 號 1 樓

秀威資訊科技股份有限公司　　　收

BOD 數位出版事業部

....

（請沿線對折寄回，謝謝！）

姓　　名：＿＿＿＿＿＿＿＿＿　　年齡：＿＿＿＿　　性別：□女　□男

郵遞區號：□□□□□

地　　址：＿＿＿＿＿＿＿＿＿＿＿＿＿＿＿＿＿＿＿＿＿

聯絡電話：(日) ＿＿＿＿＿＿＿＿＿＿ (夜) ＿＿＿＿＿＿＿＿＿＿

E-mail：＿＿＿＿＿＿＿＿＿＿＿＿＿＿＿＿＿＿＿＿＿